La asombrosa tienda
de la señora Yeom

NEFELIBATA

Kim Ho-yeon

La asombrosa tienda de la señora Yeom

Traducción de Ainhoa Urquia

Duomo ediciones

Barcelona, 2024

Título original: 불편한 편의점 *(Uncanny Convenience Store)*

© 2021, Kim Ho-yeon
Publicado originalmente en Corea por Namu Bench.
Publicado previo acuerdo con Namu Bench a través de KL Management,
en asociación con Patricia Seibel.
© de la traducción, 2024 de Ainhoa Urquia Asensio
© de esta edición, 2024 por Antonio Vallardi Editore S.u.r.l., Milán

Este libro ha recibido una subvención de Literature Translation Institute of Korea
(LTI Korea).

LTI | **LITERATURE TRANSLATION**
INSTITUTE OF KOREA

Primera edición: febrero de 2024
Segunda edición: marzo de 2024
Tercera edición: marzo de 2024
Cuarta edición: junio de 2024

Duomo ediciones es un sello de Antonio Vallardi Editore S.u.r.l.
Av. de la Riera de Cassoles, 20, 3.º B. Barcelona, 08012 (España)
www.duomoediciones.com
Gruppo Editoriale Mauri Spagnol S.p.A.
www.maurispagnol.it

ISBN: 978-84-19834-02-7
Código IBIC: FA
DL: B 20.754-2023

Diseño de interiores:
Agustí Estruga

Composición:
David Pablo

Impresión:
Grafica Veneta S.p.A. di Trebaseleghe (PD)

Impreso en Italia

1
Delicias variadas

Cuando la señora Yeong-suk Yeom se dio cuenta de que su estuche no estaba en el bolso, el tren ya se encontraba en la periferia de Pyeongtaek. No tenía ni idea de dónde lo había dejado o dónde podía haberlo perdido. Más que la del estuche, le angustiaban sus propias pérdidas de memoria. Entre sudores fríos, se apresuró a intentar recordar sus últimos movimientos.

Lo que estaba claro es que lo llevaba consigo, al menos hasta el momento en que había comprado el billete del Korea Train Express, el KTX, en la estación de Seúl. Había sacado el monedero para pagar con tarjeta. Después se había sentado unos treinta minutos frente al televisor de la sala de espera mientras llegaba el tren. Estaba puesto el canal de noticias veinticuatro horas. Tras subirse, se había quedado dormida un rato, abrazada a su bolso, y, cuando se despertó, todo seguía tal y como lo había dejado. No fue hasta que, ya en su asiento, cuando lo abrió para buscar el móvil, que se quedó atónita al no ver el estuche. Dentro llevaba el monedero, la cartilla del banco y la agenda, entre otras cosas importantísimas. Le iba a dar algo.

La señora Yeom tuvo que espolear su cerebro para que este alcanzara la velocidad del tren que la llevaba. Rebobinó su memoria tan deprisa como el paisaje borroso que pasaba veloz al otro lado de la ventanilla. Inmersa en sus pensamientos, algunos expresados en voz alta, agitaba las piernas con nerviosismo. El hombre de mediana edad sentado a su lado reaccionó con un discreto carraspeo.

Pero no fue la tos lo que la sacó del ensimismamiento, sino el sonido de su teléfono móvil, que llegaba desde dentro del bolso. Era una canción de ABBA, si bien no sabía de cuál se trataba. ¿Sería *Chiquitita?*, ¿quizás *Dancing Queen?* Ay, Jun-hee, a tu abuela se le va la cabeza.

Sacó el móvil con manos temblorosas y recordó el nombre de la canción: *Thank You for The Music.* Al mismo tiempo identificó en la pantalla un teléfono desconocido con el prefijo de Seúl. Respiró profundamente y respondió:

—¿Diga?

Durante un instante, no recibió respuesta, pero el murmullo de fondo le hizo pensar que el interlocutor se encontraba en un lugar público.

—¿Diga? —repitió.

—¿Yeong-suk...? ¿Yeong-suk Yeom?

La voz al otro lado del teléfono era demasiado áspera y confusa como para ser humana. Parecía más bien el primer sonido que haría un oso recién salido de la cueva tras la hibernación.

—Sí, soy yo.

—Su... estuche.

–Ah, ¿lo ha encontrado? ¿Dónde está?

–Seúl...

–¿Dónde? ¿No será en la estación central?

–Sí. La estación... central.

La mujer se apartó un instante el teléfono y dejó escapar un suspiro de alivio. A continuación, se aclaró la garganta y contestó:

–Muchas gracias por guardármelo. Ahora mismo estoy en el tren, me bajaré en la próxima estación y daré media vuelta. ¿Podría quedárselo mientras tanto? ¿O sabe si hay algún sitio donde pueda dejarlo? En cuanto llegue, me gustaría compensarle por las molestias...

–Aquí... la espero. No tengo... otra cosa... que hacer.

–¿De verdad? De acuerdo. ¿Dónde nos vemos?

–En... la tienda... veinticuatro horas. Junto al tren... que va... al aeropuerto.

–Muchas gracias. Iré lo más rápido posible.

–N-no hay... prisa.

–De acuerdo, gracias.

Después de colgar se sintió algo inquieta. Aquella voz que se expresaba con dificultad y con un deje incluso animal era claramente de un indigente. Que le dijera que no tenía otra cosa que hacer y que llamara desde un teléfono público con el prefijo de Seúl lo dejaba bastante claro. Probablemente ni siquiera tenía móvil propio. La señora Yeom no pudo evitar ponerse nerviosa. Aunque quería devolverle el estuche, le preocupaba que aquel hombre le pidiera algo a cambio.

No obstante, era poco probable que aquel señor, que la había llamado de buena fe, pretendiera hacerle daño.

Seguro que con darle cuarenta mil wones del monedero bastaba. Justo en ese momento la megafonía anunció la próxima estación. La señora Yeom guardó el móvil de nuevo en el bolso y se levantó del asiento.

Cuando el tren de vuelta iba a la altura de Suwon, el teléfono volvió a sonar. Mientras canturreaba la letra de *Thank You for The Music* a modo de ejercicio de prevención de la demencia, comprobó el número en la pantalla. Era el mismo de antes. Hizo un esfuerzo por contener la ansiedad y respondió.

−Soy... yo.

Era la misma voz ronca. La señora Yeom intentó poner un tono enérgico, como cuando hablaba a los estudiantes revoltosos.

−Dígame.

−Es que... señora, tengo hambre y...

−¿Sí?

−¿Puedo... comprar... un plato preparado? De estos... de la tienda.

Por un instante, la señora Yeom notó que se le enternecía el corazón. Que se dirigiera a ella como «señora» y usara la palabra «preparado» ayudó a que se sintiera mucho más generosa.

−Claro que sí. Cómprese uno. Y también algo de beber, que tendrá sed.

−Gr... gracias.

Al poco de colgar, recibió un mensaje de texto que la informaba del pago. Había tardado muy poco; supuso que habría llamado directamente desde el mostrador de la tienda. Viendo lo hambriento que estaba, quedaba clara su identidad como típico habitante de la estación de Seúl. Era un mendigo amigo de las palomas. Se fijó bien en el mensaje. La información del pago decía: «GZ 24h. Delicioso plato preparado del chef Park. 4.900 wones». No había comprado la bebida. «Ha debido de darle vergüenza», pensó la señora Yeom. Desechó la idea de llamar a alguien por si acaso y decidió verse con ese hombre a solas. A sus setenta y pico años, confiaba en su sentido de la dignidad, por mucho que la demencia estuviera tocando a su puerta. Hasta el mismo momento en que se jubiló como profesora no se había mostrado débil ni una sola vez, y eso que trataba con todo tipo de estudiantes, así que se encomendó a esa versión de sí misma.

Justo al llegar a la estación de Seúl, se encontró con las escaleras mecánicas que conducían a la vía del tren que iba al aeropuerto. Nada más bajarlas, se topó de frente con la tienda y, junto a ella, al hombre con la voz de oso, que estaba acuclillado, con la cara hundida en un envase de comida preparada. Según se aproximaba, fue haciéndose más consciente de la realidad de aquel hombre y se le revolvieron las entrañas. Tenía el pelo tan largo y grasiento que parecía una fregona. Llevaba una fina sudadera deportiva y unos pantalones de algodón tan sucios que ya no se distinguía si eran beis o marrones. Sostenía con suma delicadeza la salchicha de la fiambrera entre los palillos mientras se la comía. Estaba claro: era un indigente. La señora Yeom se armó de valor y se acercó.

En ese momento, tres desconocidos llegaron apresuradamente adonde el otro estaba comiendo. La señora Yeom, sorprendida, no pudo sino detener sus pasos. Aquellos hombres, que también tenían pinta de indigentes, tiraron como hienas del plato preparado del primero. Ella echó un vistazo a su alrededor con nerviosismo, pero los transeúntes apenas detenían la mirada en aquellas más que corrientes peleas entre mendigos.

El hombre se encogió, se hizo una bola para proteger el envase con su cuerpo. Sin embargo, los otros lo agarraron del cuello, le levantaron los brazos y le quitaron todo lo que llevaba encima. En el campo de visión de la señora Yeom, que, angustiada, contemplaba la escena, entró por un instante el objeto robado. ¡Era su estuche rosa!

Los tres hombres se separaron de él, no sin antes pisotear varias veces el plato de comida que le habían arrancado. La señora Yeom se dejó caer, sin saber qué hacer, con las manos y los pies temblorosos. Pero el hombre contraatacó. Tras incorporarse, se lanzó con todo el peso de su cuerpo encima del que llevaba el estuche.

—¡Ah!

Se aferró a la pierna del ladrón con un aullido y este último fue a dar con sus huesos en el suelo. Mientras lo aplastaba y recuperaba el estuche, los otros dos no dudaron en lanzarse de nuevo a por él. En ese instante, la señora Yeom se enfureció. Se levantó de golpe y fue a por ellos.

—¡Eh, sinvergüenzas! ¡Eso es mío!

Los gritos y la presencia de la mujer los paralizaron. Se acercó al que tenía más próximo y empezó a golpearlo con el bolso. El hombre gruñía de dolor. Los otros dos se levantaron y quisieron alejarse.

—¡Ladrones! ¡Se llevan mi estuche!

Cuando los gritos agudos de la señora Yeom comenzaron a llamar la atención de los que pasaban por allí, que se detenían a mirar, los ladrones pusieron pies en polvorosa. Solo quedó el hombre del plato preparado, que se había encogido con el estuche pegado al pecho. Se acercó a él.

—¿Está bien?

El hombre levantó la cabeza para mirar a la señora Yeom. Con los ojos hinchados por los golpes, la nariz llena de mocos y sangre y la boca cubierta por la barba, parecía un hombre de las cavernas que había regresado herido de una partida de caza. Se incorporó lentamente y se sentó, como si de repente fuera consciente de que sus atacantes se habían esfumado. La señora Yeom sacó un pañuelo y se agachó frente a él.

En ese momento, el peculiar olor rancio y corrompido del indigente le penetró en las fosas nasales. Aguantó la respiración y le extendió el pañuelo. El hombre sacudió la cabeza y se restregó la nariz en la manga de la sudadera. Le molestó encontrarse a sí misma temerosa de que la sangre o los mocos de aquel hombre pudieran mancharle el estuche.

—¿Seguro que está bien?

El hombre asintió y miró a la señora Yeom. Ante aquellos ojos inquisitivos, la mujer se preguntó si había hecho algo mal y sintió el impulso de largarse de allí, pero primero tenía que recuperar el estuche.

–Muchas gracias por cuidármelo.

El hombre llevó la mano hacia el estuche, que lo tenía bajo el brazo izquierdo, y se lo tendió. Sin embargo, en cuanto la señora Yeom fue a cogerlo, el hombre se lo llevó al pecho. Entonces, ante la estupefacta mirada de la mujer, lo abrió.

–¿Qué está haciendo?

–¿Se-seguro que... es suyo?

–Claro que sí. Por eso estoy aquí. Hemos hablado antes por teléfono, ¿no se acuerda?

Aquellas dudas absurdas estaban acabando con su paciencia. El hombre rebuscó en el estuche sin mediar palabra, encontró el monedero, sacó el carnet de identidad y le echó un vistazo.

–Nú-número de... identidad.

–Oiga, ¿insinúa que le estoy mintiendo?

–Te-tengo que asegurarme... Es mi responsabilidad dárselo a su dueño.

–Ahí mismo, en el carnet, tiene mi foto. Compruébelo.

Aquellos ojos magullados miraron el carnet y a la señora Yeom.

–Pues... no se parece.

La mujer chascó la lengua. No estaba enfadada.

–La foto es vieja –añadió él.

A pesar de tratarse de una fotografía antigua, estaba claro que la cara que aparecía en ella era la de la señora Yeom. Quizás la vista del hombre no era muy buena, a juzgar por su estado de salud general. O tal vez la mujer había envejecido tanto que resultaba irreconocible.

—D-dígame... el número del carnet.

Tras un ligero suspiro, la señora Yeom respondió con claridad:

—Cinco, dos, cero, siete, dos, cinco...

—C-correcto. Hay que asegurarse, ¿no? —Tras un breve silencio, repitió—: ¿No?

El hombre le dedicó una mirada que buscaba su aprobación mientras metía de nuevo el carnet en el monedero y este, en el estuche rosa. Finalmente, se lo entregó. Ya con él en sus manos y todo el lío resuelto, la señora Yeom sintió una oleada de agradecimiento. No solo había protegido aquel estuche frente a los otros mendigos, llevándose algún que otro golpe, sino que además se había molestado en comprobar meticulosamente su identidad. Todo eso solo podía ser el resultado de un sentido de la responsabilidad nada desdeñable.

El hombre se levantó con un gruñido. La señora Yeom se incorporó y sacó cuarenta mil wones del monedero.

—Tome.

El hombre dudó al ver el dinero.

—Acéptelo.

Él movió la mano, pero, en lugar de llevarla a los billetes que tenía delante, la metió en el bolsillo de su sudadera y sacó un dudoso puñado de pañuelos con los que se limpió la nariz, que aún le sangraba. Hecho esto, dio media vuelta y se alejó. Ella lo miró pasmada, con el dinero de la recompensa en la mano. El hombre se agachó con dificultad en el lugar donde estaba comiendo antes, frente a la tienda. La mujer lo siguió.

El indigente hablaba solo mientras contemplaba el plato desparramado por el suelo. Después, lanzó un suspiro. Tras observarle un momento, la señora Yeom se inclinó y le tocó la espalda. Cuando este se dio la vuelta, se encontró con la expresión que ponía la profesora cuando consolaba a un alumno cohibido.

–Venga conmigo un momento.

Según salían, el hombre se detuvo por un instante. Parecía un herbívoro reticente a abandonar su hábitat natural para subirse a un camión sobre el asfalto. La señora Yeom le hizo un gesto para que se apresurara y finalmente consiguió que abandonara la estación de Seúl. Juntos se adentraron en una calle del Garwol-dong. El hombre acompasaba sus pasos como podía al caminar enérgico de la mujer. Siguieron avanzando hacia el barrio de Cheongpa. La fruta que caía de los árboles de *ginkgo* a finales del otoño despedía un olor similar al de aquel hombre. La señora Yeom se preguntó qué mosca le habría picado para llevar a aquel hombre hasta allí sin venir a cuento.

Lo cierto es que quería recompensarlo de alguna forma, ya que había rechazado el dinero. Se había aferrado al estuche, lo había protegido contra viento y marea; sentía que tenía que premiarlo por haber hecho lo correcto a pesar de sus necesidades. No podía evitar recurrir al sistema que solía seguir con los estudiantes: se había convertido en un instinto natural tras años en la enseñanza.

Y, además, se había criado en la fe cristiana y quería ser una buena samaritana con aquel hombre desamparado. Tras unos quince minutos de caminata, aquella calle oscura tras la estación se terminó y dio paso a una elegante iglesia de grandes dimensiones. Estaban cerca de una universidad femenina, así que las estudiantes pasaban por allí con sus pantalones vaqueros y sus chaquetas de la facultad; se reían. La gente hacía cola ante los pequeños quioscos y restaurantes que se habían hecho famosos tras salir en televisión. Cuando la señora Yeom dobló la esquina, el hombre estaba aún absorto en aquellas escenas. Algunos transeúntes los evitaban. La mujer sintió curiosidad y, para qué negarlo, algo de preocupación sobre qué imagen daba aquella extraña pareja que formaban. Al fin y al cabo, Cheongpa era su barrio. Y también allí se encontraba su tienda.

La señora Yeom atravesó la Universidad Femenina de Sookmyung, seguida de cerca por el hombre, como un patito detrás de su madre, y tras dejar atrás varios callejones, fue a parar a un pequeño cruce de calles. Había una tienda que abría veinticuatro horas en una de las esquinas. Era su pequeño negocio, y podría ofrecerle a aquel hombre otro plato preparado. Abrió la puerta y le hizo una señal para que entrara. Él dudó, nervioso, pero la siguió.

—Bienvenidos a... ¡Ah, es usted!

Si-hyeon, la trabajadora a tiempo parcial, apartó su teléfono móvil y saludó a la señora Yeom con una sonrisa. Esta se la devolvió y observó cómo la expresión de la empleada se congelaba.

–No pasa nada. Es un cliente.

La chica tenía la vista clavada en el hombre que acababa de entrar; su expresión se volvió todavía más confusa. La señora Yeom pensó para sí misma lo mucho que le quedaba a Si-hyeon para convertirse en una adulta con todas las de la ley. Agarró al hombre del brazo y se dirigió hacia la estantería de las comidas preparadas. Quizás porque supo leer la situación o porque no le dio más vueltas, este la siguió en silencio.

–Coja todo lo que quiera. Lo que le apetezca.

–¿Eh?

–Esta tienda es mía, así que no se preocupe y sírvase lo que quiera.

–Ah, ¿s-sí?

El hombre, incapaz de articular palabra, se quedó pálido, con la boca abierta.

–¿Qué pasa? ¿No le gusta nada?

–No hay... platos... del chef Park.

–Esa marca no la tenemos en esta franquicia. Pero aquí traemos otros platos muy ricos. Elija alguno.

–A mí me gusta... el chef Park...

Aquella cantinela sobre la marca de la franquicia rival puso a la señora Yeom en jaque, pero aun así agarró el plato más grande que encontró y se lo dio.

–Pruebe este. Es Delicias variadas. Lleva mucha guarnición.

El hombre se quedó mirando el envase, como contando el número de ingredientes que traía. Eran doce. «Para un hombre con sus dificultades, esto debe de ser como un banquete real», pensó la mujer mientras lo veía

inspeccionando la comida. Tras la comprobación perti-
nente, el hombre levantó la mirada e inclinó la cabeza.
Después se dirigió a una de las mesas verdes de plástico
del exterior como si fuera un reservado y, en un visto y
no visto, la convirtió en una mesa formal. Abrió la tapa
del envase como si de un joyero se tratara, separó con
sumo cuidado los palillos y se llevó a la boca un poco de
arroz. La señora Yeom, que no se perdía nada de lo que
hacía, cogió un bote de sopa instantánea de soja y la dejó
junto a la caja. Si-hyeon se dio cuenta al instante y escaneó el código de barras. Después de echarle un poco de
agua caliente, salió fuera con una cuchara en la mano.

–Tome esto también. Siempre es mejor comer con
sopa.

La mirada del hombre fue de la sopa a la señora y de
la señora a la sopa y, sin esperar a la cuchara, le dio un
trago de golpe. Pareció olvidarse de lo caliente que estaba y sorbió la mitad del líquido; luego, volvió a inclinar
la cabeza y agarró otra vez los palillos.

La señora Yeom regresó al interior y salió con un vaso
de papel lleno de agua, que dejó junto al hombre. Después se sentó frente a él y lo observó mientras comía.
Estaba muy hambriento, como si acabara de salir de un
largo periodo de hibernación, o quizás era más propio de
alguien que se está preparando para hibernar. En cualquier caso, parecía un oso rebuscando en un tarro de
miel. Pero entonces, ¿cómo conseguía estar en buena
forma? Para las personas sin hogar llegar siquiera a tres
comidas al día ya era difícil. Pensó en que las familias
más necesitadas tienen una alta tasa de obesidad y se

preguntó si seguiría la misma lógica. O tal vez estaba así por lo rápido que comía.

—Coma tranquilo. Nadie se lo va a quitar.

El hombre, con la boca llena de *kimchi* salteado, levantó la mirada. Su semblante ya no era de alerta, sino de docilidad.

—E-está... rico. —El hombre echó otro vistazo a la tapa del envase que había a su lado y añadió—: A-así que Delicias variadas...

En vez de terminar la frase, bajó la cabeza a modo de agradecimiento y volvió a darle un trago a la sopa. Parecía tranquilo, como si hubiera vuelto en sí después de saciar el hambre. Al verlo pelearse con los palillos para enganchar las últimas piezas de pescado que quedaban, la señora Yeom sintió una extraña satisfacción. En el esfuerzo del hombre por atraparlos intuía la sencillez de su existencia.

—A partir de ahora, siempre que tenga hambre, pase por aquí y pida comida.

El hombre se detuvo con los palillos en la mano y la miró, ojiplático.

—Avisaré a los trabajadores para que no tenga que pagar.

—¿M-me darán... las cosas caducadas?

—No, las frescas. ¿Quién se come lo que ya ha caducado?

—Los... trabajadores lo hacen. Todavía... están buenos.

—En mi tienda nadie come cosas caducadas. Ni mis trabajadores ni usted. Aquí se come bien, ya me encargo yo de eso.

De nuevo, el hombre se quedó desconcertado por un instante. Inclinó la cabeza una vez más e intentó coger el pastel de arroz. La señora Yeom le tendió la cuchara que había traído. El hombre se quedó pasmado. Parecía un mono mirando un teléfono móvil. Pero, igual que el cuerpo no se olvida de montar en bicicleta, terminó usando bien el utensilio: juntó varios pedacitos del pastel de pescado y, con gran satisfacción, se los llevó a la boca.

Finalmente, apartó el plato, que había quedado limpio por completo, y se dirigió a la señora Yeom:

–G-gracias por la comida.

–Gracias a usted. Por cuidarme el estuche.

–Se lo... birlaron dos tipos...

–¿Dos tipos?

–Sí... por eso les di una lección y les quité... la bolsa esa con su monedero.

–¿Así que se lo quitó a los que me lo habían robado? ¿Para devolvérmelo?

El hombre asintió mientras bebía agua del vaso de papel.

–Pude... con los dos. Acabamos los tres... fatal. Cuando los vea... se van a enterar.

Guardó silencio. Estaba indignado y enseñaba los dientes mientras revivía la situación. Los restos rojos de la comida entre sus dientes amarillos hicieron fruncir el ceño a la señora Yeom, pero se relajó al darse cuenta de que era la ocasión que tenía el hombre de fanfarronear un poco.

Tras terminarse el vaso de agua, echó un vistazo a su alrededor.

–¿D-dónde estamos? –preguntó.

–En el Cheongpa-dong. Donde las colinas verdes.

–C-colinas verdes... Qué bonito.

Bajo la espesa barba se distinguió un rastro de sonrisa. Se levantó con los envases vacíos y los tiró con naturalidad en el contenedor de reciclaje. De vuelta junto a la señora Yeom, se sacó un ovillo de pañuelos de la sudadera y se limpió la boca. Después de hacerle una reverencia de noventa grados, dio media vuelta y se alejó.

Ella se quedó mirando la espalda del hombre, que se dirigía a la estación de Seúl como un oficinista que regresa a casa después del trabajo, y entró en la tienda, donde el rostro inocente lleno de curiosidad de Si-hyeon la bombardeó a preguntas. Le contó todo lo sucedido desde que había echado en falta el estuche hasta ese mismo instante. La chica exclamaba de vez en cuando algún «¡Hala!» o «¿En serio?» con una mezcla de asombro y preocupación.

–Es un hombre particular. Me cuesta creer que sea indigente.

–A mí me pareció un indigente sin más... ¿Ha mirado si le falta algo?

La señora Yeom echó un vistazo dentro del estuche. Todo estaba intacto. Le dedicó a Si-hyeon una sonrisa llena de significado y de repente sacó su carnet de identidad del monedero.

–¿Estoy muy cambiada?

–Está igual. Quitando alguna cana que otra, no ha envejecido para nada.

La señora Yeom se enfrentó directamente a la foto y la miró con detenimiento. Saltaba a la vista que la mujer de la fotografía y la actual no se parecían lo más mínimo.

—Me temo que no le falta razón.

—¿A quién?

—A ese hombre. Y tú eres demasiado amable.

Indicó a Si-hyeon que, si aquel hombre corpulento volvía por allí, le diera uno de los platos preparados. También le pidió que avisara al resto de los trabajadores. Con una expresión incómoda en el rostro, Si-hyeon transmitió el mensaje de su jefa al grupo de chat de los compañeros de la tienda mientras la señora Yeom miraba a su alrededor con suma satisfacción. Sin embargo, no tardó en caérsele el alma a los pies. Durante todo aquel rato que el hombre había estado comiendo, no recordaba que hubiera entrado ni un solo cliente. Se le quedó la boca seca cuando la asaltó la preocupación por su posible demencia. Sin embargo, había sido receptora y proveedora de una buena acción. Pensó que el día no había estado tan mal.

—Entonces, ¿no va a ir a Busan?

—Ay, qué cabeza tengo.

El día aún no había terminado. Aquella noche tenía que llegar a Busan, aunque fuera en el último tren. Debía acudir al funeral de su prima mayor y, ya que estaba allí, su intención era quedarse en la ciudad unos días.

Guardó el estuche en el bolso y se dirigió de nuevo a la estación de Seúl.

Pasados cinco días, la puerta de la tienda volvió a abrirse. Era la señora Yeom, que regresaba tras arreglar sus asuntos en Busan. Según entraba, saludó con la mirada a Si-hyeon, que estaba cobrando unas bebidas a una pareja. En cuanto terminó, Si-hyeon salió de detrás del mostrador y se acercó a ella. Tras un intercambio de saludos y novedades de la tienda, la chica se pegó a la señora Yeom y le soltó lo que llevaba un tiempo esperando poder decir:

—Ha vuelto. No se ha saltado ni un día.

—¿De quién me hablas? Ah, ¿de aquel hombre?

—Sí. Ha estado viniendo cada día a comerse un plato preparado.

—¿Ha venido siempre cuando estabas tú?

—Sí, siempre en mi turno.

—Entonces será que le gustas.

Si-hyeon respondió a la broma de la señora Yeom con una mirada de disgusto.

—No lo decía en serio —añadió esta entre risas.

—Ahora que lo pienso, viene justo a las ocho de la tarde, cuando tiro los productos a punto de caducar.

—¿Qué? Te pedí que le dieras los frescos.

—Sí, sí. Pero, aunque se los ofrezca, insiste en que prefiere los otros, porque, de todas formas, van a pasarse pronto.

—Pero le prometí que le daría comida en fecha. Va a parecer que lo dije por decir.

—Es que no es fácil. Si le replico, se pega al mostrador y en nada comienza a oler mal todo. Es como si hubiera un enorme y repugnante excremento en mitad de la tienda. Si hasta ha habido clientes que, al verlo, han dado media vuelta y han salido. ¿Qué quiere que haga? Lo mejor es seguirle la corriente y que se vaya rápido. Y, una vez que se ha ido, poner a tope el ventilador.

–Lo comprendo.

–Yo creo que no va a cambiar de opinión. Si es que aparece a la hora clavada en que tiramos los productos. Y a saber cómo se ha enterado, ni que fuera adivino.

–Es un caso, desde luego.

–Ayer vino más tarde de lo normal y me pregunté si estaría enfermo o algo así.

La señora Yeom no pudo evitar sonreír al ver la preocupación en el rostro de Si-hyeon, que se repasaba los labios con la lengua. Cada vez que miraba a aquella chica alta y delgada y que era pura sensibilidad, le venían a la cabeza esos muñecos inanimados y rellenos de aire que ondean en las puertas de las tiendas para promocionarlas.

–Si-hyeon, si eres así de buena, el mundo se te va a comer.

–Pues que me lo diga usted, que le ofrece comida a ese hombre cada día... ¿Y qué pasa si de repente aparece con sus amiguetes? –contraatacó Si-hyeon; al fin y al cabo, los muñecos de aire son resistentes.

–No es de ese tipo de personas.

–¿Y usted cómo lo sabe?

–Porque tengo ojo para la gente. Por eso te contraté, ¿no?

–Ah, claro que sí.

Siempre disfrutaba de esos momentos con Si-hyeon, que era como la hija consentida que nunca tuvo. Por una parte, esperaba que aprobara pronto las oposiciones y se fuera de allí, pero, por otra, pensar en que abandonaría la tienda la llenaba de tristeza.

Tilín. El sonido de la campana de la puerta anunció un cliente, al que Si-hyeon saludó dirigiéndose al mostrador. La señora Yeom miró a su alrededor, buscando los platos preparados que quedaban. Decidió que volvería a la tienda cuando tocara retirar productos.

Así podría preguntarle a ese hombre cómo se llamaba.

Aquella noche, la señora Yeom estaba dormida con la televisión de fondo cuando el timbre del teléfono la despertó. En la pantalla aparecía la palabra «hijo» y la hora pasaba de medianoche. La combinación de esos dos elementos le hizo responder la llamada con un nudo en el estómago. Como era de esperar, la voz al otro lado de la línea sonaba ebria. Ignoraba que había estado en Busan y también que su cumpleaños era al día siguiente. No obstante, le dijo que la quería y que sentía no ser un buen hijo. Tras soltar todo ese repertorio tan manido, llegó la pregunta:

—¿Cómo va la tienda?

La gran pregunta ontológica.

—¿Y a ti qué más te da? —respondió la señora Yeom.

El otro siempre replicaba con sus diatribas de cabeza hueca. Que si se quitaba de en medio un negocio que no daba dinero e invertía en el que él le decía, podría vivir más tranquila y desahogada. La señora Yeom no pudo contenerse.

—Hijo, a la familia no se la estafa —le soltó.

−Pero ¡qué dices! ¿Es que no confías en mí, mamá? ¿Por quién me tomas?

−Soy una profesora de historia jubilada. Si quieres mi opinión, a las personas, igual que a los países, se las juzga por los hechos del pasado. Piensa en tus acciones hasta ahora. ¿De verdad crees que te tengo confianza?

−Así que me dejáis tirado. Tú, mi hermana... ¿Por qué me aisláis así? ¿Y os llamáis familia? Manda huevos...

−Si estás borracho, mejor vete a la cama.

−Mamá...

Después de colgar, la señora Yeom se encaminó a la cocina. Sentía un dolor agudo en el corazón, como si se lo hubieran untado de aceite y lo hubiesen puesto vuelta y vuelta en una plancha. El dolor le serpenteaba por todo el pecho, oprimiéndoselo. Abrió la nevera, sacó una lata de cerveza y comenzó a bebérsela a grandes tragos. Al intentar extinguir el fuego, aquel tormento que tenía en el torso, se atragantó y empezó a toser. Se sintió patética recurriendo a la bebida para olvidar el ruido blanco que era la voz de su hijo borracho.

No sabía qué hacer.

Estaba convencida de que siempre había vivido de forma juiciosa y con una determinación más que firme. Pero cuando se trataba de los problemas de sus hijos se convertía en una balanza rota. Digamos que ayudaba a su hijo con su negocio, o la estafa esa, lo que fuera, y que lo perdía todo. Y después ¿qué? Le quedaría tan solo ese piso viejo de dos dormitorios, una tercera planta en un edificio ajado de más de veinte años en la colina del Cheongpa-dong. No sabía si los fracasos de su prole se detendrían antes de arrebatarle su último bote salvavidas. Le costaba admitirlo, pero su hijo era un estafador medio bobo. Por eso mismo su nuera se divorció en cuanto se dio cuenta, apenas dos años después de la boda. En aquella época le había dolido la decisión tan fría de la mujer, pero a estas alturas tenía que reconocer que casi toda la culpa era del chico. Pasados tres años del divorcio, todos los bienes de su hijo se habían evaporado e iba por la vida con un aspecto desaliñado. ¿Qué estaba haciendo? ¿Es que no podía ayudar a su propio hijo? ¿Por qué no era capaz de cuidar de él en vez de andar preocupándose por los indigentes de la estación de Seúl? Tras terminarse la cerveza, la señora Yeom empezó a rezar sin moverse de la mesa. Era todo lo que podía hacer. Rezar.

La señora Yeom celebró su cumpleaños con su hija, su yerno y su nieta Jun-hee, que era una gran fuente de alegría. Esta vez, la familia no fue al Cheongpa-dong, sino que invitaron a la mujer a un restaurante de carne a la brasa en un centro comercial que estaba cerca de su urbanización. Tanto aquel apartamento de la urbanización del Ichon-dong donde vivía su hija como el piso del barrio de Cheongpa de la señora Yeom pertenecían al Yongsan-gu, pero eran como la noche y el día. Aunque el distrito de Yongsan se había convertido en el segundo más caro de Seúl después del de Gangnam, Cheongpa seguía siendo un barrio de lo más común, lleno de pequeños bloques y pisos de estudiantes. Su hija y su yerno no dejaban de referirse al banco como su «casero», pero, al mismo tiempo, estaban ahorrando con el objetivo de marcharse al próspero Gangnam-gu para cuando Jun-hee pasara a secundaria. La señora Yeom, que tenía una tendencia más bien conservadora en cuanto a la economía familiar, a veces se preguntaba si aquellas tácticas y estilos de vida agresivos y ambiciosos provenían del esfuerzo de su hija o de la habilidad de su yerno. En cualquier caso, entendía que respondían a una sinergia entre ambos. Tras casarse, su hija cada vez parecía menos su hija y su yerno era cada vez menos alguien de la familia. Claro que tenía poco de lo que preocuparse si los comparaba con las historias de su hijo, las peleas, el divorcio y todo lo demás. A su hija le iba bien. Sin embargo, la relación con ella había cambiado por completo, se notaba en las conversaciones que compartían. Por eso tenía el vago presentimiento de que el espacio físico que las separaría cuando se mudaran del Yongsan-gu al Gangnam-gu sería el mismo que se crearía entre ellas.

Mientras tanto, ahí estaba, en un restaurante de carne a la brasa, que no es precisamente barata, celebrando el cumpleaños con su hija y su yerno... No cabe duda de que el interés siempre le lleva la delantera a los sentimientos. Hasta entonces, la familia había despachado el cumpleaños de la señora Yeom en un restaurante de costillas frente a la entrada de la Universidad de Sookmyung, al lado de su casa. Sentada con una incomodidad latente, miró a su nieta Jun-hee con una sonrisa. Esta no se dio cuenta de la sonrisa de su abuela, pues tenía la mirada fija en un vídeo del móvil, pero no pasaba nada.

Su yerno y su hija hablaban entre ellos de productos financieros, de ahorros e inversiones, y era imposible seguirlos, así que decidió que se concentraría en su plato en cuanto saliera de cocina. «Hoy es mi cumpleaños —pensó—. Si alguien tiene que disfrutarlo, soy yo».

La comida llegó y la señora Yeom se entregó a la carne que iba asando su yerno en la parrilla. Su hija se encargaba de Jun-hee mientras su marido se dedicaba diligentemente a cocinar. Por fin, después de servirle cerveza, su hija hizo un brindis y, como si hubiera estado esperando ese momento.

—Jun-hee va a empezar clases de taekwondo, mamá —anunció.

—¿Una niña en taekwondo?

—Mamá, parece mentira que hayas sido profesora. ¿Es que el taekwondo es solo para chicos? Resulta que un día vino Jun-hee diciendo que le había pegado un niño y que quería aprender taekwondo para plantarle cara a esos abusones.

Razón no le faltaba. Se sintió avergonzada de su comentario anticuado y no pudo evitar fruncir el ceño. Mientras su yerno ponía cara de circunstancias, su hija vació el vaso de cerveza. La señora Yeom se apresuró a relajar su expresión y se dirigió a su nieta:

—Jun-hee, cariño, ¿quieres aprender taekwondo?

—Sí —respondió la niña, con la vista aún fija en la pantalla.

—Resulta que hay una escuela muy buena por tu barrio —explicó su hija—. He oído que el maestro es estupendo. Es bastante joven, miembro del equipo nacional

y el método parece bastante bueno... Es muy conocido
en el Dongchon Café.

–¿Dongchon Café?

–Un grupo de madres del barrio, aquí en Ichon. Es un
foro de internet.

–Pero entonces, ¿no es un poco memo ese maestro?
Lo que tiene que hacer es mover la escuela al Ichon-
dong, que es donde está el dinero. ¿Qué se le ha perdido
en un callejón del Cheongpa-dong?

–Eso tenía pensado hacer el chico, pero en el barrio
está todo muy caro. En fin, no podemos esperar a que
venga, así que tendré que enviar allí a Jun-hee. Nos vendría bien que nos echaras una mano.

De repente, aquella carne, que era tierna, se le volvió correosa entre los dientes. A la señora Yeom no le
disgustaba pasar tiempo con Jun-hee, por supuesto.
Pero le molestaba no poder elegirlo. Su hija quería que
la señora Yeom cuidara de ella durante dos horas entre la
clase de taekwondo y la academia de violín. Además,
como la línea de autobús que conectaba las academias
era algo confusa, también tendría que acompañarla
entre una actividad y otra. A simple vista, parecía que
dedicar dos horas a su nieta no era una tarea difícil
para una jubilada sin nada que hacer, pero lo cierto es
que ella sí tenía obligaciones. La tienda requería un
vistazo de vez en cuando, y además hacía un voluntariado en la iglesia y transcripciones diarias de inglés y
coreano para prevenir la demencia. Sin embargo, estaba claro que esas tareas quedarían subordinadas a las
de su familia.

No tenía más remedio que aceptar la petición de su hija. En ningún momento se mencionó una paga por las molestias, pero confió en que su hija y su yerno sabrían agradecérselo y dijo que sí sin titubear.

Durante el trayecto de regreso en autobús, la señora Yeom se acordó de los empleados de su tienda. Últimamente, los trabajadores parecían más de su familia que su propio hijo, que iba a la suya, y su propia hija, que era bastante estirada. De hecho, si su hija la oyera decir eso, la sermonearía sobre lo inapropiado que resultaba que la dueña y señora del establecimiento tratara a los empleados como si fueran familia. Pero ella qué le iba a hacer. No estaba pidiendo que estos la viesen como parte de sus respectivas familias ni tampoco esperaba que ellos trabajaran más con esa excusa. Simplemente sentía que los empleados de la tienda eran las únicas personas en las que podía confiar. Y, con esa idea en mente, se reafirmó en sus pensamientos.

La señora Oh, una amiga del barrio a quien conocía desde hacía más de veinte años y que frecuentaba la misma iglesia que ella, era la responsable de la tienda por las mañanas. La verdad es que trataba a la señora Yeom como una hermana mayor y juntas compartían las miserias de la vida. Por otra parte, Si-hyeon, la empleada de la tarde, era como una hija o una sobrina de la que cuidar. Llevaba ya un año trabajando allí y no había causado ningún problema, más allá de algún error con las cuentas. Y que alguien se quedara en la tienda durante más de un año ya era toda una tranquilidad. En ese sentido, Sung-pil, que había estado a cargo del turno nocturno desde que abrió, había sido de gran ayuda. Sung-pil tenía ya cincuenta y pico años cuando apareció en la tienda de la señora Yeom, al poco de abrir. Fue una bendición que llegó por su propio pie. Vivía en un semisótano en el barrio, muy cerca de la tienda, y a veces se pasaba a comprar cigarrillos. Harto de los trabajos precarios y temporales, habló con la señora Yeom en cuanto la vio colgando un cartel de SE BUSCA ENCARGADO PARA EL TURNO DE NOCHE. Le contó su difícil situación, con dos hijos y en el paro. Un trabajo en la tienda lo ayudaría a pagar las facturas. Al sentir la desesperación de un padre de familia, la señora Yeom añadió quinientos wones al salario por hora de trabajo. Más tarde, gracias al aumento repentino del salario mínimo impulsado por el Gobierno, Sung-pil terminó ganando más de dos millones de wones al mes. Llevaba más de año y medio a cargo del horario más desagradecido de todos.

A esto se refería con «familia». Desde su posición de dueña, es cierto que ella querría que se quedaran en la tienda. Pero si Si-hyeon, que buscaba entrar en el mundo profesional, y Sung-pil, que necesitaba reengancharse al mismo, tenían la oportunidad de irse, ella los dejaría marchar de buena gana. En una ocasión, hasta le había pasado una oferta de trabajo a Si-hyeon, aunque finalmente no había conseguido el puesto. Según entró por la puerta de la tienda soltó un «se ve que todavía no estoy preparada para la vida de oficinista» y siguió trabajando sin problema después de ese día.

Los turnos del fin de semana los cubrían estudiantes de la universidad y los huecos entre semana los llevaban chicos de la asociación juvenil de la iglesia. Con esa reserva de trabajadores a tiempo parcial que solo querían ganar un poco de dinero para sus gastos, la señora Yeom podía respirar tranquila. Emplear a personas era, sin duda, el trabajo más duro y el que más preocupaciones le traía. Siempre se sorprendía de que tanto sus empleados regulares, que los sentía como de la familia, como las universitarias ocasionales la llamaran «jefa». Se sentía agradecida.

Así que había un único problema. El negocio no iba bien.

La señora Yeom podía vivir dignamente gracias a su pensión de profesora. Si había abierto una tienda era por seguir el consejo de su hermano pequeño, que tenía tres tiendas como la suya, de invertir la herencia de su marido. El hombre insistió en que para que fuera rentable hacían falta, al menos, tres tiendas de veinticuatro horas, pero para ella tener que encargarse de una ya era más que suficiente. Al vivir de la pensión, este negocio solo servía para resolverle la vida a su familia de la tienda. Jamás se lo había planteado, pero ahora tanto el sustento de la señora Oh como el de Sung-pil dependían de ella. También cubría los gastos de preparación de las oposiciones de Si-hyeon. Por eso mismo, la señora Yeom, que había pasado toda su vida en las antípodas del mundo de los negocios, no tenía conciencia de que ser empresaria significaba no solo serlo por una misma, sino también por el bienestar de sus empleados hasta que comenzó a ocuparse de la tienda.

Al principio, el negocio funcionaba. Pasados seis meses, aparecieron otras dos tiendas de franquicias distintas a menos de cien metros y empezaron a competir entre ellas como locas. Mientras esas dos tiendas se atacaban con promociones agresivas, la de la señora Yeom, que era relativamente tranquila, permanecía en mitad del fuego cruzado y sus ventas empezaron a caer.

Su intención no era hacerse rica con la tienda. Sin embargo, lo que le quitaba el sueño era que los empleados no tuvieran donde ir si las ventas seguían bajando y tenía que cerrar. No sabía que la competencia podía ser tan feroz e ignoraba cuánto más podría aguantar.

Al día siguiente, la señora Yeom llegó a la tienda a la hora exacta de la retirada de productos y se encontró al indigente limpiando una de las mesas de fuera. A pesar de que era una tarde fresca de otoño, el hombre estaba agachado recogiendo una por una las colillas, los vasos de papel y las latas de cerveza vacías. Resultaba casi hipnótico contemplarlo mientras separaba la basura con movimientos lentos y la llevaba al contenedor correspondiente. Si-hyeon salió con un plato preparado en la mano, lo dejó en la mesa y le hizo una señal. El hombre se giró y le dedicó una inclinación de cabeza que la chica le devolvió. Al echar un vistazo, Si-hyeon se percató de que estaba presente la señora Yeom.

—¡Ah, hola! Al final ha venido.

—¿Le estás dando la cena?

—Sí, y me está ayudando a limpiar. Se agradece, la verdad.

Si-hyeon sonrió de oreja a oreja y entró de nuevo en la tienda. El hombre también se percató de su presencia y la saludó antes de abrir la tapa del envase. La señora Yeom se sentó frente a él sin mediar palabra. La comida estaba humeando. El hombre esperó un momento, como si pensara que ella tenía algo que decir. La mujer, en cambio, respondió con una señal de «coma tranquilo» y este separó los palillos. Se sacó una botella verde medio llena del bolsillo de la sudadera. Tras vaciar su vaso de papel, se sirvió un poco de *soju*. Estaba tan absorto en la comida que no parecía incomodarle su presencia, así que la señora Yeom decidió quedarse a acompañarlo mientras comía y bebía.

Cuando terminó, la señora Yeom entró un momento en la tienda y salió con un par de latas de café caliente. Volvió a ocupar el asiento frente a él y le ofreció una. El hombre estaba encantado. Bajó la cabeza para beber un poco de café. Ella hizo lo propio. Era como si la energía nostálgica del otoño se estuviera deshaciendo en aquel café en lata. En verano, cuando los clientes charlaban en esa pequeña terraza, cerveza y cigarrillo en mano, todo se llenaba de basura y había quien se quejaba. Pero las mesas de su tienda eran, sin lugar a dudas, un refugio en aquel vecindario, un pequeño espacio de desahogo.

—Qué frío hace... hoy, ¿verdad?

La señora Yeom lo miró sorprendida, como si acabara de ver a un fantasma. Como no habían intercambiado ni una palabra durante la comida, había pensado que simplemente no le apetecía charlar y desechó la idea de preguntarle su nombre. Sin embargo, ahora que se había abierto la veda, la curiosidad resurgió de golpe.

–Sí, ya empieza a refrescar. ¿Ahora pasa más tiempo en la estación?

–C-cuando hace frío... estoy más por allí.

Vaya. Le daba la sensación de que sus frases eran más fluidas que cuando se habían conocido la semana anterior. ¿Quizás tenía que ver con que había socializado más al venir a la tienda cada día? Decidió preguntarle todo lo que pudiera.

–¿Esto es todo lo que come al día?

–Voy a la iglesia... y almuerzo. Pero la misa... no me gusta.

–Suele pasar. Pero ¿dónde está su casa? ¿No ha pensado en regresar?

–No lo sé.

–¿Podría preguntarle su nombre?

–No lo sé.

–¿No sabe cómo se llama? ¿Cuántos años tiene? ¿A qué se dedicaba antes?

–N-no lo sé.

–Vaya.

Habían entablado conversación, sí. Pero, viendo las respuestas, la señora Yeom comenzaba a sentirse como un policía que ha anunciado a su detenido que tiene derecho a guardar silencio. Ni siquiera alguien tan perspicaz como ella podía intuir si era verdad que aquel hombre no sabía su nombre o si fingía no saberlo. Pero optó por no rendirse. Si quería avanzar, debía encontrar una forma de dirigirse a él.

–¿Cómo quiere que lo llame?

En vez de responder, el hombre miró en dirección a la estación. ¿Es que querría volver a su único espacio conocido? Después se volvió a ella.

–Dok... go...

–¿Dokgo?

–Todo el mundo m-me llama... Dokgo.

La señora Yeom dejó escapar un suspiro y asintió.

–Muy bien, señor Dokgo. No se olvide de venir cada día. Me dijeron que llegó algo tarde hace unos días y nos había preocupado.

–N-no, no. No se... p-preocupe.

–¿Cómo no me voy a preocupar? Es normal preocuparse cuando alguien que siempre viene a su hora un día aparece tarde. Así que venga siempre a su hora a cenar. Y si quiere hacer algo de ejercicio ayudándonos con la basura, estupendo.

–S-si pierde la cartera..., dígamelo.

–¿Eh?

–Yo la b-buscaré. No tengo... cómo pagárselo.

–Le tenía por alguien con más juicio, señor Dokgo... ¿Quiere decir que espera que la pierda a propósito?

–N-no, no es eso... Si hay algo en lo que pueda ayudarla..., dígamelo.

La señora Yeom encontró el comentario admirable e impertinente al mismo tiempo. No estaba tan desesperada como para pedirle ayuda a un cualquiera. ¿O es que su tienda le parecía patética? Decidió poner fin a la conversación mirándole directamente a los ojos.

–Señor Dokgo, ayúdese a usted mismo primero.

Él bajó la cabeza con una expresión avergonzada. Tampoco era necesario que se sintiera derrotado por un consejo así.

—Y el motivo por el que le ofrezco comida es porque quiero ayudarlo, aunque sea un poco. Pero no puedo permitir que beba *soju* aquí. Estos platos preparados no son una tapa con la que acompañar una copa, son la cena. No tengo intención de contribuir a su embriaguez.

—P-pero... una botella de nada...

—¡No hay más que hablar! Tengo mis principios. Esta mesa al aire libre es de mi propiedad y no pienso permitir alcohol aquí.

Dokgo tragó saliva en silencio. Su mirada se dirigió a la botella de *soju* y la levantó despacio. Por un momento, la señora Yeom se puso tensa, preguntándose si planeaba atacarla de alguna manera. Pero él simplemente colocó la botella sobre el plástico vacío de su cena y caminó hacia el cubo de basura. La señora Yeom suspiró aliviada. Dokgo regresó y, con cortesía, limpió la mesa con su extraño montón de servilletas antes de inclinarse ante ella.

La señora Yeom observó cómo la figura de aquel hombre conocido como Dokgo se alejaba. ¿Lo escribiría con los mismos caracteres que «Godok», que significaba «soledad»? ¿O tal vez era una variación de «Dokgeo», término que se empleaba para definir una vida solitaria? Decidió no preocuparse por aquella melancólica figura por un tiempo.

—Señora, lamento decirle que tengo que dejar el trabajo de inmediato.

Aquella noche, mientras la señora Yeom hacía el turno con Si-hyeon, no pudo evitar sentirse desconcertada por las palabras de Sung-pil, que acababa de llegar. Mientras se pasaba los dedos con nerviosismo por su incipiente calvicie, les contó que, por mediación de un conocido, había conseguido un empleo como chófer del propietario de una pequeña empresa. Dijo que tenía que comenzar en tres días, por lo que no tenía más opción que renunciar. Con una expresión triste en el rostro, pidió comprensión a la mujer.

Contratar a un trabajador nocturno en la tienda siempre había sido una tarea complicada, dado que era el turno más duro. Durante el último año y medio, gracias a que el señor Sung-pil había cumplido su deber sin rechistar, la señora Yeom había podido pasar las noches sin preocuparse de nada... Pero ahora ese puesto estaba vacante de nuevo. Aunque siempre había alguien disponible, la gente solía dejarlo enseguida, lo que la obligaba a encontrar sustitutos con frecuencia. Solo de pensar en tener que vivir así hasta dar con alguien de fiar le provocaba jaqueca.

Recordó que había decidido animar a Sung-pil cuando la informara de que dejaría la tienda veinticuatro horas para trabajar en otro lugar. Así que le agradeció el haber cuidado tan bien del turno de noche durante tanto tiempo, lo que le había permitido llevar una vida sin preocupaciones, y añadió que le daría un bono como muestra de su gratitud. Con una expresión conmovida, Sung-pil prometió dar lo mejor de sí mismo durante los tres días restantes.

Mientras Sung-pil iba al almacén a buscar su chaleco, Si-hyeon levantó el pulgar hacia ella para expresar su admiración.

–Qué guay, jefa –dijo.

–Si-hyeon, tú aprueba el examen. Si lo haces, yo te compro el traje para ir a trabajar.

–¿De verdad? ¿Puede ser uno caro?

–Si un recién contratado se presentara con ropa cara, llamaría la atención. Te cogeré algo discreto. Así que hinca los codos.

–Vale.

–Ah, y necesito encontrar a alguien para el turno de noche de inmediato. Pregunta entre tus amigos, a ver si alguno está disponible. Yo también se lo mencionaré al grupo de jóvenes de la iglesia.

–¿Me dará una comisión por eso?

–Sí, pero, si no encuentras a nadie, tendrás que encargarte tú.

–¡Ni hablar!

–Si no encontramos a alguien en tres días, nos tocará hacerlo a alguna de las dos. ¿Crees que con lo vieja que soy podré gestionarlo todo sola y de noche? ¿Qué opinas?

Si-hyeon puso los ojos en blanco tras el largo discurso de la señora Yeom.

–Buscaré entre mis amigos. Hay muchos que están libres.

–Diles que la jefa es guay.

–Por supuesto.

La señora Yeom suspiró al ver las cajas de mercancías amontonadas. «¿Por qué pedí tanto? ¡Si las ventas están por los suelos!», se recriminó a sí misma mientras empezaba a mover las cajas apiladas en la entrada. El transportista que hacía las entregas solo las llevaba hasta la puerta; de ahí en adelante era trabajo del empleado de la tienda. Tras solo unos cuantos viajes, sus piernas empezaron a temblar. Colocó la última caja y soltó un suspiro mientras observaba cómo se alejaba el transportista.

Había pasado una semana desde que Sung-pil había dejado el trabajo y, como era de esperar, no había sido fácil encontrar a alguien para el turno de noche. Durante los primeros tres días, un joven de la iglesia que planeaba alistarse en el ejército en unos meses se ofreció voluntario, pero abandonó enseguida, excusándose con una mentira evidente sobre la oposición de sus padres. «¿Cómo diablos sobrevivirá un chico así en el ejército?», se preocupó la señora Yeom, aunque en realidad lo que más la inquietaba era cómo pasar las noches.

Después de tres días, la señora Yeom seguía trabajando noche tras noche. Muy a su pesar, Si-hyeon se iba de madrugada a Noryangjin, alegando que había surgido un inoportuno seminario especial. ¡Qué chica más astuta! La señora Yeom quería comprobar si de verdad estaba estudiando, así que quizás tendría que formularle alguna pregunta con tal de examinarla. Ella, que era una antigua profesora de historia, podría resolver con los ojos cerrados cualquier cuestión de historia que apareciera en los exámenes para acceder al funcionariado público. Podría haberle sido de ayuda en esta área, pero la chica, que prefería tratar a la señora Yeom más como una jefa que como una profesora, había rechazado de plano cualquier ayuda académica. Tal vez Si-hyeon estaba más interesada en ganar dinero trabajando en la tienda que en estudiar, quién sabe.

Una vez más, la señora Yeom se estaba preocupando por los demás. Su problema más inmediato era encontrar a alguien para el turno de noche. Por el día, había llamado a su hijo y había acabado molesta con él. Aquel descerebrado le había preguntado: 1) ¿De verdad pensaba que estaba desempleado?; 2) aunque lo estuviera, alguien con sus cualificaciones no podría aceptar un trabajo nocturno en una tienda de conveniencia; 3) ¿por qué no vende la tienda y se ahorra el sufrimiento? y 4) debería venderla e invertir en un nuevo negocio. Ella le respondió que ni siquiera le daría un chicle de su tienda y le colgó. Tras beberse una lata de cerveza, se desplomó y se quedó dormida hasta que sonó el despertador. Entonces, se dirigió a la tienda para cubrir el turno de Si-hyeon. Empezó a beber más por culpa de su hijo. ¿Era eso apropiado para una feligresa? ¿Por qué Dios le ponía semejantes pruebas y también le daba alcohol? Realmente, no lo entendía.

Ya había pasado la medianoche cuando terminó de mover las cajas al almacén y de hacer inventario. Ahora tocaba colocar los artículos recién llegados en los estantes. Así que pasó otras tres horas ocupada como una ardilla con sus nueces entre el almacén, las estanterías y el frigorífico de la tienda. Cuando terminó, eran las cuatro de la madrugada. Apoyó la parte superior del cuerpo en el mostrador, luchó para que no se le cerraran los ojos y bostezó. Se sentía agradecida por la falta de clientes; de lo contrario, podría haber sido un auténtico desastre. Pero la ausencia de clientes era, en sí misma, una mala señal.

Justo entonces, el timbre de la puerta sonó y un grupo ruidoso irrumpió en la tienda. Eran dos chicas de unos veinte años, claramente ebrias, acompañadas por dos chicos también bebidos. Ellas, que llevaban el pelo teñido una de rubio pollo y la otra de violeta, no paraban de insultarse, mientras que los chicos las seguían con comentarios lascivos y fanfarrones. No parecían estudiantes universitarios, más bien daba la impresión de que venían de algún bar cercano a la estación de Namyeong.

—¡Joder, no tienen pececitos helados Samanco!

—Que sí, que sí tienen. ¡Mira, ahí están los de sabor a *tteok*!

—¡No soporto el pastel de arroz!

—Pues mira si hay de otro sabor, imbécil. ¡Yo me voy a coger un Bibibig!

—Pero ¿qué dices? ¡El Samanco es más barato y son más grandes!

—¿Todavía lo estás buscando? ¡Joder!, ¿por qué no hay Bibibig? Quería el de mermelada de azuki.

Ante el parloteo incesante y las obscenidades de los jóvenes, el ceño de la señora Yeom se frunció involuntariamente. Sabía que tenía que contenerse. No tenía sentido intentar razonar con jóvenes borrachos.

—¡Mira, aquí hay un Babamba!

—¡Imbécil, eso lleva nueces! ¡Y yo quiero azuki!

–Si quieres azuki, cógete un *patbingsu*. ¡Están ahí!

–No pienso tomarme un granizado con este frío, imbécil.

–¿Qué? ¿Qué has dicho? Oye, tú...

–¡A ver, estudiantes!

La señora Yeom ya no pudo aguantar más y alzó la voz.

–¡Dejad de insultaros, comprad lo que tengáis que comprar y a casa! –les espetó.

Había llegado a su límite. No soportaba los comentarios vulgares de esos jóvenes. Pero no eran ni sus alumnos ni personas decentes, más bien eran una panda de maleantes borrachos, y ahora los cuatro se le acercaban con caras de pocos amigos. La señora Yeom se puso nerviosa y tragó saliva.

La joven con el pelo rubio pollo escupió en el suelo.

–Abuela, ¿acaso eres un gato? ¿Cuántas vidas crees que tienes?

–Habéis sido vosotros quienes habéis empezado a alborotar. Está todo en las cámaras de seguridad –respondió ella, tratando de mantener la calma.

Justo entonces, la joven del pelo violeta dejó caer una caja de dulces con forma de pez ante ella.

–¡Venga, cóbranos! Antes de que te saque los ojos esos de besugo que tienes.

Las dos chicas estallaron en carcajadas; parecían a punto de darle un puñetazo a la señora Yeom. Mientras tanto, los dos chicos miraban la escena desde atrás, riendo entre dientes. En ese momento, la señora Yeom sintió que se le revolvía la sangre. No pensaba acobardarse.

–No voy a venderos nada. Salid o llamo a la Policía –advirtió.

La joven del pelo rubio y quemado levantó una de las cajas de dulces y golpeó la cabeza de la señora Yeom. Confundida y desorientada, esta se quedó boquiabierta, sin saber cómo reaccionar.

–Eh, abuela ¿cómo nos has llamado antes, «estudiantes»? ¿Estudiantes de qué? ¿Quién te ha dicho que seamos estudiantes? Joder, estos putos viejos siempre se creen que somos estudiantes. Yo no estudio nada. ¡Me expulsaron por partirle la cara a una profesora decrépita como tú!

Justo cuando la chica iba a golpear de nuevo a la señora Yeom con la caja, ella le agarró firmemente la muñeca.

–¿De verdad quieres verte en apuros? –dijo, apretándola con todas sus fuerzas.

La atacante lanzó un chillido y trató de zafarse, pero no pudo con la fuerza de la anciana. En cuanto la señora Yeom la soltó, la joven perdió el equilibrio y se desplomó en el suelo, agotada. Al ver esto, la otra chica intentó retorcerle el hombro, pero ella, en un acto reflejo, agarró el cabello de la joven y la empujó contra el mostrador, donde estaba la caja de dulces.

–Así que querías estamparme estos pececitos en la cara, ¿eh? ¿Esas son formas de hablarle a una anciana?

La señora Yeom, a pesar de que la chica se retorcía para soltarse, le zarandeó la cabeza, como si así pudiera sacarle toda la rabia. La joven empezó a jadear y toser mientras volvía en sí. En ese momento, la expresión de los chicos se tornó siniestra. Sin perder ni un segundo, la señora Yeom descolgó el teléfono. Si seguía así, en poco tiempo se establecería una conexión automática con la comisaría más cercana.

—¡Pues sí que tiene ganas de morir la vieja! —exclamaron.

Uno de los jóvenes se lanzó como si fuera a destrozar la caja registradora. Asustada, la señora Yeom retrocedió hacia el extremo del mostrador. El chico, con una risa burlona, cogió el auricular y lo colocó de nuevo en la base del teléfono fijo.

—¿Te crees que nunca he trabajado en una tienda así? ¿Para qué descuelgas? ¿Es que quieres llamar a la Policía?

Había sido un error. Debería haber pulsado inmediatamente el botón de emergencia de la caja registradora en lugar de usar el teléfono. El tipo se rio maliciosamente de nuevo y gritó a sus compinches:

—¡Eh! ¡Coged el vídeo de la cámara de seguridad, venga! ¡Y el dinero también!

La señora Yeom se quedó inmóvil mientras un escalofrío le recorría la columna vertebral. Los dos chicos comenzaron a chillar, emocionados, al tiempo que las chicas se lanzaban sobre la caja registradora. No había escapatoria y estaba aterrorizada.

En ese momento, sonó un tilín. La puerta se abrió y entró alguien.

—¡Hijos de...!

La voz era como un trueno. Las miradas del grupito se dirigieron hacia la puerta. La señora Yeom también levantó la cabeza y vio que era Dokgo. Sí, era Dokgo.

—¿Q-qué estáis... haciendo?

Para la señora Yeom, no era el Dokgo que hablaba entre gruñidos ni el que se movía torpemente, como un oso enfermo. Era como si hubiera llegado su mismísimo ángel de la guarda. Pero, a ojos de aquellos jóvenes tan problemáticos, el hombre no parecía representar ninguna amenaza, en absoluto.

—¿Y este tarado? ¡Puaj, huele a mierda!

—Es un vagabundo, ¿no? Qué asco de tío.

Los dos jóvenes se abalanzaron a la vez sobre Dokgo. Este se les enfrentó con su cuerpo mientras resistía los golpes de los dos. Cuando vieron que Dokgo se limitaba a defenderse, los jóvenes redoblaron su agresión y lo golpearon con más fuerza. El indigente, ahora encorvado junto a la puerta, no se movió ni un milímetro, se quedó allí como una roca.

Después de un rato de abusos y golpes, sonó la sirena de un coche de policía. Las chicas se dieron cuenta primero. Los chicos parecían desconcertados. Intentaron apartar a Dokgo de la puerta para salir corriendo, pero no pudieron, seguía siendo un obstáculo insuperable.

—¡Joder, quítate de en medio! ¡Muévete, pedazo de mierda!

El alboroto de los matones no se detuvo hasta que vieron aparecer a dos policías uniformados. Solo entonces Yeom pudo calmar su acelerado corazón. Dokgo se levantó lentamente y la mujer observó su amplia y sólida espalda mientras se dirigía a abrir la puerta a los agentes. En ese momento, el indigente giró la cabeza y le dedicó una sonrisa tensa. Tenía toda la cara salpicada de sangre, que le goteaba desde los párpados. También tenía la boca teñida de rojo. No parecía importarle. Era la primera vez que la anciana lo veía sonreír.

Una vez en la comisaría, uno de los padres de los jóvenes, un hombre de mediana edad, llegó y propuso un acuerdo monetario al ver la cara magullada de Dokgo. Sorprendentemente, Dokgo pidió algo diferente en lugar de dinero. Se acercó a los cuatro jóvenes, que todavía estaban medio borrachos, y les dijo que levantaran las manos. Al principio dudaron, pero cuando el padre presente los instó a hacerlo tuvieron que alzar los brazos como si fueran estudiantes de primaria a los que están castigando.

Al alba, cuando salieron de la comisaría de Namdaemun, la señora Yeom caminó con Dokgo hacia el mercado. Pasaron junto a los vendedores que comenzaban a preparar sus puestos y se dirigieron a un pequeño restaurante de sopas. Dokgo, con una gasa pegada en la cara, devoraba alegremente su sopa; ella, en cambio, jugueteaba con la cuchara. Tenía una expresión a medio camino entre la tristeza y la frustración.

—Con lo peligrosos que son los jóvenes de hoy en día, ¿cómo se le ha ocurrido enfrentarse a ellos?

—Yo p-pensé que... podría con los dos. Y así fue, ¿no?

Dokgo se manoseaba el vendaje del rostro como si fuese una condecoración con una mueca que dejaba entrever sus dientes. La señora Yeom estaba a punto de añadir algo más, pero se dio cuenta de que ella misma se había enfrentado a los jóvenes. Esbozó una sonrisa amarga y clavó la mirada en Dokgo.

–Gracias.

–¿Ha... pagado la cuenta?

–Claro. Una pregunta, ¿qué hacía ahí?

–Había oído... que trabajaba... de noche. No podía dormir y estaba... preocupado... así que fui.

–Ay, más me preocupé yo cuando llegó usted.

Dokgo se rascó la cabeza, avergonzado, y luego continuó comiendo.

–Al principio pensé que quizás había peleado en su juventud, ya que se enfrentó a ellos con mucha confianza. No esperaba que solo fuera a dejarse pegar. Menos mal que llegó un coche patrulla. Podría haber resultado seriamente herido.

–Fui yo quien... llamó a la Policía.

–¿Eh?

–Hay una c-cabina telefónica cerca y esos chicos estaban armando jaleo, así que llamé y volví a la tienda... Pensé que, si aguantaba un poco, la Policía terminaría viniendo...

Durante un instante, la boca de la señora Yeom se abrió por completo. Dokgo no era solo un hombre sensato, sino también inteligente. Había estado vigilando la zona y encima se había llevado una paliza por ella. La embargó una mezcla de admiración y emoción. Ella, de nuevo como si nada, se rascó la cabeza mientras observaba al indigente dar buena cuenta de la sopa.

–¿Quiere una botella de *soju*?

Los pequeños ojos de Dokgo se agrandaron.

–¿Lo d-dice en serio?

–Pero esta es la última. Con la condición de que deje de beber, ¿podría echarnos una mano en la tienda?

La gran cabeza del hombre basculó.

–¿Yo...?

–Claro, Dokgo. El invierno está a la vuelta de la esquina, ¿qué mejor que quedarse por la noche en una tienda con calefacción y, de paso, ganar algo de dinero?

Yeom miró a Dokgo a los ojos mientras esperaba la respuesta. Él evitó su mirada, inquieto, y jugueteó con sus mejillas antes de volver a fijar la atención en ella.

–¿Por qué... es amable conmigo?

–Solo estoy devolviéndole el favor. Además, me resulta difícil y aterrador estar sola en la tienda por la noche. Tiene que trabajar allí.

–P-pero si ni siquiera sabe... quién soy.

–¿Qué más da? Es alguien que me está ayudando.

–Ni yo mismo s-sé quién soy... ¿Cómo puede confiar en mí?

–Ahora estoy jubilada, pero he sido profesora de secundaria toda la vida. Y en ese tiempo he conocido a decenas de miles de estudiantes. Sé juzgar el carácter de la gente. Puede hacerlo. Solo tiene que dejar el alcohol.

Dokgo se acarició la barba y frunció los labios, indeciso. Aunque la propuesta había sido repentina, no debía rechazarla. Un sentimiento de impaciencia empezó a adueñarse de la señora Yeom, que se moría de ganas de decirle que dejara de toquetearse la barba y se decidiera de una vez.

Entonces, Dokgo miró a la señora Yeom con firmeza.

–E-entonces, una botella más... Solo una más antes de dejarlo... Es un poco...

–Tiene que intentarlo. Después de comer, le adelantaré algo de dinero, así que vaya a los baños públicos, lávese, córtese el pelo, cómprese ropa nueva y venga a la tienda esta noche. ¿Le parece?

–G-gracias.

La señora Yeom pidió dos botellas de *soju*. Cuando llegó la primera, ella misma la destapó y sirvió a Dokgo. Luego se llenó su propio vaso.

Ambos sellaron el contrato laboral con un brindis.

2
El GC más GC de todos

Llegar a una tienda veinticuatro horas como destino final en su extensa carrera de trabajos temporales parecía, para Si-hyeon, lo natural. No solo era una asidua clienta de estos establecimientos, sino que las experiencias acumuladas de varios trabajos previos se fusionaron sin problema con las tareas del día a día en el mismo. Lo que había aprendido en la tienda de cosméticos sobre cómo atender a los clientes y llevar la caja registradora guardaba muchas similitudes con su nuevo puesto. La labor de clasificación de paquetes en una empresa de mensajería también tenía sus paralelismos con la organización de los productos en las estanterías. En una cadena de cafeterías se había aprendido al dedillo el manual que enseñaba a lidiar con los clientes complicados, a quienes se refería como «GC». Y había reforzado su resiliencia la época que había pasado en el restaurante de carne a la brasa, donde cada cliente se encargaba de asarse su propia carne en la mesa y culpaba al personal si esta se le quemaba.

Una tienda veinticuatro horas es un ecosistema en el que todos estos trabajos, situaciones y GC se entrelazan con armonía. Hacía un año que Si-hyeon había llegado a la tienda y, en apenas media jornada, había aprendido las nuevas responsabilidades. Desde entonces, había estado trabajando ocho horas diarias, desde las dos hasta las diez de la tarde, mientras preparaba las oposiciones. Si había podido mantener un empleo estable durante todo un año, se debía en gran parte al hecho de que la dueña, una antigua profesora de historia de secundaria que ya se había jubilado, era una persona razonable. Se trataba, a sus ojos, de uno de esos pocos casos en que la jerarquía por edad tenía sentido.

Hoy en día, este tipo de establecimientos suelen evitar coger empleados que trabajen cinco días a la semana para no pagar el extra de descanso semanal. Por lo general, se contrata a gente para que trabaje en periodos de dos o tres días, lo que dificulta mantener cierta estabilidad si solo se tiene un puesto de trabajo. Sin embargo, en esta tienda todos trabajaban cinco días a la semana. Y la dueña tenía muy claro cuál era su responsabilidad y qué tareas debían asignárseles a los trabajadores como Si-hyeon. Siempre daba ejemplo y, sobre todo, apreciaba a sus empleados.

—Si un jefe no valora a sus empleados, estos no valorarán a los clientes.

Si-hyeon, que creció bajo el ala de unos padres dedicados a la hostelería, había escuchado esa frase hasta hartarse. Una tienda, al fin y al cabo, es un negocio de personas. Un establecimiento que no valora a los consumidores y un jefe que no valora a los trabajadores están destinados al mismo resultado: el fracaso. En ese sentido, aquel pequeño mercado del Cheongpa-dong era un éxito. Sin embargo, no parecía un camino fácil para hacer dinero. En todo ese tiempo, habían abierto en las inmediaciones dos tiendas más. En una zona con una población tan envejecida, los vecinos parecían preferir las tiendas de barrio a estas otras tan impersonales, pero la de la señora Yeom estaba un poco alejada de la ruta principal que transitaban para ir y volver de clase las estudiantes de la Universidad de Sookmyung, lo que no era de mucha ayuda. Solo quienes se habían mudado a la zona para estar cerca de la universidad o quienes ya vivían por allí frecuentaban la tienda.

Lo cierto es que, como el negocio no iba bien, Si-hyeon disfrutaba de un ambiente de trabajo más relajado. ¿Cómo iba ella a abandonar un chollo así, que ofrecía tantas ventajas incluso a los empleados temporales? No obstante, le sabía mal por la dueña, por lo que se esforzaba al máximo por tratar a los clientes con amabilidad. Al fin y al cabo, si había clientes habituales, la tienda al menos podría mantenerse.

A pesar de su dilatada experiencia, había un GC que se pasaba por allí con regularidad desde que se mudó y que le resultaba tan desagradable que le hacía rechinar los dientes. Aquel hombre, un cuarentón de figura delgada y ojos saltones, tenía un aspecto terrible a primera vista. Ya la primera vez que fue le tiró el dinero y le habló en tono despectivo, lo cual la dejó horrorizada. Actuaba como si Si-hyeon fuera una máquina, le pedía los productos con un lenguaje brusco y le metía prisa. Pero lo que complicaba las cosas era que se ensañaba con los errores de la chica, por lo que ella se sentía indefensa y, en consecuencia, aún más frustrada. Una vez quiso llevarse un producto con la oferta tres por dos que se había terminado justo el día anterior y, cuando la oferta no se aplicó en la caja, comenzó a interrogarla como si fuera un policía japonés.

–¿Cómo que no se puede?

–Señor, es que la promoción era válida hasta ayer.

–Entonces, ¿por qué no habéis retirado el cartel? He hecho la compra pensando en la oferta, ¿y ahora qué? Aplícamela, aunque sea esta vez.

–No puedo. La fecha límite está claramente indicada en el cartel. Si se fija aquí...

–¿Cómo quieres que lea una letra así de pequeña? ¡Cualquiera que pase de cuarenta eso no lo ve! ¡Deberíais haber puesto la fecha de forma más legible! ¿Ahora discrimináis a la gente mayor o qué? Es un error vuestro, así que mantenme la promoción.

–Lo siento, señor, pero eso no es posible.

–Pues no me lo llevo. Dame tabaco.

–¿Qué marca le pongo?

–Siempre fumo lo mismo. ¿Te compro tabaco cada día y no te acuerdas de la marca? Qué manera de tratar a los clientes habituales... Encima querréis que vaya bien el negocio... ¡Anda que!

No retirar el cartel de la oferta caducada fue el primer error; el segundo fue preguntar qué marca de tabaco fumaba. En realidad, el hombre podría haber comprobado la fecha si no tuviera problemas de visión y lo otro ni siquiera era un error. Sin embargo, este GC siempre

aprovechaba las situaciones ambiguas para desahogarse con Si-hyeon, descargando un monólogo de quejas
antes de irse.

Tras coger el paquete de tabaco y lanzar el dinero sobre el mostrador, el tipo salió e ignoró el cartel que pro-
hibía fumar; se encendió un cigarro en la mesa de fuera.
Al terminar, dejó la colilla donde le vino en gana. Era un
auténtico imbécil que escudriñaba hasta el último detalle de lo que a duras penas podían considerarse errores
de los demás. Era, sin duda, el GC de los GC.

Cada tarde, entre las ocho y las nueve de la noche,
Si-hyeon oía el tintineo de la campanilla de la entrada y
sentía una incomodidad creciente. Cuando aquella cara
de ojos saltones como una carpa aparecía por la puerta, su corazón latía a mil por hora, hasta que el hombre
terminaba de pagar y se iba. «¿Qué nuevo numerito se
traerá hoy?», pensaba, invadida por los sentimientos de
incomodidad e inquietud. Pero era solo un momento.
Al fin y al cabo, todo lo que hacía era ir siempre sobre
la misma hora a comprar tabaco y alguna que otra cosa
y luego se marchaba. Se consolaba pensando que, en
realidad, no era mucho peor que tener el típico vecino
desagradable con el que tarde o temprano tienes que
cruzarte y soportar sus desplantes.

Un día, cuando ya se desvanecía el otoño, Si-hyeon no
pudo evitar quedarse boquiabierta al ver a la dueña del
local entrar acompañada de un hombre. Fue la primera
vez que tomó plena consciencia de cuánto podía cambiar la impresión que se tiene de una persona simple-

mente por la barba. Tenía entendido que había un peinado para cada hombre y cada mujer, pero en el momento que vio el rostro aseado de Dokgo sin esa barba y esos bigotes que le crecían como maleza le recordó más a sus tíos mayores que al vagabundo del que había preferido mantenerse alejada.

Además, Dokgo, que ahora llevaba el pelo corto, se había deshecho de la sudadera desteñida y los pantalones de chándal. Con una camisa holgada y vaqueros, parecía una persona completamente distinta. Aunque tenía los ojos algo pequeños, la línea de la nariz y los labios, ahora más suaves por la ausencia de vello facial, se complementaban con una mandíbula firme que emanaba cierta masculinidad. Por otra parte, su espalda ancha y su torso transmitían solidez, y ahora, en lugar de tener una postura desgarbada, se mantenía erguido, lo que le hacía parecer incluso más alto.

La jefa, al presentar al transformado Dokgo, tenía una expresión de orgullo, como si estuviera exhibiendo un robot de su propia creación. Entonces, anunció que él se encargaría del turno de noche. Vaya. Una nube negra se cernió de inmediato sobre el ánimo de Si-hyeon, que se había quedado pasmada por un instante con el cambio de Dokgo. Por si fuera poco, la jefa sugirió a Si-hyeon que se encargara de la formación del hombre en las tareas de la tienda. ¡Dios mío! ¿Era una sugerencia o una orden?

Si-hyeon intentó escurrir el bulto convenciendo a la jefa de que, con su vasta experiencia en formación, era más apta para instruir al nuevo empleado. Sin embargo, su intento cayó en saco roto. ¿La razón?, que Si-hyeon tenía más «intuición» en el uso de la caja registradora y en la atención al cliente. La jefa, por su parte, se comprometió a enseñarle a Dokgo cómo recibir mercancías durante la noche y cómo disponer los productos en la tienda. Si-hyeon no tuvo más remedio que aceptar. Ahora tanto ella como la señora Yeom tenían ante sí la tarea de convertir a Dokgo en un trabajador competente, sobre todo porque no podían permitirse el lujo de tener un turno de noche indefinidamente sin cubrir.

En realidad, Si-hyeon no era leal ni atenta. Se consideraba cercana a lo que comúnmente se conoce como una «marginada» y no tenía muchos amigos. Se graduó en la universidad sin mucho a destacar y pensó que un trabajo como funcionaria sería el que mejor se adaptaría a su personalidad. El problema era que ahora todo el mundo a su alrededor también estaba preparando los exámenes para lo mismo. Sus amigos, que tenían vidas estimulantes y currículums despampanantes, también optaban por la estabilidad de un trabajo en el Gobierno, lo que disparaba la competencia.

«¿Por qué todos vosotros, que habéis tenido múltiples desafíos y experiencias internacionales, queréis transitar un camino tan mundano? –se preguntaba–. ¿No podéis buscar empleos en campos más ambiciosos en lugar de hacer fila para convertiros en aburridos funcionarios? ¿No podéis dejar esos trabajos para personas como yo, acostumbradas a la monotonía?». Esa era la queja y la preocupación de Si-hyeon.

La tienda de la señora Yeom era un lugar donde la chica podía experimentar de antemano lo que sería la vida como funcionaria. Después de graduarse y fracasar a la hora de encontrar un empleo, comenzó a prepararse las oposiciones. Había trabajado en varios sitios a tiempo parcial antes de llegar allí. La rutina diaria de tomar clases en Noryangjin por la mañana, viajar en metro a la estación de Namyeong y trabajar toda la tarde antes de regresar a su casa en el Sadang-dong se había convertido en su zona de confort.

Su madre se preguntaba por qué tenía que ir hasta el Cheongpa-dong en lugar de trabajar en una tienda del barrio, pero para Si-hyeon no había nada más horrible que encontrarse con gente que conocía o familiares mientras trabajaba.

Además, el Cheongpa-dong tenía un significado especial para ella, ya que era el barrio donde vivía antes un chico que le gustaba. Conocía la zona de un par de ocasiones que había quedado con él, lo que le había dejado ciertos recuerdos. Incluso habían ido a un sitio llamado La Casa del Gofre para disfrutar de un delicioso *bingsu* de fresa en lo que fue una especie de cita... Sin embargo, el chico se había marchado de repente a Australia con un visado de esos de trabajar viajando o no sé qué historias y aún no había regresado después de varios años. Tal vez había formado una familia con una australiana de dos metros o trabajaba cuidando canguros y se había enamorado de uno. A saber.

En cualquier caso, aquella tienda en un rincón del Cheongpa-dong se había convertido para Si-hyeon en su espacio más seguro. No tenía ninguna intención de dejar el puesto de trabajo hasta que aprobara las oposiciones. Y encima, después de que sus planes de obtener un visado en Japón se vinieran abajo, había decidido convertirse aún más en un pilar de la tienda. Tras la desaparición de ese chico, del que no había vuelto a saber nada, Si-hyeon había decidido emprender un plan similar al suyo, pero en Japón. Como graduada en Estudios Japoneses y entusiasta del *anime*, tenía todo el sentido marcharse allí, pero había tenido que posponerlo indefinidamente. Cuando en junio de ese año comenzó la puñetera guerra comercial y las relaciones entre Corea y Japón se deterioraron, su plan B se convirtió en un sueño inalcanzable. Si llegaba a ser funcionaria, tenía planeado visitar pequeñas ciudades de Japón cada fin de semana. Ahora ese sueño también pendía de un hilo.

Al experimentar cómo sus aspiraciones personales se derrumbaban debido a problemas diplomáticos, Si-hyeon finalmente se sintió parte de la sociedad. Nunca se había identificado con aquellas personas que salían a las plazas a protestar o para animar en los partidos de fútbol. Su vida estaba contenida en la pantalla de un monitor en la esquina de su habitación. Creía que podía experimentar el mundo y disfrutar de la vida solo con Netflix e internet y encontraba comodidad en la burbuja que era aquella tienda. ¿Quizás por eso a veces se le pasaba por la cabeza que prefería continuar con su vida como empleada en la tienda a ser funcionaria?

Incluso si, después de tanto esfuerzo, se convirtiera en funcionaria, ¿no sería al final como estar en una tienda más grande? Una vida que consistiría en conocer a otros GC en un espacio dedicado también a servir a la gente... Por eso, el negocio de la señora Yeom era un refugio que Si-hyeon debía proteger a toda costa.

Para ello, tenía que contribuir al cambio de Dokgo, el indigente. Cuando le ofrecía platos preparados que iba a tirar pronto, se sentía bien, como si estuviera realizando una acción altruista. Sin embargo, la perspectiva de educarlo formalmente y tener que comunicarse con él era una carga considerable. Primero, debía acostumbrarse a su tartamudeo. También a esos movimientos torpes. Pero, sobre todo, tenía que aguantar el sutil pero persistente olor del indigente, a pesar de que este afirmaba que se había bañado.

El señor Dokgo aceptó con entusiasmo todo lo que Si-hyeon le enseñaba. Sacó un cuaderno desgastado de origen desconocido y, tras limpiar la tinta seca de un bolígrafo, tomó notas sobre cómo debía recibir a los clientes. Incluso dibujó esquemas para entender las reglas de organización de los estantes. Agradecida por su esfuerzo, Si-hyeon le enseñó con paciencia, uno a uno, todos los detalles. Cuando llegaba un cliente, daba un codazo a Dokgo, que saludaba tímido. Murmuraba: «Ah, bien... venido». Los clientes a menudo malinterpretaban el gesto, creían que era una conversación entre los dos empleados.

—Ay... —suspiraba Si-hyeon.

De pie, frente al mostrador, Si-hyeon le enseñó lentamente el proceso de cobrar los productos. El señor Dokgo la observaba a su lado con suma atención. Sin embargo, todavía no estaba preparado para manejar la caja registradora por sí mismo.

–Esta noche la dueña estará aquí contigo, pero a partir de mañana te quedarás solo. Asegúrate de recordarlo todo.

–Ah, entiendo. Pero... en el caso de cobrar... dos cosas juntas...

–Puedes confiar en el ordenador. Todo está ya programado. Los productos que llegan se actualizan automáticamente. Solo tienes que escanear el código de barras con el lector. Lo pasas por encima y ya está.

–P-pasar por encima y escanear.

–¿Qué escaneas?

–E-el producto.

–¿Qué parte del producto?

–Eso... Las rayas... ¿El c-código de p-parras?

–De barras. Simplemente apuntas hacia las rayas del código de barras y lo escaneas. ¿Vale?

–V-vale.

Si-hyeon sintió por un momento que le salía humo de la cabeza, pero también había un cierto orgullo en dirigir y enseñar a un hombre que parecía tener al menos veinte años más que ella. Sobre todo, estaba satisfecha de cumplir con las órdenes de la dueña bajo la atenta mirada de esta, que supervisaba la formación de vez en cuando mientras conversaba con una amiga en una mesa de la tienda. A Si-hyeon le caía bien la dueña. Pensaba que, si hubiera tenido una profesora como ella en la escuela, quizás se habría aficionado a la historia en lugar de al *anime*.

En cualquier caso, tenía que conseguir que este desastre de hombre, que acababa de conseguir un empleo y ya no era un indigente, pudiera manejarse solo con la caja registradora. Si-hyeon le lanzó una mirada severa a Dokgo, que estaba dibujando códigos de barras en el cuaderno sin venir a cuento.

Al día siguiente, tras terminar su clase en la academia, Si-hyeon entró en la tienda y la señora Oh, que estaba frente al mostrador, se le acercó de inmediato.

—Si-hyeon, ¿este oso del bosque quién es?

La chica no pudo evitar soltar una risita. Oso del bosque.

La señora Oh le había preguntado como si hubiera sido ella la culpable de que Dokgo estuviera allí. El tono de la mujer siempre sonaba como si estuviera acusando a los demás. No sabía si era su naturaleza o si se debía a su hijo problemático, pero siempre se dirigía a todo el mundo con cierto carácter pasivo-agresivo. ¡Incluso a los clientes!

—No, no, no te rías. Respóndeme. ¿Lo has traído tú? No sé de dónde habrá salido, pero no entiende nada de lo que le digo, ¡y ya entenderlo a él...!

—No, no he sido yo. Fue la jefa quien lo eligió personalmente.

Si-hyeon, que no tenía ganas de seguir hablando, puso cara seria y se marchó hacia el almacén.

La única persona con la que la señora Oh hablaba con cortesía y suavidad era la señora Yeom. Eran vecinas e iban a la misma iglesia. Trataba a la jefa con familiaridad y la respetaba enormemente. Y tenía razones para hacerlo. Aunque ella pensaba de sí misma que no tenía carencia alguna, la realidad es que su frialdad y su temperamento no la hacían nada adecuada para el sector servicios. Por lo tanto, no tenía más remedio que mostrarle lealtad a la jefa, que la había acogido y le había dado un empleo.

Cuando Si-hyeon salió con el chaleco del uniforme puesto, la señora Oh volvió a la carga, como si tuviera a la chica en el punto de mira:

—¿Pero de dónde ha sacado la jefa a este tipo? No me ha contado nada... Si tú sabes algo, dímelo, ¿eh?

—La verdad es que yo tampoco sé mucho.

Si le hubiese confesado que Dokgo era un indigente, la señora Oh se habría quedado pegada a ella como una lapa, quejándose de que el país se iba a la deriva. Por eso había optado por guardar silencio. Aun así, no pudo evitar dejar escapar un suspiro. ¿Cuándo podría, por fin, empezar su jornada laboral sin tener que soportar la interminable cháchara y el interrogatorio de la mujer?

—De verdad que no lo entiendo. Será que la jefa ha cogido al primero que ha pillado porque el trabajo de noche se le hace muy duro, pero, vamos, que está claro que ese hombre va a meter la pata. Se peleará con un cliente borracho una noche de estas o se hará un lío con la caja registradora. Fíjate lo que te digo, incluso le veo capaz de robar algo... ¿No crees que deberíamos comentarle a la jefa que no estamos de acuerdo?

—Pues no lo sé. A mí no me parece tan mala persona.

–¿Pero has conocido a alguien que haya sido malo desde el principio? Tú no tienes mucha experiencia en el mundo laboral y debes saber que la gente nerviosa como él suele ser la que termina buscándote la ruina más tarde. La jefa tampoco se entera: ha sido demasiado tiempo maestra como para entender la de gente retorcida que hay suelta por el mundo.

–A ver, enseñarle a hacer las cuentas anoche fue duro. Pero ¿qué le vamos a hacer? No hay nadie más para el turno nocturno ahora mismo.

–¿Y tú no tienes amigos que puedan trabajar, Si-hyeon?

Había cometido un error. Al haberse metido en la conversación, las preguntas no cesaban.

–Es que no tengo muchos amigos.

–¿Cómo no va a tenerlos una chica joven? Tendrás que moverte más y hacer actividades y cosas.

¿Qué estaba pasando? ¿Quería que discutiesen? Si-hyeon ocultó su creciente irritación y respondió con una sonrisa:

–¿Y si se lo comenta a su hijo? La última vez me dijo que se pasa el día en casa con los videojuegos y que estaba harta, ¿no?

–¡Ay, mi hijo no puede hacer un trabajo así! Últimamente ha estado diciendo que quiere ser funcionario... Y yo le digo que apunte más alto, que intente hacer carrera diplomática o algo similar. Si es que mi niño tiene muy buena cabeza para los estudios.

Tocada y hundida. El poder de lucha de esa mujer era imparable.

–Los diplomáticos también son funcionarios... –respondió Si-hyeon entre dientes mientras simulaba trabajar con la mirada fija en la pantalla.

La señora Oh reemprendió la perorata sobre el nuevo empleado. ¿No debería quejarse a la jefa en lugar de contarle todo ese rollo a ella? Era probable que, como últimamente la jefa había estado tratando a Si-hyeon de manera especial, la señora Oh tuviera algo de envidia e intentara contrarrestar la nueva incorporación. A pesar de que trabajaban juntas, Si-hyeon no conseguía entender por qué su compañera se sentía tan celosa.

Decidió que, pasara lo que pasara, una vez que aprobara las oposiciones, dejaría la tienda. Se juró que se lo restregaría por la cara al hijo de la señora Oh y después se largaría de allí por la puerta grande.

La mujer le deseó que tuviera un buen turno y se marchó de repente. Ahora estaba sola de nuevo. Mientras suspiraba, un grupo de universitarias entró charlando y llenó la tienda de un ambiente animado. «Ahora estáis en un buen momento, pero a vosotras tampoco os queda mucho tiempo. Ya llegará vuestra hora, la de salir de la universidad y ganar el salario mínimo mientras os preparáis para presentaros a algo». Al pensar en eso, se deprimió más aún, como si se hubiera hecho vieja de golpe. No tenía ningún talento, no tenía dinero y no tenía pareja. Y estaba en el otoño de la juventud, los veintisiete... En unos años, se vería con treinta, y, al llegar a los treinta, la juventud se le quedaría atrás. Tendría que aceptarlo.

–¿Nos cobras?

Si-hyeon se sobresaltó. Tres universitarias la miraban fijamente mientras dejaban unos productos en el mostrador. Dejó a un lado los cálculos sobre la edad y se centró en aquellos otros más inmediatos.

El melancólico indigente llegó preparado para disfrutar de la miel del trabajo remunerado. Ahora que el invierno se acercaba, ¿no era un alivio para él pasar las noches en una cálida tiendecita en lugar de dormir en la calle? Además, le daban de comer y ganaba dinero, aquello era como vivir en la abundancia para él. Consciente de esto, o tal vez no, Dokgo llegó ese día, como siempre, con su atuendo más pulcro y diez minutos antes de las ocho.

Hasta las diez que Si-hyeon salía de trabajar, Dokgo tenía que seguir aprendiendo sobre el trato con el cliente y la caja registradora. A partir de entonces, conocería las reglas específicas del turno de noche de mano de la dueña del negocio. Era su segundo día y no sabía cuántos más necesitaría para dominarlo todo. La chica estaba dispuesta a asumir las tareas adicionales que le habían asignado porque así se lo había pedido la dueña, pero también pensó que tal vez podría liberar un poco de estrés compartiéndolo con el amigable Dokgo.

Si-hyeon vio que el indigente entró, saludó y se fue directo al almacén. Un rato después, volvió con un café en las manos y se quedó mirando por la ventana mientras se lo bebía. Y no era cualquier café, ¡era un Kanu Black! La marca que tomaba la dueña del negocio. No lo tomaban ni Si-hyeon ni la señora Oh, pero este hombre, Dokgo, se lo estaba bebiendo con toda la naturalidad, haciéndose el elegante. Era un comportamiento bastante inapropiado y Si-hyeon no pudo evitar sentirse molesta por ello.

–Por la noche... me estaba quedando dormido... así que bebí mucho café. Me dijo que era el mejor...

Como sin darle importancia, Dokgo compartió sus pensamientos. Si-hyeon soltó una risa irónica y le regañó:

–¡El Kanu Black es solo para la dueña, que tiene diabetes!

Dokgo asintió y murmuró algo para sí mismo:

–¿Qué ha dicho? –le preguntó ella indignada, creyendo que la estaba insultando.

–Bueno, la dueña... Eso es lo que ella...

–¿Qué?

–La d-diabetes... Eso es común entre las personas sin hogar...

–¿Cómo?

–A los indigentes... debido a la comida... los riñones no nos funcionan bien...

–¿Quién lo dice?

–Un experto q-que sale por la mañana... Lo veo en la televisión de la estación todo el tiempo... por eso lo sé.

–Ya veo. Pues cuídese mucho.

Si-hyeon decidió hablar lo mínimo. La señora Oh era muy habladora, el señor Dokgo tartamudeaba: la comunicación era imposible. Y ella que quería trabajar con personas con las que pudiera entenderse verbalmente. Seguía preguntándose por qué la jefa era tan comprensiva. ¿Sería porque era profesora? ¿O porque colaboraba en la iglesia? ¿O quizás con la edad se adquiere ese tipo de sabiduría interior?

Sonó un tintineo: un cliente había entrado en la tienda. Si-hyeon hizo un gesto con los ojos hacia Dokgo. Este, de nuevo desorientado, saludó con un «bien... venido», tras lo cual sorbió su café y se acercó a la caja registradora rápidamente. La chica se apartó, dispuesta a no perder detalle de lo que ocurría. Para su desgracia, resultó ser el GC de los GC. Había pasado varios días sin verlo, un alivio comparable a cuando te quitan una muela picada, y tenía que regresar precisamente durante la hora de instrucción de Dokgo. Si-hyeon se acercó al oído del indigente y le dijo en voz baja:

—Es un GC. Prepárese.

—¿C-cómo dices? ¿Un... GC?

—Que es un cliente problemático. Un GC, un «grano en el culo».

—Ah, v-vale. Un grano en el... ¿Y d-dónde está?

—Chist, no hable tan alto. Ay...

Como si hubiera oído la conversación, el GC se acercó tranquilamente a la caja registradora. Antes de que Si-hyeon pudiera advertir de la gravedad del asunto al señor Dokgo, el sujeto arrojó unos cuantos paquetes de patatas sobre el mostrador. Dokgo, como un chimpancé manejando un teléfono de última generación, agarró con torpeza el lector de códigos de barras y empezó a buscar afanosamente las rayas entre las brillantes imágenes de los paquetes de patatas. Error. Debería haber preguntado primero si quería una bolsa. Bah, qué más da. La chica decidió dejar que las cosas siguieran su curso. Finalmente, Dokgo encontró el código de barras y lo escaneó. Tartamudeó mucho al anunciar el precio.

El GC echó un vistazo rápido a Si-hyeon y esbozó una mueca de desprecio. Parecía haberse dado cuenta de que estaba en medio de la formación del nuevo empleado.

—Tabaco.

Dokgo miró al cliente y ladeó la cabeza.

—N-no fumo...

—Te estoy pidiendo tabaco.

—Ah, tabaco... ¿C-cuál?

—Oye, ¿qué clase de modales son esos para hablar con un cliente? ¿Cuántos años tienes?

—N-no lo sé, no sé.

—Joder, me descojono contigo. ¿Eres tonto o qué?

—N-no... ¿Tabaco? ¿C-cuál?

El GC soltó una risita sarcástica y luego miró a Si-hyeon. Justo cuando ella extendía el brazo hacia el estante del tabaco, el sujeto levantó la mano para detenerla. Después se dirigió a Dokgo:

—Vamos a ver si eres imbécil o te lo haces. Dame un paquete de Esse Change de cuatro miligramos. ¡Y rapidito!

Esse es una marca de cigarrillos con muchas variedades, lo que hace que sea difícil encontrar un tipo en concreto. Y con Esse Change las opciones son extremadamente variadas: está Change, Change Up, Change Lin, Change Bing, Change Himalaya y un largo etcétera, así que la elección es aún más complicada. Si-hyeon, que no fumaba, recordó que al principio le resultaba muy difícil cuando los clientes pedían algo de la marca Esse. El GC, que solía fumar Dunhill de seis miligramos, estaba haciendo el paripé para ponérselo difícil a Dokgo.

Sin embargo, este acertó de inmediato al coger el paquete de Esse Change de cuatro miligramos y escanear el código de barras. Parecía que al GC le había surgido un espíritu competitivo, pues le arrojó la tarjeta con brusquedad. Dokgo, sin más, la recogió, llevó a cabo la transacción y se la devolvió como si nada.

—¿Y la bolsa? —preguntó el tipo para ponerlo a prueba.

Si-hyeon hizo un esfuerzo por mantener la calma y no intervenir. Dokgo, que miraba alternativamente los productos y al individuo, soltó una risita nerviosa.

—P-pues... llévatelo así. La bolsa es de plástico... y n-no es bueno para el medio ambiente.

El GC, ya con el rostro muy serio, se inclinó hacia él, desafiante.

—Vivo lejos de aquí. ¿Cómo quieres que me lleve todo esto sin una bolsa?

—P-pues cómprala.

—Deberías habérmelo dicho antes. ¿Ahora tengo que pasar la tarjeta solo para una bolsa? Dame una y se acabó.

—Eso no va a p-poder ser.

—Oye, si has causado una molestia al cliente, deberías darle una solución, ¿no? ¿Esto es una tienda o qué pasa aquí?

El GC habló con un tono que era una mezcla de burla y amenaza y la tensión que ya había en el ambiente se hizo más palpable. La situación se estaba complicando. Justo cuando Si-hyeon estaba a punto de intervenir, Dokgo dio un par de palmadas de repente.

Ante la mirada atónita del tipo y de Si-hyeon, el indigente se dirigió al almacén y regresó con su propia bolsa ecológica de tela. Era una bolsa desgastada con el logo de alguna organización benéfica. Volcó su contenido sobre el mostrador: un bolígrafo, una libreta y un sándwich pasado. Luego, Dokgo comenzó a meter las patatas del GC en la bolsa de tela. El GC observaba al hombre como si estuviera viendo a un animal exótico. Chascó la lengua y dijo:

–¿Y ahora qué coño haces?

–M-mételo aquí y llévatelo...

–¿Cómo voy a meter algo en esa guarrería de bolsa?

–B-bueno... si la lavas...

Si-hyeon, que no podía aguantar más, intervino:

–Lo siento. Es su primera vez... Se lo pondré en una bolsa de plástico.

Cogió la bolsa de Dokgo, pero este no se inmutó. Ignoró a la desconcertada Si-hyeon, extendió la mano y acercó la bolsa al hombre; la puso justo debajo de sus narices. El GC se quedó mirando fijamente a Dokgo por un momento y Si-hyeon se volvió hacia el indigente con desesperación.

Los ojos pequeños de Dokgo estaban casi cerrados, lo que lo hacía parecer aún más frío. Tenía los labios fruncidos y la amplia mandíbula parecía sobresalirle como un arma poderosa. Continuó ahí parado, ofreciendo la bolsa sin decir ni una palabra. Si-hyeon no sabía qué hacer. Se giró de nuevo hacia el GC. El hombre lanzó una mirada asesina a Dokgo, pero parecía desconcertado por su impasibilidad. Finalmente, con una expresión de irritación, el GC agarró la bolsa ecológica de las manos del empleado. Como si el equilibrio se hubiera roto, el hombre salió de la tienda, no sin antes lanzar la bolsa al suelo.

Si-hyeon se había encogido como una gamba ante la enérgica confrontación entre aquellos dos hombres. Dokgo estaba escribiendo en su cuaderno como si nada: «Siempre preguntar por la bolsa antes de...». Si-hyeon trató de olvidar la intensa expresión en su cara y se aclaró la garganta.

–Dokgo, de todas maneras, ha hecho bien en no darle la bolsa.

–Lo s-siento... Se me olvidó. M-me habías d-dicho que...

–No tiene que disculparse, tan solo no se olvide la próxima vez. Y no importa que sea un GC, no puede pelearse con los clientes.

Entonces, Dokgo esbozó una pequeña sonrisa.

–Hasta d-dos personas... no hay problema.

No tenía claro si se refería a que podía atender a dos clientes a la vez o partirse la cara con ellos. Ya no había ni rastro de la mirada fría de antes en su rostro sonriente. Tras un suspiro, le volvió la curiosidad:

–¿Cómo ha encontrado los cigarrillos tan fácilmente?

–Anoche muchos clientes pidieron cigarrillos, así que me los aprendí. Esse One, Esse Special Gold, Esse Special Gold de un miligramo, Esse Special Gold de cero cinco, Esse Classic, Esse Su de cero cinco, Esse Su de cero uno, Esse Golden Leaf, Esse Golden Leaf de uno.

Dokgo canturreó la lista de marcas de cigarrillos como si estuviera recitando las tablas de multiplicar. Si-hyeon, sorprendida, se quedó en blanco por un momento. Luego lo interrumpió:

—¿Se ha aprendido todo eso en un solo día?

—N-no tenía nada más que hacer en toda la noche y tampoco p-podía dormir...

—¿Era fumador antes?

—N-no lo sé.

—¿No recuerda si fumaba?

—N-no sé si fumaba...

—¿Tiene amnesia?

—P-perdí la memoria... debido al alcohol.

—¿Hasta cuándo se acuerda?

—N-no lo sé.

«Ay, mierda...». Si-hyeon lamentó haber olvidado una vez más su propósito de evitar conversaciones. Decidió que no volvería a odiar a Dokgo, incluso aunque se bebiera el Kanu Black, porque estaba tremendamente satisfecha de haberse librado del GC.

Aunque su turno se había acabado, la jefa todavía no había aparecido. Si-hyeon le envió un mensaje de texto. Recibió la siguiente respuesta: «He ido a la iglesia y ya he vuelto a casa. Dokgo se apañará solo». La chica escribió de nuevo: «¿Está segura de que no habrá ningún problema?». Y la mujer contestó: «¿Qué opinas tú?».

—Ah, pues...

Si-hyeon lo pensó un momento antes de volver a mirar a Dokgo. Allí estaba él, rellenando un estante vacío con fideos picantes mientras murmuraba para sí mismo los nombres de las distintas variedades: fideos picantes, fideos picantes con queso, fideos picantes carbonara... Se mordía los labios mientras colocaba cuidadosamente los paquetes en fila. Se inclinaba hacia delante. Finalmente, respondió a la jefa que no habría ningún problema.

Así pasó una semana. Dokgo llegaba a trabajar a las ocho como un clavo, con la misma vestimenta y el mismo caminar torpe de siempre. La única diferencia era que se había sacudido el estigma de ser un tonto irremediable. Aunque sus movimientos seguían siendo algo toscos, su tartamudeo había mejorado notablemente, lo cual lo hacía parecer mucho más normal. Además, iba tachando una por una todas las tareas, que repetía como un autómata cada vez que llegaba al trabajo. Limpiaba las mesas de la terraza y las de dentro, reponía los estantes vacíos, retiraba los productos caducados y, sin que nadie se lo pidiera, incluso le pasaba un trapo a la cámara frigorífica.

Ya no parecía necesitar más formación. No quedaba nada que enseñarle. Hacía todo bien sin que Si-hyeon tuviera que decírselo. Y a la chica empezaron a surgirle preguntas y dudas.

Aquel día el negocio estaba tranquilo a la hora de la cena, a pesar de que era hora punta, así que Si-hyeon y Dokgo decidieron compartir *kimbap* y batido sobre el mismo mostrador.

–¿Dónde pasa usted el día? –preguntó Si-hyeon después de terminar su batido de fresa.

KIM HO-YEON

Dokgo se apresuró a masticar y tragar un rollito de arroz antes de responder:

—La jefa m-me adelantó algo de dinero... y con eso t-tengo una habitación en un edificio al otro lado de la estación de Seúl... En el Dongja-dong.

—Entonces, ¿duerme allí durante el día y sale por la noche? ¿También come allí?

—Esa habitación... es como un ataúd: una vez q-que te tumbas, se acabó... Me compro un sándwich de camino a casa después del trabajo... Duermo y luego salgo... Voy a la estación de Seúl a ver la t-televisión antes de venir aquí.

—¿Tiene que ir a la estación de Seúl? ¿Y si se encuentra con algún indigente y lo arrastra a algún sitio?

—No pasa... Tengo q-que ir a la estación de Seúl para ver la televisión. También observo a la gente...

—Ahora habla mucho mejor. ¿No le estarán empezando a volver los recuerdos del pasado? ¿No se acuerda de su casa, su familia, su trabajo...? —preguntó Si-hyeon.

Dokgo se detuvo por un momento y luego negó con la cabeza. Acto seguido, se llevó a la boca los dos trozos de *kimbap* que quedaban y cogió el tetrabrik de batido, del que sobresalía una pajita. ¿Por qué a Si-hyeon le pareció que al beber el batido con fuerza estaba haciendo un intento desesperado de evocar los recuerdos? Después de verlo beber y mover la lengua para saborearlo, la chica preguntó:

—Pero trabajar en la tienda le gusta, ¿no?

—Está muy bien, aunque... es duro no poder beber alcohol.

—Ahora tiene un trabajo, un lugar donde dormir y algo para comer. No debería quejarse por no poder beber alcohol.

—Si voy a un refugio, puedo dormir... Y si busco un comedor social, puedo comer... Pero si trabajo, no puedo probar ni gota de alcohol. Me d-duele la cabeza.

—Bueno, la jaqueca que siente cuando bebe se convierte en un hábito y le duele también cuando no lo hace. Pero si sigue sobrio, se le pasará. ¿Comprende?

Dokgo miró a Si-hyeon con esos pequeños ojos suyos, ahora casi imperceptibles por la sonrisa. Si-hyeon pensó que ya había enseñado todo lo que podía enseñarle a aquel hombre, que tenía más experiencia en la vida, a pesar de que era ella la experta en las tareas de la tienda.

—Enhorabuena. La jefa dijo que cuando lo aprendiera todo, viniera a las diez en lugar de a las ocho. Así que a partir de mañana venga a las diez.

—Gracias. P-por enseñarme.

—No es nada.

—De verdad... Si-hyeon, tienes t-talento para enseñar... T-todo lo que me has enseñado se me ha q-quedado en la cabeza.

—Usted ya sabía cómo desenvolverse. Antes de ser indigente, seguro que le iba bien en la vida... ¿No he sido un poco condescendiente con usted?

—No... Tengo la cabeza hueca, del todo, pero m-me has enseñado bien. Si no me crees, s-súbelo a Internet. Me has enseñado realmente bien a usar la caja.

—¿Cómo que a internet?

—A... *Yuktuf.*

–*¿Yuktuf?* ¿Se refiere a YouTube? ¿Para qué?

–Para la gente que... lo necesita...

–Creo que está intentando decir muchas cosas y por eso le cuesta un poco. ¿Se refiere a que suba a YouTube un tutorial de cómo usar la caja registradora?

–S-sería de ayuda. Hay muchas tiendas... y muchos trabajadores... Solo tiene que hacerlo como conmigo...

–Dokgo, estoy hasta arriba. ¿Por qué iba a ponerme ahora a subir vídeos para ayudar a la gente? Cuando vuelvo a casa tengo que preparar las clases y estoy muy ocupada.

–A mí me ha ayudado.

–Bueno, órdenes de la jefa.

–Aun así... lo ha hecho muy bien.

En ese momento, Si-hyeon se dio cuenta de que había ayudado a aquel hombre realmente y tenía todo el derecho del mundo a sentirse orgullosa.

–Además, eso de *Yuktuf*... da dinero. Lo he visto en televisión –dijo Dokgo, con los ojos brillantes.

Por lo general, ella habría soltado una risita sarcástica, pero en lugar de eso, quedó sumida en sus pensamientos. Se estaba esforzando en recordar el usuario y la contraseña de su cuenta de YouTube; llevaba muchísimo tiempo sin usarla.

–Hola, bienvenidos de nuevo a «Aprendiendo a utilizar la caja registradora de las tiendas ALWAYS». Este es nuestro segundo episodio. –Si-hyeon le hablaba con calma al micrófono de veintiséis mil quinientos wones que se había comprado por internet mientras grababa la pantalla de la caja con el móvil–. La semana pasada aprendimos las nociones básicas y cómo usar este aparato. Hoy avanzaremos un poco más: trataremos temas como pagos combinados, devoluciones, recargas de tarjetas de transporte y puntos de ALWAYS. Comencemos con los pagos combinados. Imaginemos que un cliente trae un producto al mostrador para que se lo cobremos, pero desea dividir el pago entre efectivo y tarjeta. No hay motivo para entrar en pánico, basta con seguir estos pasos.

Si-hyeon mostró ante la cámara una tableta de chocolate que había colocado previamente al lado de la caja registradora.

–Primero, escaneamos el código de barras del producto y confirmamos el precio. Son tres mil doscientos wones. Pero el cliente quiere pagar tres mil wones en efectivo y el resto con tarjeta. A veces los clientes hacen este tipo de peticiones para evitar tener que andar con monedas sueltas. Entonces, en la pantalla de la caja registradora, en el apartado «monto recibido», introducimos los doscientos wones. Este será el monto que se pagará con tarjeta de crédito. Luego, tomamos la tarjeta del cliente y presionamos «pagar». Al hacerlo, esta cantidad se cobrará a través de la tarjeta de crédito. Ahora solo quedan tres mil wones. Se los pedimos al cliente en efectivo y pulsamos «pagar» nuevamente para completar la transacción. Fácil, ¿verdad?

Detuvo la grabación por un momento para recuperar el aliento y revisó el contenido. En la pantalla, donde solo aparecían sus manos, el mostrador de la tienda y los productos, su voz explicaba cuidadosamente cómo lidiar con los pagos combinados. Se le ocurrió que describirlo con todo lujo de detalles, como hizo la primera vez que enseñó a Dokgo, sería menos intimidante para aquellas personas que no se llevaran muy bien con la tecnología. De hecho, ella también había sido una novata en su momento y aprender a usar la caja registradora se le había hecho un mundo. Ahora le resultaba pan comido, y grabar vídeos enseñando cómo hacerlo no era más complicado que tirar las cajas vacías de los productos.

Se aclaró la garganta y reanudó la grabación.

–Ahora vamos a hablar sobre las devoluciones. Lo primero que tenéis que hacer es seleccionar la opción «recibo» en la caja...

Para su sorpresa, la respuesta había sido bastante positiva. Obviamente, ya había numerosos vídeos en YouTube sobre cómo usar la caja registradora de tiendas como la suya. Había de todo, desde vídeos que alternaban entre una cara bonita y la caja en sí –lo que hacía difícil determinar si el objetivo era enseñar algo o simplemente chupar cámara– hasta producciones editadas con subtítulos y música, que parecían más programas de entretenimiento que tutoriales. En comparación con todos esos, el vídeo de Si-hyeon podría calificarse de minimalista e incluso soso. Pero quizás fue esa simplicidad lo que atrajo a quienes querían aprender el funcionamiento práctico de la caja sin más florituras. Además, Si-hyeon se dedicaba a responder una por una las preguntas que le dejaba la gente que acababa de empezar a trabajar en una tienda.

Decían que les gustaba la calma con la que Si-hyeon explicaba las cosas. Comentaban que la forma en que repasaba todo tan despacio era fácil de seguir hasta para un niño de primaria. También hubo comentarios sobre lo relajante que resultaba su voz, que no era nada forzada en sus explicaciones. Cuando leía esas palabras, Si-hyeon, sin darse cuenta, solía hablarse a sí misma con tal de escucharlas en voz alta.

Le parecía curioso que su tono, que a ella misma le parecía soporífero, les pudiera resultar tan reconfortante a otras personas.

Dokgo, por su parte, seguía llegando una hora antes para limpiar los alrededores de la tienda y arreglar las mesas del exterior antes de darle el relevo a Si-hyeon. Se había adaptado completamente al trabajo nocturno y nadie podría imaginarse que, tan solo un mes antes, era un indigente que vagaba por la estación de Seúl. Su primera compra con el sueldo de la tienda fue una abultada chaqueta blanca que le daba un aspecto de oso polar de anuncio de refrescos en lugar de una imagen de temible oso pardo. Se había convertido en un compañero en el que tanto la jefa como Si-hyeon podían confiar, y su imponente presencia respaldaba esa confianza. Justo el día anterior, si no hubiera sido por él, no habrían podido montar el árbol de Navidad tan rápido. Pero lo mejor de todo era que desde aquel enfrentamiento con el GC de los GC el tipo había dejado de aparecer por la tienda. Era patético ver cómo alguien que acosaba a los más débiles se iba con el rabo entre las piernas cuando se cruzaba con una persona a la que no podía intimidar.

Sin embargo, la señora Oh la tenía tomada con Dokgo. Era habitual que despotricara de él y le ponía a Si-hyeon la cabeza como un bombo cada vez que llegaba al trabajo. Parecía que la mujer, que siempre estaba irritada, por fin había encontrado a alguien en quien descargar su ira. Dokgo, no obstante, aparentaba no importarle en absoluto. En una ocasión, Si-hyeon le preguntó si la señora Oh le estresaba y él negó con la cabeza e hizo un gesto agradable.

–El estrés se p-parece un poco a...

–¿Qué?

–La n-nevera con el alcohol está demasiado cerca...

–¡Oiga, que no puede volver a beber!

Elevó la voz sin darse cuenta. Dokgo asintió. Parecía comprender la incomodidad de la chica.

–Ya estoy planeando... medidas –dijo con una ligera sonrisa.

Si-hyeon se sintió aliviada. Ahora ella se encargaba de reponer el café Kanu Black que Dokgo solía consumir. Así experimentaba la gratificación de ayudar a alguien. Se dio cuenta de que tenía esa capacidad, una habilidad hasta entonces desconocida para ella. Cuando grababa un vídeo para YouTube, pensaba en Dokgo, y, como si le estuviera enseñando a él, hablaba y se movía de manera tranquila y pausada. ¿Quizás la forma de ayudar a personas como los indigentes era acercarse a ellos más despacio, con más cuidado? Al reflexionar sobre esto, cayó en que, a pesar de que siempre se había sentido desconectada de la sociedad, había encontrado un punto de conexión. En cierto modo, Dokgo también le había enseñado algo.

La víspera de Nochebuena llegó un correo electrónico a la cuenta vinculada al YouTube de Si-hyeon. La mujer, que se identificó como la responsable de dos tiendas ALWAYS, dejó su número y expresó su deseo de trabajar con Si-hyeon.

«¿Y esto? ¿Es una cazatalentos?».

¿A quién se le ocurría ser cazatalentos de una tienda veinticuatro horas? ¿Era una broma? Y si de verdad la estaban reclutando, ¿por qué lo hacían y qué pensaban ofrecerle? ¿Mil wones más por hora? ¿O es que querían que tuviera varios empleos? No había otra forma de silenciar las preguntas que la bombardeaban que no fuera marcando aquel número en el móvil. Con una mezcla de discretas expectativas y gran curiosidad, Si-hyeon decidió llamar a la persona que le había enviado el correo.

Una mujer de mediana edad con una voz serena respondió al teléfono. Comenzó diciendo que había visto con interés los vídeos de Si-hyeon sobre cómo manejar la caja registradora. Añadió que regentaba dos tiendas en el Dongja-dong y que, como iba a abrir una tercera, necesitaba a alguien que se encargara de ella en exclusiva. En otras palabras, le estaba ofreciendo a Si-hyeon la responsabilidad total de una tienda, un trabajo como gerente. Desconcertada y sin saber qué decir, la joven vaciló. La mujer sugirió que, si después de una visita a la tienda se sentía cómoda, podrían trabajar juntas. Para sorpresa de Si-hyeon, el nuevo negocio estaba muy cerca de su casa, por lo que accedió a pasarse al día siguiente después del trabajo.

Para ir a la tienda cada día solo tendría que coger el metro y hacer una parada. La dueña era una mujer que rozaba los sesenta, como la señora Oh, aunque, en términos de tono y apariencia, era su polo opuesto. Tenía un habla tranquila y una sonrisa amable. Y entendía la tienda como un negocio. Ya tenía dos locales y necesitaba un gerente de confianza para el tercero.

—¿Cómo es que se fía de mí para hacerme una oferta así? —preguntó Si-hyeon con cautela.

Como alguien que apenas había recibido elogios en su vida, mucho menos ofertas de este calibre, no podía sino ser cautelosa.

—Vi tu vídeo en YouTube y me impresionó mucho. Sentí que tu forma de hablar se centra más en enseñar al aprendiz que en mostrar tus propias habilidades —explicó la mujer.

—¿De verdad?

—De hecho, le dije a un empleado nuevo el mes pasado que mirara tus vídeos para aprender. Así que me has ayudado. ¿Qué tal si, en lugar de hacerlo de forma indirecta, te encargas de la formación de los nuevos empleados en nuestra tienda? También me gustaría que hicieras formaciones ocasionales en el nuevo local que vamos a abrir. Por supuesto, te pagaremos por los desplazamientos.

Si-hyeon sintió cómo se le salía el corazón y se mordisqueó el labio para no mostrar su nerviosismo. Sería la gerente y una empleada a tiempo completo. Se quedó con la boca abierta al oír la cifra del salario que le ofrecía. Además, la nueva tienda estaba a solo cinco minutos de su casa. Nunca había querido encontrarse a vecinos o familiares mientras trabajaba, pero ser la gerente en su barrio cambiaba la situación. Podía mantener la cabeza bien alta.

Decidió aceptar el ascenso y cambiar de empleo dentro del mismo sector.

De camino a casa, las calles rebosaban de energía, como si estuvieran mostrando ya todo su esplendor para Navidad. Los adornos rojos y blancos, y las parejas de enamorados llenaban cada rincón. Aunque iba a pasar otras fiestas sin novio, no sentía ni una pizca de frío.

Su nueva jefa le pidió que se apresurase, ya que planeaba abrir la nueva tienda en diez días. Si-hyeon empezaría el año con un nuevo empleo. Pero, por ahora, con una mezcla de preocupación y pesar, tenía que esperar la llegada de la señora Yeom, que solía pasarse por la tienda al final del día para comprobar que todo estaba en orden. Pronto otra persona le relataría cómo había ido el día. Eso le hacía sentir algo de culpa.

Para colmo, la jefa entró con una bolsa blanca en la mano.

—He traído dulces. Comamos juntas —dijo.

Si-hyeon tomó uno de aquellos pececitos *bungeoppang* de la bolsa y sintió el afecto de la señora Yeom en ese simple gesto. Lo mordió por la cabeza, como si al hacerlo estuviera tomando una decisión. Luego le contó todo a la mujer, que la escuchó con atención sin probar el bollo que sostenía. Cuando terminó de oír la historia, le dio un bocado a su pastelillo con forma de pez.

—Muy bien hecho —afirmó mientras masticaba.

—Lo siento mucho. Dejar el trabajo tan de repente...

—No pasa nada. De todas formas, me preocupaba que te fueses a quedar aquí eternamente y que al final tuviera que responsabilizarme de ti. Es una buena noticia, de verdad.

—Sé que solo lo dice por ser amable.

—¿Es lo que piensas?

—Sí.

—Entonces, te seré honesta. Estaba pensando en despedirte. Como sabes, las ventas no van nada bien. Además, la señora Oh y Dokgo quieren subir de horas... Tenía pensado dividir tu jornada entre ellos y así reducir gastos.

—¿Qué?

—Si las ventas disminuyen, hay que reducir el personal. Pero ni la señora Oh ni Dokgo tienen otra fuente de ingresos, así que no puedo despedirlos. Pero a ti, Sihyeon, en tu casa no te va a faltar comida en la mesa y ya no te queda mucho para los exámenes, ¿no? Pensé que podría despedirte con la excusa de que te concentraras en los estudios.

—¿Es una broma?

—Es en serio.

—Por favor, diga que es una broma. No me gusta lo que oigo.

—Si te sientes herida y apenada, te irás sin mirar atrás. Solo cuando te vayas y experimentes otros lugares echarás de menos este. La nostalgia también aumenta la gratitud, ¿no te parece?

—¡Pero si ya estoy agradecida!

A Si-hyeon se le llenaron los ojos de lágrimas. La hábil dueña sonrió y dio otro bocado al *bungeo-ppang*. La chica reprimió el llanto e hizo lo propio. La dulce textura del relleno de judía roja le produjo cosquillas en la lengua.

3
El valor de un triángulo de arroz

En la vida de la señora Seon-suk Oh había tres hombres que no era capaz de entender.

El primero, su marido, que, aunque habían estado juntos durante treinta años, no había forma de predecir qué haría por la mañana. Un día se marchó de una pequeña empresa donde era jefe y otro día, después de muchos altibajos, montó una tienda. Un tiempo después, la abandonó y se fue. Siempre había sido un hombre cabezota e incapaz de comunicarse. Cuando cayó enfermo y regresó a casa hacía unos años, ella quiso saber por qué había vivido de esa manera, pero él no contestó. Furiosa, Seon-suk lo cuestionaba cada día, como si esa fuera su penitencia. Finalmente, quizás para evitar tener que pronunciar palabra, su marido se volvió a ir. La mujer se quedó sin las respuestas y ahora ya no tenía la capacidad, o la necesidad, de entender a ese hombre, del que no sabía si estaba vivo o muerto.

El segundo, su único hijo, había comenzado a mostrar conductas igual de incomprensibles que las de su padre, a pesar de que lo había criado entre algodones.

Cuando el joven se graduó en la universidad, se sintió muy satisfecha. Enseguida consiguió un puesto en una gran empresa, algo que se tomó como una recompensa por haberlo sacado adelante ella sola. Sin embargo, la dicha le duró poco: tras un año y dos meses, abandonó ese trabajo tan envidiable y decidió meterse a hacer inversiones en bolsa, hasta que perdió todo el dinero que había ahorrado. Después quiso convertirse en director de cine y se apuntó a una academia, donde pasaba los días con vagos de todo tipo. Contrajo deudas para rodar una película independiente que fracasó a mitad de camino y terminó cayendo en una depresión que lo llevó a ser hospitalizado.

Seon-suk no entendía por qué su hijo se había lanzado a empresas tan arriesgadas cuando tenía la opción de llevar una vida estable y sin complicaciones. Finalmente, tras pedírselo de todas las formas posibles, el joven abandonó todos esos proyectos descabellados y comenzó a prepararse para el examen de diplomacia exterior. Sin embargo, su expresión siempre parecía oscura y angustiada y la madre temía que cayera nuevamente en la depresión. En esos momentos, Seon-suk solía pensar: «Le vendría bien tener un trabajo de verdad, cargar bolsas de cemento bajo el sol abrasador o algo similar. Así sabría lo que cuesta ganarse el pan. ¿Qué motivos tiene para estar deprimido?».

Su marido y su hijo, estos dos hombres inexplicables, ya le habían complicado la vida de sobra como para que una nueva figura llena de problemas invadiese su día a día. Todo él era un gran interrogante. Se trataba de Dokgo, la persona que desde hacía un mes trabajaba como empleado nocturno de la tienda en la que ella también trabajaba. Se sorprendió al descubrir que era un indigente, pero en aquel momento la dueña estaba teniendo dificultades para cubrir el puesto y Seon-suk no podía hacer más. No quedaba otra opción que aceptar cualquier ayuda para mantener el negocio, aunque viniera de una fuente tan dudosa.

Por fortuna, Dokgo no había causado ningún problema importante y mantenía el orden en la tienda durante la noche. No olía tan mal como se había temido y su ropa tampoco estaba particularmente sucia. La dueña de la tienda estaba bastante satisfecha, pues al parecer había cambiado de la noche a la mañana con el dinero que le había adelantado para alquilar una habitación y comprar prendas nuevas. Qué bonito todo. A diferencia de la señora Yeom, que siempre había sido una defensora del cambio y la reinserción debido a su trabajo con estudiantes conflictivos, Seon-suk tenía una visión bastante más pesimista: la gente nunca cambia. En otras palabras: aunque la mona se vista de seda, mona se queda.

Antes llevaba un puesto de comida ambulante, por lo que había tratado con mucha gente y se había enfrentado a todo tipo de caracteres problemáticos. Y desde el joven empleado de veinte años que robó el dinero de la caja registradora y huyó, solo para acabar con sus padres en comisaría, hasta el cliente habitual de mediana edad que una vez que estaba bajo los efectos del alcohol destrozó el mobiliario y luego se disculpó efusivamente, todos, después de recibir el perdón, volvían a las andadas. Por eso, Seon-suk había optado por confiar más en los perros que en las personas. Los perros que ella criaba, Yebbi y Kkami, eran los únicos que le mostraban lealtad.

Nunca creyó que aquel oso salvaje convertido en trabajador nocturno pudiera llegar a ser un hombre decente, por mucho ajo y artemisa que hubiera tomado durante las veinte noches que llevaba trabajando.* Aquel paria, siempre con un aire desencantado y con los ojos medio cerrados, ni siquiera era capaz de saludar cuando tocaba, cuando un cliente, o ella misma, entraba en la tienda. ¿Qué milagro estaba esperando la dueña?

Pero, de nuevo, ocurrió algo que escapaba al entendimiento de la señora Oh. En tan solo una semana, el oso se había convertido en un ser humano, y en uno decente. En apenas tres días había interiorizado todas las tareas de la tienda y en otros tres su comportamiento se había vuelto ágil. Además, al cruzarse con los clientes o con ella, inclinaba la cabeza y saludaba de inmediato. Era realmente incomprensible para la mujer que alguien que antes ni siquiera podía hacer contacto visual se hubiera adaptado con esa velocidad a la sociedad.

Dokgo era el tercer hombre en la vida de Seon-suk que ella no podía entender. Sin embargo, a diferencia de los otros dos, que eran una decepción tras otra, este había mostrado una transformación casi milagrosa, lo

---

* Este símil hace referencia al mito fundacional de Corea: una osa, tras comer solo ajo y artemisa durante cien días, se convirtió en humana y pidió al dios Hwanung quedar encinta. Juntos engendraron a Dangun, el padre de todos los coreanos (en Botella Sánchez, L. A., Kang, E. K., Doménech, A. J. y Wulff, F. (eds.) (2023): *Samguk Yusa. Memorias de los Tres Reinos*, UMA Editorial).

cual lo hacía todavía más incomprensible. ¿Podía una persona cambiar tanto solo con la pequeña ayuda de una persona? ¿Y cómo había sido el pasado de aquel indigente para que pudiera actuar como un humano así de rápido? Les picaba la curiosidad, pero ni la dueña ni Si-hyeon fueron capaces de descubrir nada sobre él: sufría demencia alcohólica, por lo que su memoria se había deteriorado considerablemente, y solo se lo conocía por el ambiguo apodo de Dokgo.

–Intenta recordar. Parece que estás recobrando la memoria.

–N-no lo sé. Si lo p-pienso demasiado... me da dolor de cabeza.

Dokgo siempre respondía de la misma manera mientras se frotaba las manos con fuerza. Ella se sentía frustradísima. También le parecía sospechoso que Dokgo no mostrara interés en escarbar en su propio pasado. ¿No sería lo normal querer saber qué le había ocurrido, si tenía familia, cuál era su origen...? Era extraño, así que siguió pensando que la mona siempre sería eso: una mona. Y claro, como una mona no es un perro, seguía sin poder confiar en él.

Seon-suk lo trataba con notable distancia. Sin embargo, la dueña se dirigía a él como si fuese su hermano menor y Si-hyeon también parecía charlar con él sin reservas. Cuando en el cambio de turno interrogaba a la joven sobre Dokgo, esta repetía que el hombre era normal. Un día, por si fuera poco, llegó a conjeturar que pudo haber sido alguien influyente, si bien no sabían a qué se había dedicado antes de que fuera un indigente.

—Sí, hombre, ese donnadie. Lo que me faltaba por oír.

—Ha mejorado mucho en su tartamudeo. Leí por ahí que, si dejas de hablar, tus cuerdas vocales se secan y puedes empezar a tartamudear. Además, le enseñé el trabajo de la tienda. Al principio le costó, pero luego lo pilló enseguida. Yo tardé tres días en aprenderlo todo y a él solo le llevó dos. Si hasta memorizó los tipos de cigarrillos que hay en un día... Definitivamente, tonto no es.

—Los pastores alemanes también son muy listos.

—Venga, no es lo mismo. Incluso diría que a veces tiene carisma. Puso una cara aterradora un día que se enfrentó a un cliente difícil. Yo creo que como mínimo era el propietario de un restaurante.

—Bah, en todo caso, el líder de una banda de matones en algún tugurio sórdido.

—Lo cierto es que llegué a pensar que la cosa podría ir por ahí, pero no creo. No da la impresión de ser un delincuente.

—Ya, ya. El problema es que pasó tiempo en la estación de Seúl en vez de en la cárcel.

—¿Y qué tiene de malo haber sido un indigente? No debería tener tantos prejuicios a la hora de opinar sobre la gente.

—Si-hyeon, no todo prejuicio es malo. Hay que andarse con ojo en este mundo.

Si-hyeon puso gesto de frustración y Seon-suk, con un aire de «¿Qué sabrá esta cría?», dio por terminada la conversación. La dueña y la joven empleada le parecían demasiado permisivas con la gente. Seon-suk se propuso someter su lugar de trabajo a un escrutinio estricto.

Le preparó el desayuno a su hijo y llegó a la tienda antes de las ocho. Al verla, Dokgo, que estaba medio dormido tras el mostrador, abrió los ojos de par en par para saludarla. Seon-suk asintió con indolencia mientras se dirigía al almacén para ponerse el uniforme. Inexplicablemente, Dokgo seguía allí cuando terminó, pegado al mostrador. Solo tras hacerle un gesto para que se marchara, bostezó y le dejó hueco. Ella se situó ante la caja registradora y comenzó a revisar el inventario.

–¿Alguna novedad?

–N-nada en especial.

–¿Está seguro?

Dokgo se rascó la cabeza, pensativo, antes de responder:

–Bueno... en este mundo, no hay nada seguro.

¿A qué venía eso? Ni que le hubiera preguntado sobre la razón de la existencia en este mundo. Seon-suk frunció la nariz y terminó de revisar el inventario.

Poco después, comenzaron las extrañas acciones de Dokgo. Aunque su turno había terminado a las ocho, empezó a pasearse por los pasillos y a recolocar los productos. No tenía claro qué clase de obsesión era esa, pero vio cómo se tiraba unos treinta minutos sudando mientras alineaba los envases de forma meticulosa. A ella no le molestaba, pero ¿no sería mejor terminar las tareas rápidamente y marcharse, sobre todo a esas horas de la mañana, que no había clientes? Parecía que solo se permitía relajarse y organizar los estantes después de que Seon-suk se instalara detrás del mostrador. Y eso no fue todo: tras terminar con la organización, cogió algunos utensilios de limpieza y salió a la calle. Limpió la mesa de fuera y barrió alrededor de la puerta. Luego se sentó en un banco al aire libre, observando de manera indiferente a las personas que iban a trabajar, mientras daba cuenta de un poco de leche y un dulce a punto de caducar.

Seon-suk llegó a la conclusión de que Dokgo seguía actuando por instinto, como si aún fuera un indigente reacio a volver a su pequeño cuartucho. Decidió no prestarle demasiada atención y concentrarse en su trabajo. Desapareció antes de que se diera cuenta. El resto del día transcurrió con tedio.

Los clientes no suelen pensar que el empleado los está observando desde el mostrador, pero es que hay más gente de la que cabría esperar que se lleva cosas, ya sea a propósito o por descuido. Y cuando hay una mujer grande y lenta como Seon-suk, los ladrones tienden a bajar la guardia. Con su larga experiencia de cara al público, la señora Oh tenía un ojo entrenado para detectar a los clientes que se pasaban de listos. Por eso mismo vio cómo un joven que acababa de entrar robaba dos triángulos de arroz. Y no precisamente sin querer. Aunque era habitual que los estudiantes de secundaria visitaran la tienda durante las vacaciones, aquel joven no parecía ir al instituto. ¿Cuántos años tenía, unos quince? Medía casi igual que Seon-suk y su complexión y su vestimenta desaliñada recordaban a los jóvenes delincuentes que merodeaban por las tiendas de electrónica de Wonhyo.

El muchacho se movió entre las estanterías, observando furtivamente a Seon-suk. Cuando la mujer se distrajo, se metió dos *kimbaps* en la chaqueta. Luego continuó rondando entre los estantes antes de acercarse al mostrador. En ese instante, mil pensamientos cruzaron la mente de Seon-suk sobre cómo reaccionar. Aunque se vio tentada de dejarlo pasar, pues no merecía la pena mover un dedo por algo tan trivial como un par de triángulos de arroz, su carácter estricto y su aversión a que le tomaran el pelo hicieron que actuara con rapidez.

–Señora, ¿no tiene pomelos?

–¿Pomelos? Pues no.

Seon-suk agarró el brazo del chico justo cuando se estaba dando la vuelta para irse. El joven se volvió, sorprendido como si le hubieran dado una colleja, e intentó zafarse.

–Devuélvelo. Lo que has robado.

La mujer lo miró a los ojos. El chico se quedó petrificado, no sabía qué hacer.

–¿Quién te has creído que soy? ¡Venga!

–¡Ah, joder...!

El joven soltó un suspiro cargado de improperios y metió la mano libre en su abrigo. Por un momento, Seon-suk temió que pudiera sacar una navaja y le apretó con más fuerza el brazo para liberar la tensión.

Sin embargo, sacó uno de los triángulos y lo puso en el mostrador. Solo uno. Seon-suk lo miró con incredulidad e hizo un gesto con la barbilla.

—El otro. Antes de que te lleve a comisaría. ¡Vamos! —dijo, con la misma voz grave y autoritaria que utilizaba cuando regañaba a Kkami.

Entonces, el joven metió la mano de nuevo en el abrigo y le tiró rápidamente el otro *kimbap* a la cara. Este impactó justo en el rostro de la mujer. Aturdida y con la vista nublada, soltó el brazo del chico, que corrió hacia la salida al grito de «¡Hostia!». Pero un cuerpo imponente bloqueó la puerta de cristal. Era Dokgo.

—Eh, Pomelo.

Dokgo entró con calma y le dedicó una sonrisa al chico, que retrocedió contrariado. El hombre rodeó con un brazo al joven y lo acercó a Seon-suk. El muchacho acabó, indefenso, frente al mostrador. Ella también recobró la calma.

—¿Este chico... ha olvidado pagar algo? —preguntó Dokgo.

—¡Olvidar no es la palabra! Hay que llevarlo a comisaría, ¡y rápido! —exclamó Seon-suk, mientras el joven, envuelto en el brazo de Dokgo, mantenía la cabeza gacha.

Pero el indigente se negó con un gesto suave. Seon-suk le preguntó con una expresión inquisitiva:

—¿Por qué? ¿Lo conoces?

—Lo llamo Pomelo... porque siempre está preguntando por ellos... Suele venir cuando estoy yo; se ve que hoy ha llegado tarde. Pomelo, ¿se te ha roto el reloj o es que te ha costado levantarte?

Dokgo hablaba al chico como si fuera un amigo. El joven se limitó a torcer la boca para evitar la pregunta. ¿Qué estaba pasando? ¿Había estado robando *kimbaps* todos los días con Dokgo presente? No, las cuentas cuadraban. Entonces, ¿Dokgo había estado cuidando de él todo este tiempo? Cualquier sentimiento de gratitud que Seon-suk pudiera haber sentido por Dokgo por haber detenido al joven desapareció.

–¡Dime la verdad! ¿Ha robado algo este chico alguna vez?

–No.

–Eso es imposible. Ha huido sin pagar y encima me ha lanzado un *kimbap* a la cara.

En ese momento, Dokgo soltó al chico, lo miró de arriba abajo lentamente y observó el montoncito de arroz que había junto a Seon-suk. Se inclinó y lo recogió.

–¿Es verdad eso que dice? –preguntó.

–Sí...

–Eso no, ¿eh?

–Ya.

Seon-suk se irritó aún más al escuchar la tranquila conversación entre Dokgo y el joven. ¡Ella era la víctima y, sin embargo, parecía que estaban resolviendo el asunto entre ellos!

El hombre se dirigió a la señora Oh y le tendió el *kimbap* espachurrado.

–Cóbremelos.

Seon-suk soltó un bufido. Pero, cuando vio que Dokgo no retiraba el brazo y tenía el semblante serio, sintió un inexplicable nerviosismo. Finalmente, movió la mano vacilante hacia el lector de códigos de barras y escaneó los dos triángulos. Dokgo metió la mano en el bolsillo y sacó un arrugado billete de cinco mil wones, que entregó a Seon-suk. Ella tomó el dinero con la misma aprensión con la que habría manejado un insecto, lo metió en la caja registradora y le dio el cambio.

A pesar de todo, Dokgo seguía con los triángulos de arroz en la mano, sin apartarlos, justo frente a Seon-suk.

—Quítame eso de delante.

—Pero la transacción aún no ha terminado... Tírale uno.

Dokgo señaló al joven con la barbilla. ¿Estaba sugiriendo que se vengara de la misma forma? Seon-suk se sentía desconcertada. Ver la expresión seria en el rostro de Dokgo era una cosa, pero la del joven, que estaba de pie detrás de él, tan resignado como un condenado a muerte que espera la ejecución, la dejó sin palabras.

—Vamos.

Ahora Dokgo le estaba metiendo prisa. Seon-suk se recuperó y decidió que tenía que interrumpir el curso de los acontecimientos.

—¡Guarda eso! ¿Qué quieres, que le tire el arroz como un crío? ¡Coméoslos o tiradlos, vosotros veréis! —gritó, perdiendo la paciencia.

Dokgo sonrió. Confundida, lo vio agarrar al joven por el hombro y girarlo para enfrentarlo a ella.

—Perdónelo. Aunque sea tarde..., se ha disculpado.

El joven bajó aún más la cabeza y mostró a Seon-suk el remolino de su coronilla.

—Lo siento —dijo en un tono apenas audible.

La mujer hizo un gesto de desprecio con la mano, dando a entender que no quería saber nada más del tema. Dokgo salió de la tienda con el brazo todavía alrededor del hombro del joven. Parecían padre e hijo. Se dirigieron a una mesa al aire libre y empezaron a comerse los *kimbaps* como si nada hubiera pasado.

La dependienta los observó un instante mientras se reían. ¿Qué acababa de pasar? Un joven había robado algo, ella había intentado detenerlo y se había llevado un bolazo en la frente. En ese momento, había aparecido Dokgo, había capturado al ladrón, había pagado los productos hurtados y le había sonsacado una disculpa.

Se suponía que ella era la víctima, la que había sufrido un robo y un golpe en la cara. Pero Dokgo lo había resuelto todo en un abrir y cerrar de ojos y ella no había tenido oportunidad de mostrar su enfado. Seon-suk de normal habría hervido de ira y habría desatado su frustración en todas las direcciones; esta vez, en cambio, se calmó y no se le ocurrió nada más que decir.

Se limitó a mirar cómo el señor Dokgo y el chico, Pomelo, desayunaban aquellas bolas de arroz envueltas en alga como si fueran un padre y un hijo sin recursos. La imagen le provocó una extraña sensación. Un sentimiento de alivio, de perdón, y una emoción desconocida le daban vitalidad. De alguna manera, se sentía como si también ella formara parte de ese extraño drama triangular y le rondaba la idea de que quizás debería acercarse a ellos.

Dokgo había estado cuidando de Pomelo todo ese tiempo. Por eso aquel chico problemático seguía sus instrucciones al pie de la letra... A Seon-suk todavía le picaba un poco la frente, pero el cambio que había experimentado –ella, que raramente mostraba compasión hacia los demás– le resultaba refrescante.

En pocas palabras, se sentía bien.

Después de aquel incidente, cada vez que se encontraba con Dokgo, a Seon-suk la embargaba una curiosa sensación de alivio. Cualquier sentimiento de fastidio o frustración se esfumaba. Y no parecía que solo le ocurriese a ella: la atmósfera de la tienda por la mañana estaba cambiando gradualmente, como si la dirección de la luz del sol se estuviera ajustando.

Las abuelas del vecindario, que solo frecuentaban ultramarinos y supermercados porque consideraban que la tienda veinticuatro horas era cara, comenzaron a entrar con timidez. Paseaban entre los estantes mientras Dokgo limpiaba. Le hacían preguntas y él, a su vez, las guiaba por los pasillos y les presentaba las ofertas de tres por dos o dos por uno.

–Si se lleva esto y e-esto... le sale realmente b-barato.

–O sea que de esta forma es incluso más barato que en el supermercado.

–Menos mal que este hombre nos enseña las cosas. Si resulta que esta tienda no es tan cara después de todo.

–Nuestra vista ya no es la que era y no podemos leer todas las ofertas. ¿Cómo vamos a saber lo del dos por uno?

El señor Dokgo, sonriente, colocó las cestas a rebosar de las abuelas frente a Seon-suk. Su comportamiento le recordaba a un golden retriever que pide su premio después de haberse portado bien. Por si fuera poco, cargó con las cestas y acompañó a las abuelas al exterior.

Cuando regresó pasado un rato, Seon-suk le preguntó dónde estaba. Resultó que había ido con ellas a casa porque las cestas le habían parecido demasiado pesadas para las ancianas. ¿Qué tipo de servicio a domicilio era ese? Aunque Seon-suk estaba perpleja, aquellas mujeres empezaron a ser clientas habituales gracias al servicio de entrega respetuoso con los ancianos. Y así aumentaron significativamente las ventas del turno de mañana. En vacaciones, las abuelas se pasaban con sus nietos como si fueran parte del carrito de la compra y esos niños tenían la habilidad de hacer que se gastaran aún más dinero en la sección de alimentos y bebidas.

–Las ventas de la mañana han aumentado. ¿A qué se debe? –preguntó la jefa.

Seon-suk no dudó en jactarse de cuánto esfuerzo había puesto en las ventas matutinas. Omitió por completo el hecho de que el señor Dokgo estaba teniendo un gran éxito atrayendo a las abuelas del vecindario y a sus nietos. Se atribuyó el mérito. Tenía cierto cargo de conciencia, por lo que ahora, cuando veía al señor Dokgo, siempre iniciaba una conversación amistosa.

–¿Sigues dando *kimbaps* a aquel chico? No ha vuelto a asomar la nariz por aquí durante mi turno.

–Ya no viene... Me dijo que se había mudado de casa.

–¿Y tú te lo crees? He oído que esos chicos se escaparon y viven juntos en un semisótano.

–Fui a comprobarlo y... no había nadie.

–¿Dónde?

–En el semisótano... donde vivía con los demás.

–¿Y por qué fuiste?

–Me preocupa... Pero, cuando llegué, todos se habían... ido.

–Dokgo, está bien que te preocupes por esos chicos, pero ¿no deberías pensar primero en tu propia vivienda?

–No... necesito una casa. Por algo... soy indigente.

–Ya no. Ahora eres un trabajador respetable.

–Estoy lejos d-de eso.

–¿Lejos de qué?

–De todo... Estoy lejos...

–Muy humilde por tu parte. Ay, lamento haber tenido malentendidos contigo hasta ahora.

–Yo debería ser quien lo l-lamente... por haber causado esos malentendidos.

–En fin, soluciona el tema de tu casa y búscate al menos un estudio pequeño. Todo el mundo necesita dormir decentemente.

–G-gracias por el consejo.

Asintió como si fuera un gran perro obedeciendo a su amo y se marchó por fin, pues su turno había terminado hacía rato. ¿Dónde ibas a encontrar un trabajador a tiempo parcial que se quedara cuatro horas más después de su turno? Normal que las ventas de la tienda aumentaran y que el trabajo de Seon-suk fuera ahora más fácil. Visto lo visto, empezó a confiar en él. Fue probablemente en aquel entonces cuando comenzó a ver al imponente Dokgo como un perro en lugar de como un oso.

A finales de año, la jefa le dijo que una tienda de la misma cadena había fichado a Si-hyeon y que, por tanto, debían ajustar los horarios de los turnos. Seon-suk reflexionó. ¿La habían fichado? Entre las entregas gratuitas de Dokgo y que querían a Si-hyeon como si fuera una estrella, vaya surtido de trabajadores tenía aquella tienda.

Seon-suk pensó que necesitaba tomar las riendas de la situación. Aceptó con gusto la propuesta de la jefa de ampliar su jornada laboral. Así, dividieron el horario de Si-hyeon entre Dokgo, la jefa y ella, y terminó trabajando dos horas más cada día.

Con el comienzo del nuevo año y el aumento en la carga de trabajo, hizo todo lo posible por mantener el ánimo. Pero, tal vez debido a que ya era un año más mayor, se sentía agotada. Su casa era un desastre. Al llegar dos horas más tarde, su hijo se cocinaba fideos para él solo y dejaba todo patas arriba. Aunque quería pensar que llevaba los estudios al día, los sonidos de videojuegos que venían de su habitación se escuchaban demasiado alto como para ignorarlos.

En resumen, el chico no estaba haciendo nada útil con su vida, y ahora que ella pasaba más tiempo fuera de casa, menos todavía. Seon-suk no esperaba que se encargara de las tareas domésticas o mostrara algo de piedad filial; de hecho, le bastaba con que hiciera algo por él mismo. Pero a medida que avanzaba el nuevo año, ella estaba cada vez más ocupada y cansada, mientras que su hijo seguía estancado en la inmadurez a sus treinta años. No, peor aún: parecía que quería vivir como un adolescente rebelde, como si lamentara no haberse divertido lo suficiente durante sus días de estudiante ejemplar en la secundaria. La idea de que un hombre de treinta años que se estaba preparando las oposiciones se comportara como un quinceañero, absorto en un videojuego de esos de pegarle tiros a la gente, le resultaba frustrante y exasperante a partes iguales.

Un día, a la vuelta del trabajo, se le agotó la paciencia y golpeó la puerta de la habitación del joven, pero sirvió de poco frente a los sonidos que salían de dentro. Hizo girar el picaporte. Estaba cerrada por dentro. En ese momento, sintió que el trozo de metal era la fría mano de su hijo, que solo la buscaba cuando la necesitaba, y se encendió de rabia. Golpeó la puerta con más fuerza.

−¡Hijo, abre! ¡Tengo que hablar contigo!

Cuando los golpes y los gritos sobrepasaron los decibelios del juego, su hijo finalmente abrió la puerta y la miró con el ceño fruncido.

−Ya sé lo que me vas a decir, mamá. Así que ahórratelo.

El tono de su hijo le recordó el sonido de los disparos del dichoso videojuego. Tenía la cara grasienta e hinchada y la barriga le asomaba por encima de los pantalones cortos. En pleno invierno... Era una figura lamentable que vivía encerrada en casa con la calefacción a tope. La imagen de aquel empleado de una gran empresa que se vestía con un traje impecable y llevaba el pelo peinado con pulcritud parecía haberse desvanecido por completo. Ahora era un vago que ni siquiera salía de su habitación.

Tras ignorar la mirada de desprecio de su madre, el hijo intentó volver adentro, pero Seon-suk le agarró del brazo con tanta fuerza que sintió cómo le clavaba las uñas. Quizás debido al dolor, el chico la observó por un instante con una expresión de sorpresa. Ante esto, Seon-suk apretó aún más fuerte el brazo de su hijo, dispuesta a ponerle fin a todo aquello.

–Suéltame. Tengo que estudiar.

–¡Mentira! ¿Qué estás haciendo exactamente, eh?

–¡Mamá, eres tú la que me dijo que me preparara el examen para ser diplomático! ¿Qué problema hay en que juegue un rato mientras descanso de tanto estudio? ¡He ido a una universidad prestigiosa y he trabajado en una gran empresa! Sé lo que tengo que hacer, así que no me molestes.

–¡Oye, mocoso! Entonces, ¿qué? ¿En qué ha quedado todo eso, eh? ¡Mírate! Encerrado en tu habitación, jugando todo el día y comiendo fideos. ¿Eso es lo que quieres? ¡Sal de casa a que te dé el aire por lo menos! ¡O si no múdate a una residencia de estudiantes o algo así!

–¡Ay, qué pesada! ¡Me tienes hasta la coronilla de tus sermones! –gritó el hijo, tras lo cual se zafó con violencia de su madre y regresó a la habitación.

Al portazo le siguió el clac del pestillo, y Seon-suk sintió como si algo se rompiese en su interior; habían apretado un botón dentro de ella. Comenzó a aporrear la puerta con tanta fiereza que por un momento parecía que iba a tirarla abajo. Como respuesta a la mirada burlona de su hijo, que la creía una loca, golpeó y golpeó, totalmente desquiciada. Pero la única respuesta que recibió fue el sonido del videojuego, ahora más alto. Esos disparos que sonaban cada vez más intensos se clavaban en su cuerpo, que sentía como atacado por un enjambre de abejas.

Cuando le ardía la mano tras tanto insistir, comenzó a golpear la puerta con la frente. Pum. Pum, pum. Pum, pum. Cuando esta le quemaba también, se rindió y se dio la vuelta. Se echó a llorar. Sentía el pecho oprimido, pero no tenía un marido con quien compartir el dolor. No podía ni quejarse a sus amigas después de alardear tanto del chico, que ahora se había convertido en un caso lamentable. Las voces de quienes una vez la habían envidiado porque su hijo había entrado en una gran empresa parecían resonarle en los oídos desde la distancia.

Se despertó a la hora de siempre, a las siete, cansada de llorar. El sonido del videojuego salía de la habitación de su hijo todavía a esas horas. Ella se marchó de la casa apenas con el abrigo puesto, como si la persiguieran. Ni tan siquiera preparó el desayuno. Quería dejar atrás su casa y a su hijo, y desaparecer. Pero el único lugar al que podía ir era la tienda.

Al entrar por la puerta, no vio a Dokgo en el mostrador. Tras mirar a su alrededor, se lo encontró concentrado ajustando las filas de los nuevos fideos instantáneos. Ya le había dicho mil veces que no hacía falta, pero era tan meticuloso como una persona con trastorno obsesivo compulsivo y se preocupaba de dejar cada producto alineado con sumo cuidado. Una actitud que contrastaba dolorosamente con la de su hijo. Por primera vez, cayó en que su hijo era peor que un tipo ya entrado en años que acababa de salir de la indigencia y eso la hizo sentir aún más miserable.

—Buenos días —dijo Dokgo.

Las lágrimas de Seon-suk estallaron de forma tan abrupta que no fue capaz de responder. Se dirigió corriendo al almacén para ponerse el uniforme, pero el llanto no cesaba. Su hijo era peor que aquel hombre que casi parecía un mendigo... No, Dokgo ahora era un miembro respetable de la sociedad. Incluso su forma de hablar había mejorado. Por otra parte, su hijo, un hurón adicto a los videojuegos, era un marginado de futuro incierto que había renegado de la sociedad. Si ella muriese, aquel hijo de su padre no se valdría por sí mismo y acabaría como un sintecho. Todos esos pensamientos oscuros se le agolparon en la mente. Se tiró al suelo y rompió a llorar.

Cuando recobró la compostura, se percató de que Dokgo había abierto la puerta del almacén y la estaba observando.

Se acercó silenciosamente y le tendió la mano. Ella la tomó y se levantó. Pronto, un manojo de pañuelos de papel apareció ante ella. Se limpió las lágrimas y los mocos. También las comisuras de la boca. A pesar de todo, algo en su interior parecía a punto de estallar y tuvo que respirar hondo para calmarse.

Al salir, guiada por Dokgo, la luz del sol de la mañana llenaba la tienda. El hombre se dirigió al rincón de las bebidas y trajo una lata de té de seda de maíz.

—S-si está disgustada... el t-té de seda ayuda.

Aunque al principio ella se preguntó qué clase de broma era esa, aceptó la bebida. Necesitaba algo para reprimir las emociones que seguían multiplicándose en su interior. Cualquier cosa le serviría. Se tomó el té a grandes tragos, como si se tratara de una cerveza fresca en un día de verano.

Después de saciar la sed, Seon-suk no pudo frenarse y comenzó a soltarlo todo. Dokgo la escuchaba con atención. Parecía que hubiera estado esperando aquel momento.

De pie en el mostrador, la mujer, sollozando, habló sin parar sobre aquel hijo que se le había echado a perder. Dokgo asentía repetidamente mientras prestaba atención a sus angustias y lamentos.

—No puedo entenderlo. ¿A quién se le ocurre dejar un trabajo estable para tirarlo todo por la borda y ponerse a jugar a inversiones o a grabar películas? ¡Para eso que se ponga a apostar, que lo mismo es! ¿En qué me he equivocado con él? ¿En qué?

—Bueno... todavía es joven.

—¡Tiene treinta años! ¡Treinta! No es más que un parado incapaz de hacerse cargo de sí mismo.

—¿Has... hablado con tu hijo sobre esto?

—No escucha una palabra de lo que digo. Se esconde. He intentado hablar con él muchas veces. No solo me ignora, sino que me evita. ¡Para él no soy más que una criada o la casera!

—E-escucha a tu hijo. Da la s-sensación de que... solo estás diciendo que tu hijo no te escucha, pero... parece que t-tú tampoco le escuchas a él.

—¿Cómo?

—A-ahora me estás escuchando, ¿no? Pues... escucha así también a tu hijo. ¿Por qué dejó el trabajo? ¿Por qué invirtió en acciones? ¿P-por qué hizo una película?

—¿Y eso de qué sirve ahora? ¡Hizo todo lo que quiso y fracasó! ¡Y ni siquiera me habla!

–Pero debió haber hablado contigo... al menos una vez, ¿no?

–Ay... eso fue hace tres años. Estallé cuando dijo que iba a dejar el trabajo. ¿Por qué marcharse de una gran empresa después de luchar tanto por entrar? ¿No es de locos?

–Entonces, ¿sabes por qué... lo dejó?

–Pues no.

–Pregúntale de nuevo. Por qué dejó... el trabajo. Q-qué pasó. T-tú, como su madre... deberías saberlo.

–Cuando hablamos de ello, me dio explicaciones muy ambiguas, así que simplemente le dije que aguantara. Pero entonces lo dejó de repente. Igual que su padre, que se fue de casa a santo de nada.

Seon-suk le contó lo ocurrido. Sintió cómo se le humedecían los ojos y solo entonces se dio cuenta de la imagen que estaba dando ante aquel hombre. Trató de recomponerse. El indigente frunció el ceño un momento antes de dirigirle a la mujer una sonrisa sutil.

–Seguro que te preocupa que tu hijo termine como tu marido.

Las lágrimas de Seon-suk se detuvieron de golpe. Inconscientemente, asintió con la cabeza.

–Pues sí. Pensé que él sería diferente... que yo lo había criado bien. Se ve que me equivocaba. Lo hice lo mejor que pude, pero este hijo mío no valora nada... siempre jugando a videojuegos en la habitación... –dijo moqueando.

Dokgo le ofreció otro puñado de pañuelos. Mientras ella se secaba las lágrimas, un cliente entró en la tienda. Dokgo se marchó al almacén y Seon-suk se recompuso antes de dirigirse al mostrador para atender al cliente.

Cuando el hombre salió por la puerta, Dokgo volvió con Seon-suk. Ella le dedicó una sonrisa incómoda, más tranquila ahora.

–He hablado demasiado, ¿verdad? Estoy tan agobiada... No tengo a quién contarle mis penas... Me siento mejor ahora. Gracias por escucharme, Dokgo.

–Eso es.

–¿El qué?

–Escuchar ayuda.

Seon-suk abrió los ojos como platos y escuchó con atención las palabras del hombre que tenía delante.

–E-escucha también al chico. Eso... calmará las cosas. Al menos un poco.

Fue entonces cuando Seon-suk se dio cuenta de que nunca había escuchado realmente a su hijo. Siempre había buscado que él viviera como ella quería. Nunca se detuvo a considerar por qué, habiendo sido un estudiante ejemplar, se había salido del camino que ella había trazado para él. Siempre estaba ocupada cuestionando sus errores y nunca tenía tiempo para escuchar las razones que le daba.

–Toma...

Dokgo dejó algo en el mostrador. Era un par de triángulos de arroz del dos por uno. Seon-suk lo miró con una expresión de desconcierto. Dokgo sonrió, mostrando los dientes.

–Dáselos a tu hijo.

–¿A él? ¿Por qué?

–Pomelo me dijo que le gustaba comer *kimbaps*... cuando jugaba. Dáselos cuando esté jugando.

Seon-suk miró en silencio los paquetes. A su hijo le encantaban desde pequeño. Cuando empezó a trabajar en la tienda, siempre le pedía que le trajera. Pero en algún momento había dejado de hacerlo porque no quería ver a su hijo encerrado en la habitación jugando y comiendo guarrerías.

–P-pero con eso... no será suficiente. Dale... una carta también.

La mujer levantó la cabeza. Dokgo la miraba fijamente. En ese momento, le parecía un golden retriever de verdad.

–D-dile a tu hijo que, aunque no lo hayas escuchado antes, ahora lo harás. Escribe una carta. Y pon... los triángulos de arroz encima.

Seon-suk llevó la vista de nuevo a los paquetes que Dokgo le había dado y se mordió el labio. El hombre sacó tres billetes arrugados de mil wones de su bolsillo.

–Yo los pago. Vamos... escanéalos.

Seon-suk, como si siguiera las órdenes de su jefe, escaneó los paquetes con el lector de códigos de barras. Al oír el sonido del escáner y el anuncio de «pago completado», la sensación de inquietud que había estado rondando su mente se disipó. Seon-suk, que confiaba más en los perros que en las personas, asintió una vez más a las palabras de Dokgo, que parecía un gran perro bueno.

Él sonrió de oreja a oreja y salió de la tienda. Nada más sonar la campanilla, Seon-suk empezó a reflexionar sobre el contenido de la carta que pondría debajo del paquete de *kimbaps*.

4
Dos por uno

En coreano hay una expresión que dice: «Un gorrión nunca pasará por un molino sin detenerse». Para Kyeong-man, aquella tienda era el molino y el gorrión era él.

De niño, escuchaba una canción popular que se llamaba *El día de un gorrión* y que cantaba la voz profunda y resonante de Song Chang-sik. La canción en cuestión comparaba a la clase trabajadora con gorriones y ofrecía una especie de consuelo ante las dificultades de la vida. «Amanece. Hoy, como siempre, tengo que cruzar la colina para recoger unos granos. Amanece». Ya en la primaria solía tararear esa canción con una profunda empatía, pues detestaba ir al colegio y para él la vida no era más que una serie de días difíciles.

Beber en soledad era romántico; se había puesto de moda. Sin embargo, para Kyeong-man la realidad era muy diferente. Para él, beber solo se reducía a sentarse en una mesa al aire libre en su camino de vuelta del trabajo y saborear una botella de *soju* mientras el viento frío le golpeaba la cara. Cualquier romanticismo estaba completamente fuera de lugar, si bien sentía que estar solo con su *soju* era ya de por sí una bendición, siempre y cuando pudiera hacerlo sin atraer miradas recelosas.

No recordaba con exactitud cuándo esa mesa de la tienda veinticuatro horas se había convertido en su refugio habitual para tomarse algo. Cuando los días comenzaban a ser más fríos, solía pasarse por la tienda para comerse unos fideos instantáneos y luego regresaba a casa. Pero, como sucede siempre con los antojos nocturnos, a los fideos se les sumó un *kimbap* y al *kimbap* se le añadió un plato de *kimchi* frito. Finalmente, se unió a la fiesta una botella de *soju* de los fuertes, de tapón rojo. Desde entonces, Kyeong-man se había convertido en un gorrión incapaz de pasar de largo aquel molino. Se llenaba el buche cada noche con cinco mil wones en alcohol y picoteo. El *soju*, a pesar de estar frío, era tan reconfortante como un cuenco de caldo humeante y la multitud de opciones de fideos instantáneos y *kimbaps* le permitía crear nuevas combinaciones cada día, por lo que nunca le resultó monótono.

La elección de aquella noche era su clásico *cham-cham-cham*,* la combinación escogida en los últimos meses y se componía de fideos de sésamo, *kimbap* de atún y *soju* Chamisul. Se trataba de su selección estrella, el cierre ideal del día, y, sin lugar a dudas, la mejor relación calidad-precio que su solitaria velada podía ofrecerle.

---

* La primera sílaba de los fideos de sésamo (*chamkke ramyeon*), del *kimbap* de atún (*chamchi kimbap*) y de la marca de *soju* Chamisul forman el trío *cham-cham-cham*. (*N. de la T.*)

Aquella noche había un hombre desconocido tras el mostrador. Su gran figura y su mirada intimidante eran definitivamente diferentes a las del dependiente anterior, de rostro amable. Kyeong-man colocó el Chamisul, los fideos y el *kimbap* en el mostrador con cierta timidez y el hombre procedió con el pago. Movía el lector de códigos de barras con muchísima relajación.

–Son... cinco mil doscientos wones.

El tono de voz poco expresivo y entrecortado también le parecía abrumador. Kyeong-man pagó rápidamente, tomó unos palillos de madera y se dirigió hacia la mesa de fuera. Dejó la comida y sacó un vaso de papel de los que siempre llevaba encima para el *soju*. Ahora solo tenía que cocer los fideos. Abrió la tapa y echó un vistazo al interior de la tienda. Para su desgracia, hizo contacto visual con el hombre corpulento del mostrador. Desvió la mirada de inmediato y abrió el sobre del caldo.

Mientras volvía a por agua a la tienda, Kyeong-man pensó en el viejo Anpanman, que había trabajado allí hasta la semana anterior. El anciano, que parecía haber cogido un trabajo nocturno en la tienda después de jubilarse, destacaba por su cara redonda y la cabeza calva, por lo que Kyeong-man lo había apodado Anpanman para sus adentros. Era muy amable con él, siempre le daba palillos de madera cuando compraba fideos e incluso se despedía con un «que aproveche». Le vinieron a la cabeza las cálidas miradas del anciano cuando alguna vez le había ofrecido un sándwich de jamón que estaba ligeramente pasado de fecha.

¿Quién era ese hombre que llevaba ahora la tienda? Mientras esperaba a que sus fideos se cocieran, Kyeong-man comenzó a especular. Su actitud cortante, su aparente falta de experiencia en el servicio al cliente y la manera en que lo observaba beberse el *soju* con esos ojos indescifrables indicaban que se trataba del propietario. Era clavadito al gerente de su empresa, que convertía los días en un infierno. Seguro que ese hombre había despedido a Anpanman porque la tienda no iba bien. Parecía que incluso había intentado contratar a una anciana del barrio por unos días, aunque eso tampoco ayudó, por lo que decidió hacerlo él mismo. Quizás el contrato de Anpanman estaba a punto de cumplir un año y lo había despedido a tiempo de evitar pagarle el finiquito. Era lo mismo que les ocurría a los empleados no regulares de su empresa, que, sin importar lo bien que trabajaran, se iban a la calle en torno a los once meses.

Cuando empezó a ver a aquel hombre corpulento como el dueño de la tienda, el sabor del alcohol se le amargó en la boca. Sorbió los fideos, ligeramente picantes, y se bebió otro vaso de *soju*. La situación no había mejorado ni un ápice desde el inicio de los tiempos; las empresas habían sido siempre un dolor de cabeza. El gerente había anunciado que no habría bonificaciones en las fiestas de Chuseok debido a las dificultades financieras y al poco tiempo se había comprado un automóvil extranjero de lujo de esos que instintivamente evitas cuando te cruzas con ellos por la carretera. El salario de Kyeong-man, que llevaba congelado cuatro años, nunca llegaba a la mesa de negociaciones. Para colmo, sus subordinados se burlaban de él. Y por más que quisiera dejar aquel trabajo, las circunstancias se lo impedían. Así que no podía considerar al director de su empresa sino como el diablo encarnado.

Ir a casa tampoco le permitía desconectar del infierno. Las gemelas comenzarían la secundaria al año siguiente y eso no requería precisamente poco dinero. Y su esposa no tenía tiempo para ocuparse de él, porque hacía malabares entre las tareas domésticas y el trabajo. Hacía mucho que había perdido la calidez y la seguridad que sentía en su hogar y lo mismo había pasado con el compañerismo de tener a alguien de su lado. Tampoco podía disfrutar ya del *soju* que solía tomar en casa cuando descansaba por las tardes; su esposa no permitía que entrara alcohol, ya que, decía, no era bueno para las niñas. Incluso la familia le había quitado su única afición: ver los resúmenes de los partidos de béisbol. Entre el exceso de trabajo y el poco dinero que traían a casa, tanto su esposa como él estaban agotados y él sentía que no había sabido ser un buen marido y un buen padre. Parecía destinado a envejecer sin ofrecer ningún giro inesperado a la familia. ¿Y si el giro inesperado era perder el empleo y no ser capaz de conseguir otro? Eso sería más bien un final trágico.

¿Cuándo empezaron a torcerse las cosas? Había vivido con humildad y dedicación hasta sus cuarenta y cuatro años. Después de graduarse en una universidad del montón, había trabajado en farmacéuticas, seguros, concesionarios e imprentas, y finalmente había llegado a una empresa de instrumental médico. Jamás había desviado la atención de su objetivo. Consciente como era de su origen modesto y de su falta de talento, había utilizado su diligencia y su amabilidad como armas en la vida. Al casarse con su esposa, cuatro años menor que él, a quien había conocido a través de un cliente, y al tener gemelas, había pensado que hasta la vida de un currante podía ser hermosa. Incluso había momentos en que se enorgullecía de tener una vida más valiosa que aquellos que habían nacido con una cuchara de oro en la boca. Pero el tiempo acabó revelando las diferencias. Quienes habían tenido la línea de salida unos pasos por delante de él vivían más acomodados y habían acumulado más méritos y riqueza. Kyeong-man, en cambio, comenzaba a sentirse como un soldado en una trinchera que estaba a punto de salir corriendo a pecho descubierto y sin munición. A pesar de que ganaba dinero, los gastos no hacían más que aumentar, mientras que su energía disminuía a pasos agigantados. Y su única fortaleza, la diligencia y la amabilidad, se basaba en la resistencia física. A medida que envejecía y esta se reducía, sus virtudes se transformaban en ineficacia y servilismo. La falta de energía empezó a dominar incluso su estado mental, por lo que cada vez sufría más días de agotamiento emocional y su jefe y sus colegas comenzaban a despreciarlo.

Sumido en aquellos pensamientos amargos, se dio cuenta de que apenas le quedaba medio vaso de *soju*. El bloque de huevo en sus fideos de sésamo todavía no se había disuelto completamente y el hecho de que la botella estuviera a punto de acabarse era un verdadero problema. Pero sabía que, si se bebía otra, no tendría suficiente energía para enfrentarse al día siguiente. En su juventud, podría haberse pimplado tres o cuatro de esas y aun así ir a trabajar sin preocuparse por la resaca. Ahora, si bebía más de una botella, podría terminar vomitando al de al lado en el tren de camino al trabajo.

¿Se dice resiliencia? Bueno, en cualquier caso, ya no le quedaba. De joven podía corregir sus errores y sacudirse una resaca con apenas una ducha de agua caliente. Pero ahora esa resiliencia se estaba evaporando de su vida como la barrita de vida de un videojuego. Tomó el último pedazo del *kimbap* de atún y devoró el resto de los fideos de sésamo. También apuró el medio vaso de *soju* que le quedaba. Así, cerró el único momento de libertad del día y comenzó a recoger.

La noche siguiente, aquel hombre corpulento cobró de nuevo a Kyeong-man con desgana y seriedad. Esta vez le ofreció los palillos de madera directamente, como si en apenas un solo día se hubiera adaptado al trabajo en la tienda. Sin duda, tenía buena retentiva. Quizás por eso, a pesar de ser tan mayor como Anpanman, se había convertido en el dueño de una tienda. A la edad en que otros se jubilan, él ya se había asegurado sus bienes, seguramente dirigiendo varias tiendas y de vez en cuando cubriendo las horas muertas de sus trabajadores. Eso sí que era vida.

Kyeong-man experimentó una mezcla de envidia y desamparo mientras se dedicaba a su único placer del día. El hombre seguía observándolo. ¿Qué pensaría de él? Probablemente que era un desdichado cabeza de familia de clase trabajadora. Daba igual, porque Kyeong-man era, ante todo, un cliente que se gastaba cinco mil wones cada día y dejaba la mesa impecablemente limpia al marcharse. Vamos, un cliente modélico. Aunque la mirada del dueño le resultaba incómoda, se prometió que nunca dejaría que le arrebataran su lugar en aquel sitio.

Así pasó poco más de un mes y aquel año, el 2019, estaba a punto de concluir. Qué asco. Si no le bajaban el sueldo, encima tenía que considerarlo un buen año. Por supuesto, ni hablar de un ascenso. El simple hecho de que las gemelas fuesen a pasar al instituto ya le estaba agobiando. Su esposa sugirió cautelosamente que, una vez que las niñas entraran en la secundaria, necesitarían clases particulares. Aunque estaba de acuerdo con su mujer, la sensación de agobio se intensificó. Estaba tan angustiado que el *soju* que bebía aquella fría noche era lo único que le daba algún tipo de alivio.

No sabía exactamente cuándo el hombre se había sentado con él. ¿Se habría quedado dormido, encorvado por el cansancio, la embriaguez y el frío? Al despertarse, el dueño estaba de frente, exhalando vapor, vestido con una chaqueta blanca que le hacía parecer un oso polar.

—S-señor, si duerme aquí... p-podría congelarse hasta morir.

Le hablaba como le hablaría a un vagabundo. Kyeongman se indignó, pero ante la imponente estatura y postura del dueño se limitó a llenarse el vaso con el *soju* restante.

—P-por mucho que... beba... el frío no se irá.

El hombre tenía la costumbre de hablar con pausas. Kyeong-man no sabía si era porque se tomaba su tiempo para hacer observaciones o porque era parte de su relajada actitud burguesa, pero, en cualquier caso, no le gustaba ni un pelo. Irritado, vació el vaso una vez más.

–Pues yo estoy entrando en calor. Me acabo esto y me voy, así que no me meta prisa.

Kyeong-man pronunció esas palabras en tono desafiante y levantó la botella de *soju*. ¡Pero estaba vacía! De repente, perdió el apetito y se sintió avergonzado. No podía permitirse beber más... Y no quería humillarse delante de aquel señor.

–U-un momento, por favor –dijo el otro y se levantó para entrar de nuevo en la tienda.

¿Qué quería ahora?

Un instante después, el hombre regresó con dos vasos grandes de papel. Kyeong-man observó, ojiplático, cómo el hombre colocaba uno delante de él. Lo examinó y vio que contenía un líquido ámbar con un par de cubitos de hielo. Parecía *whisky*. De hecho, estaba seguro de que era *whisky*. ¿Por qué? ¿Sería algún tipo de veneno? Miró al hombre con cautela. Este asintió con la cabeza, como instándole a beber, y se llevó su vaso a los labios para tomar un sorbo. Su actitud mostraba la despreocupación de alguien que estaba más que acostumbrado a beber licores importados. Le vino a la cabeza su época como representante de los departamentos de ventas de las farmacéuticas. Era como si volviera a tener delante a aquellos médicos y académicos con los que quedaba en bares de lujo y que se tragaban bombas de *whisky* como si fueran té de cebada.

El hombre, al ver que Kyeong-man no reaccionaba, levantó nuevamente su vaso y lo vació. Dejó solo los cubitos de hielo. Suspiró satisfecho y se limpió los labios. La expresión complaciente en su rostro encendió la competitividad en Kyeong-man, que hizo lo propio. Vació el vaso de un trago. El líquido pareció congelarle el esófago y el pecho. A diferencia del *whisky*, que debería haberle dado una sensación de ardor, solo sentía un frío intenso. ¿Qué era eso?

–Es agradable, ¿verdad?

–¿Qué es?

–Té de seda de maíz... C-cuando te encuentras mal... va muy bien.

Té de seda de maíz con hielo... Kyeong-man estaba tan atónito que no sabía cómo reaccionar.

–P-por el color del té... casi sientes que estás bebiendo alcohol... Pero sienta bien.

¿Qué narices estaba pasando? Kyeong-man pensó que ese hombre era un excéntrico o se estaba quedando con él. Pero tampoco podía enfadarse porque la bebida que le había ofrecido amablemente no fuese alcohol. Así que asintió con la cabeza, forzado, y se levantó para recoger sus cosas.

–Y-yo también bebía... todos los días –murmuró el hombre en voz baja.

Kyeong-man se detuvo por un momento, midió la presencia de aquel hombre y volvió a sentarse.

–C-como bebía todos los días... el sabor terminó yéndose. Tanto del cuerpo... como de la mente. Así que...

Dejó la frase en el aire mientras miraba fijamente a su compañero de mesa. La situación se tornó muy incómoda. Aunque Kyeong-man era quien había estado bebiendo, parecía que era el otro el que estaba borracho.

—¿Y qué me quiere decir con eso? ¿Que no vuelva más por aquí?

—T-tome un poco más de té...

Con la despreocupación de quien comparte con un colega unas cervezas, el hombre sirvió más té en los dos vasos, que ya solo contenían hielo. Y, por increíble que pareciera, levantó su vaso de papel para hacer un brindis. ¿Qué le pasaba a ese hombre? A pesar de sus prejuicios, la deformación profesional de ser amable salió a relucir y Kyeong-man chocó su vaso con el del hombre, ligeramente por debajo del suyo. Y lo apuró de un trago. Ah, qué frío estaba.

—Y-yo también solía... beber mucho licor... de este color —dijo el dueño tras dejar el vaso en la mesa.

Claro que sí. Había bebido mucho licor extranjero y había ganado mucho dinero y ahora se preocupaba por su salud mientras disfrutaba de la segunda mitad de su vida, como el exitoso jefe que era. Estupendo.

—Pero ahora... solo bebo esto. S-se puede vivir sin alcohol.

—¿En serio me está diciendo que deje el alcohol?

El hombre asintió con expresión impasible. Kyeong-man se puso furioso.

—Mire, yo prefiero que me diga que no venga más. ¿A qué viene todo esto?

–Quiero ayudarlo... L-le prepararé té de seda con hielo... todos los días. Tómeselo con sus fideos, con su *kimbap*... Así dejará de pensar en el alcohol.

–¿Acaso le he molestado yo por estar aquí, bebiendo? ¿He dejado basura o algo? Siempre limpio antes de irme. ¿Ayudarme? ¡Dígame que no soy bienvenido y déjese de historias!

Kyeong-man se levantó y se fue sin mirar atrás. Ya que estaba ahí el dueño diciendo estupideces, que se encargara él de recoger la mesa. Se sintió legitimado. ¿Para qué preocuparse o esforzarse? No estaba seguro de si el aire frío del amanecer le había bajado la embriaguez o si era la sobriedad la que hacía que sintiera el frío. Mientras caminaba, confundido, apretó los puños en los bolsillos para tratar de reprimir la frustración por la pérdida de su pequeño refugio.

Al final de ese año, debido a las constantes cenas de trabajo, Kyeong-man volvía a casa borracho un día sí y un día no. No echaba de menos beber únicamente en la tienda. Aunque pasaba por delante, ya que se encontraba en la ruta más corta entre la estación de metro y su casa, solo la miraba de reojo, con los ojos enturbiados por el alcohol. Pasaba de largo mientras observaba con cierta ironía aquella mesa al aire libre, que se había vuelto aún más desoladora ahora que él ya no la visitaba.

Llegó el 2020. La gente actuaba como si hubiera arrojado el 2019 al montón de ropa sucia junto a la lavadora y se hubiera puesto ropa nueva. Tanto su esposa como sus

LA ASOMBROSA TIENDA DE LA SEÑORA YEOM

hijas recibieron el nuevo año con entusiasmo. Las gemelas le llegaban a los hombros y él se estaba convirtiendo
en el más bajo de la familia. Su esposa, que antes del
matrimonio medía lo mismo que él, uno sesenta y ocho,
se mantenía igual, mientras que él había menguado hasta el uno sesenta y seis, según el último chequeo médico.

La altura, en realidad, era el menor de sus problemas.
Con la llegada del nuevo año y el avance de la edad, su
autoestima se estaba desmoronando. Esto se debía tanto a la humillación en el trabajo como al sentimiento de
exclusión en casa. Pensaba que tal vez podría recuperar
la autoestima si dejaba su puesto, pero no tenía ni idea
de cómo abordar las faltas de respeto de su familia. ¿Y si
dimitía y se iba de casa? Terminaría siendo un indigente. Este año, Kyeong-man tenía como objetivo dejar el
empleo porque no lo valoraban, y encontrar otro. A su
esposa le preocupaba que ganara menos dinero, pero él
quería un trabajo donde al menos lo trataran como a un
ser humano. Sin embargo, si ganaba menos, se volvería
aún más difícil que en casa lo vieran como tal. Por lo
tanto, el nuevo año se presentaba ante Kyeong-man sin
muchas opciones, tan frío como el invierno que estaban
sufriendo. ¿Acaso no era igual diciembre de 2019 que
enero de 2020? Sentía desprecio por aquellos que se en-
tusiasmaban con el espíritu de renovación y fruncía el
ceño cada vez que veía las calles llenas de campañas de
marketing por Año Nuevo.

Kyeong-man necesitaba un trago. Sin embargo, dos
de sus escasos tres amigos bebedores se habían decla-
rado abstemios y el otro se había mudado a su pueblo

natal. El ambiente en las reuniones también había cambiado: la gente sugería quedar para comer en lugar de montar una gran celebración con alcohol. Parecía que se había puesto de moda marginarlo. En su casa era un paria, en el trabajo otro y para el mundo era un pringado de campeonato. Y eso hacía que añorase el alcohol.

Para un fracasado como él, beber era la opción más obvia. Pero tanto su sueldo ajustado como su falta de estabilidad emocional no le permitían darse el lujo de emborracharse en un bar. Así que no le quedaba otra que buscar una tienda donde pudiera comprar alcohol de camino a casa. Sin embargo, en su barrio solo había una tienda veinticuatro horas que no guardaba las mesas en invierno. Y no era sino aquella cuyo extraño dueño bebía té de seda de maíz como si fuera alcohol. Por alguna razón, el hombre no contrataba a empleados nocturnos y se encargaba él mismo de atender a los clientes. «Joder, debería estar creando empleo en lugar de hacerlo todo él. Por eso la economía del goteo no funciona», murmuró mientras pasaba junto al establecimiento.

Algo lo detuvo en seco. Para su sorpresa, en la mesa de fuera había un *cham-cham-cham*.

Echaba de menos su *cham-cham-cham*. Parecía la única cosa capaz de aliviar la melancolía de este nuevo año tan estático. Sentía que con el *cham-cham-cham* podía inaugurar de verdad el 2020. Era irresistible. Aunque aquellos fideos bien podían ser un cebo de aquel oso para pescar un salmón, Kyeong-man tenía que comérselos. Y si el oso irrumpía en su escena de borrachera en solitario, sentía que, con toda la energía que le brotaría de dentro, podría convertirle la cabeza en una mazorca de maíz.

–Eh... Cuánto tiempo –le dijo el dueño, tan tranquilo como siempre, mientras le cobraba.

Tras devolverle el saludo con la mirada, Kyeong-man salió rápidamente afuera. Sin prestar atención al frío, vertió de inmediato el agua en el envase de los fideos, abrió el *kimbap* y destapó la botella de *soju*. Mierda, le faltaba el vaso. Ya no tenía el paquete de vasos de papel que llevaba siempre consigo. La idea de comprar uno nuevo le irritaba y tampoco quería pedirle uno prestado a ese oso, ya que sentía que eso sería mostrar debilidad. Pues nada, sin vaso. Tampoco pasaba nada por beber *soju* directamente de la botella.

Fue en ese momento cuando el oso polar salió. Kyeong-man, que se había estado esforzando por mantener la compostura, se desorientó por un instante al ver el ventilador que el hombre cargaba en un brazo. Al mirar más de cerca, se dio cuenta de que no era un ventilador, sino un calefactor. Enchufó el aparato a una toma de corriente que no se sabía de dónde salía, lo colocó junto al asiento de Kyeong-man y lo encendió.

Luego extendió la mano, como si invitara al cliente a disfrutar del calor, observó la mesa y regresó adentro. El rostro de Kyeong-man, aunque todavía estaba confuso, comenzó a destensarse bajo la suave brisa cálida del calefactor. Ya no quedaba claro si su expresión previa tenía que ver con el viento invernal o con la incomodidad de estar allí después de tanto tiempo, pero su semblante pasó rápidamente de rígido a relajado.

–Solo tengo... esto.

El oso le extendió a Kyeong-man un gran vaso de papel como el de la vez anterior. Kyeong-man aceptó el vaso en silencio y lo puso sobre la mesa, reflexivo. Tenía que decir algo.

–Gracias.

–N-no es nada.

–Por el vaso... y el calefactor.

–C-casi no lo uso...

–¿Se refiere al calefactor?

–Usted solía venir aquí a menudo... Y, como dejó de hacerlo, pensé que era porque le molestaba el frío... así que lo compré... De todos modos, me alegra que haya vuelto –comentó el hombre, tras lo cual desapareció en el interior de la tienda.

A pesar de la brusquedad, las palabras que salían de su boca eran más cálidas que el aparato. Kyeong-man se quedó un buen rato vaciando su vaso de *soju*, sin darse cuenta de que los fideos ya estaban listos.

Qué calentito.

El dueño de la tienda había preparado el *soju* y el vaso para transmitirle calor. Kyeong-man podía ser un paria, pero en aquel lugar no lo era. Aquella incómoda tienda se había transformado, por un instante, en su espacio personal. Ahora que había vuelto se sentía un cliente vip.

Se acabó los fideos en un santiamén. Quería experimentar más ese calor, pero sabía que tocaba levantarse. Entonces, el dueño reapareció delante de él para saldar una cuenta. En una mano sostenía un vaso de papel que parecía contener hielo y en la otra llevaba té de seda de maíz. Madre mía.

De todas formas, aquel hombre parecía tener al menos diez años más que él, así que ¿qué le costaba aceptar su ofrecimiento y marcharse después de un último trago? Kyeong-man tomó el vaso con ambas manos y aceptó el líquido.

—Es dura la vida, ¿eh?

Tras brindar, el dueño soltó esa trivialidad. Kyeong-man se limitó a asentir con la cabeza. Sin embargo, el hombre se acarició la barbilla con esa mano enorme que tenía y volvió a la carga:

—¿Qué hace... para salir siempre... tan tarde del trabajo?

Vaya, o sea que, a cambio de un poco de amabilidad, ¿ahora quería interrogarle por su vida?

—Soy comercial.

—Comercial... ¿Qué vende?

Tampoco es que pudiera comprarle nada.

—Material médico.

—Entonces... ¿suministra a los hospitales?

Ahora le soltaría que también tenía un hospital, verás.

—Sí.

—Debe de tener mucho trabajo si se ocupa de los hospitales... Es el cabeza de familia, ¿verdad? Se nota que carga con... ese peso.

¿Ahora también hurgaba en su vida personal? Aquel hombre se estaba pasando de la raya. El peso de ser el cabeza de familia... A saber ese peso suyo cuántas cifras tenía.

–Usted también debe de ser cabeza de familia, ¿no?
La cosa está difícil para todos.

–Con lo tarde que... llega a casa... le será complicado
pasar tiempo con la familia. Tiene una hija, ¿no?

¿Pero qué le pasaba a ese tío? ¿Era adivino o algo así?
Bueno, o tienes hijos o tienes hijas, claro.

–Tengo dos hijas.

–Qué bien. Las hijas... son lo mejor –dijo el dueño.

El hombre se frotó la cara con esas zarpas de oso. Por
alguna razón, parecía solitario, lo que empezó a derretir
la actitud distante de Kyeong-man. Como por impulso,
sacó la cartera. En una foto estaban sus hijas gemelas
nada más empezar a ir al colegio. Sonreían deslumbran-
tes, como si estuvieran posando para un anuncio. Veía
más esas caras que las actuales, dadas las horas a las que
solía llegar a casa.

El hombre miró con detenimiento la foto como si hubiera descubierto un tesoro inestimable.

–Ambas son tan adorables que... no sé... quién es
quién.

–Es que son gemelas.

–Ah, claro... Así que trabaja tanto... por estas niñas
tan dulces.

–¿Acaso no es lo que haría cualquier padre?

–Es difícil ser padre, ¿no?

–Sí, sí que lo es –respondió Kyeong-man.

Parecía como si lo estuvieran interrogando. Sin embargo, el cliente comenzó a parlotear como si se hubiera roto una presa, como si alguien le hubiera instalado
un motor en la boca. Habló de sus hijas, que estaban a

punto de entrar en el instituto y apenas se comunicaban con él, de los reproches de su esposa, que en realidad no eran reproches, de la caída de su estatus en el trabajo, de cómo le humillaban los clientes... Kyeong-man lo relató todo frenéticamente, salpicando saliva mientras se desahogaba ante aquel hombre.

El dueño volvió a servir más té de seda. Kyeong-man, que tenía a todas luces la garganta seca, se lo bebió a grandes tragos. Al principio, sintió un alivio interno, pero pronto le invadió una vergüenza similar a una resaca.

—Y-ya veo. Así que dejar el trabajo no es fácil... pero tampoco tiene tiempo para estar con la familia.

—Ni siquiera tengo forma de aliviar mi sufrimiento.

—Por eso... bebe de camino a casa.

—Sí.

—Entonces... tome té.

—¿Qué?

—Deje la bebida y tome té... de seda de maíz. Su esposa ha prohibido el alcohol en casa, ¿no? Si toma este té... podrá picar algo... con su familia.

—¿Qué está diciendo?

—Y-yo dejé de beber hace solo... dos meses. Y esto... me lo hizo posible.

Aquel hombre hablaba como si el té de seda fuera un invento suyo. Al verle dispuesto a servirle más, Kyeong-man se levantó rápidamente y agarró su mochila.

—Ha estado bien. Gracias.

Inclinó la cabeza y se marchó. Mientras Kyeong-man se alejaba, el dueño añadió, como si le estuviera pegando una etiqueta en la espalda:

–Si no bebe, al día siguiente estará más fresco... y su rendimiento en el trabajo también mejorará.

Vaya, como si con mejorar el rendimiento le fueran a subir el salario y de puesto. Y eso le haría rico, ¿no? A otro con el cuento. Si por ese hombre fuera, todos los problemas se esfumarían con pegarse un baño de té.

Después de aquella conversación tan incómoda y absurda, Kyeong-man tuvo que alargar su ruta de regreso a casa para evitar la tienda. Tenía que subir diez escalones y pasar por una callejuela donde la nieve no se había derretido del todo, pero lo soportaba con tal de no escuchar de nuevo los sermones de aquel hombre de cara enorme. Se prometió no volver jamás a la tienda en sus excursiones nocturnas.

Lo gracioso es que, al evitarla, se quedó sin sitio donde beber. Buscó algunos bares baratos, pero solo le complicaron más la vida, y el resto de las tiendas del barrio no pondrían mesas al aire libre hasta que llegara la primavera.

Kyeong-man decidió cortar de raíz y volver directamente a casa sin su *soju* de última hora. Cuando llegó a casa antes de las once y sin oler a alcohol, su esposa y sus hijas, al principio desconcertadas, no tardaron en transmitirle su apoyo. Dejar de beber era una buena promesa de Año Nuevo. ¿Promesa de Año Nuevo? Su familia había malinterpretado la situación, pero no estaba mal dejarse querer, aunque fuera un poco. Alentado por este respaldo, decidió que, ya que estaba, dejaría de beber. Así que empezó a regresar a casa cada vez más temprano y los pensamientos sobre la bebida desaparecieron.

Al volver del trabajo y optar por ver los programas que su esposa y sus hijas ponían en la televisión en lugar de los partidos de béisbol, Kyeong-man descubrió un nuevo mundo mediático muy interesante. Especialmente los miércoles se aseguraba de llegar temprano a casa para poner con sus hijas un *reality* de dos presentadores muy conocidos que se plantaban sin avisar en casas de familias coreanas normales y corrientes para cenar. Su hija mayor se preguntaba por qué no venían al Cheongpa-dong y deseaba con todas sus fuerzas que algún día llamara a casa Kang Ho-dong vestido de Papá Noel. La segunda, nacida cinco minutos más tarde, agitaba un folleto del Señor Pollo y decía que prefería ver a Lee Kyung-kyu vestido de Don Quijote. Aquellos días, su esposa hacía la vista gorda y les dejaba pedir pollo frito a domicilio. Y las hijas, al darse cuenta de que si su padre llegaba temprano podían comer pollo, se ponían más que contentas.

¿De qué se alegraban? ¿Del pollo? ¿De su padre? Realmente, no importaba. Compartir un pollo era sinónimo de ser una familia.

Kyeong-man no probó una gota de alcohol, ni siquiera cuando fueron al pueblo a celebrar el Año Nuevo Lunar. Su padre y sus tíos, que solían emborracharse y jugar al *hwatu* con las cartas durante las fiestas, lo miraban como si fuera un bicho raro. En cambio, los ojos de su esposa y de su madre reflejaban satisfacción.

Unos días después de que terminaran las vacaciones, en su camino de vuelta del trabajo a altas horas de la noche, Kyeong-man se encaminó, casi sin darse cuenta, hacia la calle donde se encontraba aquella tiendecita. Ahora podía pasar por delante sin sentir la tentación de beber y sus pasos se habían vuelto tan fluidos que apenas era consciente de esa ausencia de deseo. Aun así, no pudo evitar preguntarse si el dueño de la tienda, aquel hombre que se asemejaba a un oso, seguía teniendo problemas para encontrar a un empleado para el turno de noche.

No había nadie en el mostrador. Sin embargo, una solitaria botella de té de seda de maíz en la mesa fue suficiente para reconocer la presencia de aquel hombre. De la misma manera que un mes antes se había sentido atraído hacia la tienda por unos fideos instantáneos de sésamo, esta vez fue el té de maíz lo que impulsó a Kyeong-man a cambiar el rumbo de sus pasos.

Se quedó un momento mirando en silencio la botella de té antes de tomarla y entrar en la tienda.

Tilín.

Nadie. El interior parecía envasado al vacío. Kyeong-man sintió un deseo irresistible de beberse el té, pero no había ningún empleado detrás del mostrador, ni siquiera el corpulento dueño. La verdad es que aquella tienda era un desastre.

Justo entonces, como un oso que sale de su hibernación, el dueño emergió del almacén, estirándose al hacerlo y mostrando toda su envergadura. Al ver al cliente, se acercó al mostrador con una ligera sonrisa. Kyeong-man hizo lo propio, incómodo, sintiendo que debía decir algo.

–¿Qué tal está?

–Eh... Bien, ¿y usted?

–Bien, muchas gracias.

Se instaló un silencio tenso. Finalmente, Kyeong-man puso sobre el mostrador el té.

–¿Cuánto es?

–Es gratis.

–¿Por qué?

–Porque lo he dejado... para usted.

–¿Y por qué?

–C-como ya le dije... este té es t-tan adictivo como el alcohol... Si s-se toma dos o tres vasos todos los días... le irá bien con las ventas. Así que... es un artículo p-para captar... clientes.

El hombre tartamudeó al responder. Aunque era bastante inverosímil, Kyeong-man decidió creerlo.

–Gracias –dijo e inclinó la cabeza en señal de gratitud.

–A cambio... haga el favor y... llévese eso.

Kyeong-man miró hacia donde el hombre señalaba. Justo frente a la caja registradora había un paquete de chocolatinas.

–Sí, esas. D-dos por una.

Efectivamente, al lado de las chocolatinas había una etiqueta que decía: «2x1». Kyeong-man cogió dos y las puso sobre el mostrador.

–A unas niñas del Cheongpa-dong... que son encantadoras... les gustan mucho –dijo el hombre mientras escaneaba las chocolatinas con su tono de voz distraído, pero a Kyeong-man le latía con fuerza el corazón.

Pasó la tarjeta de crédito y tragó saliva.

—Les e-encantaban estas chocolatinas, pero... dejaron de comprarlas. Ahora solo se llevan los batidos de chocolate que están al dos por uno. Así que... les pregunté: «¿Ya no os gustan estas chocolatinas?».

—¿Y...?

—Una de ellas... no sé si la mayor o la menor... dijo: «Es que ya no están de oferta».

El hombre le devolvió la tarjeta. Kyeong-man se quedó con ella en la mano, estaba demasiado aturdido como para hacer nada más.

—Así que... les dije: «Chicas, las chocolatinas... cuestan equis. Pedídselo a... mamá». ¿Y sabe lo que me... r-respondieron?

A Kyeong-man casi le asfixiaba la lentitud de aquel hombre al hablar.

—¿Qué?

—«Mamá dice que... papá trabaja m-mucho para ganar dinero, así que... t-tenemos que a-ahorrar. Cuando vamos a la tienda... s-solo podemos comprar las cosas que estén al dos por uno». Me pareció muy responsable por su parte... me hizo pensar que eran unas niñas... m-muy maduras.

—Vaya.

—Desde ayer, están otra vez al d-dos por uno. Así que hoy puede... comprarlas usted, y, a partir de mañana, dígales a sus hijas que... vengan a comprarlas... s-si quieren.

Al ver como las lágrimas empezaban a bajar por las mejillas de Kyeong-man, el dueño dejó escapar una sonrisa forzada antes de dar un par de golpecitos en el mostrador. El cliente se secó el rostro con la manga del abrigo y, tras inclinar levemente la cabeza, abrió la cartera para guardar la tarjeta.

Desde el interior, sus hijas le devolvieron la mirada con una sonrisa al dos por uno.

5
La incómoda tienda
de la señora Yeom

La vida es lo que pasa mientras resuelves problemas. In-kyeong arrastraba una maleta demasiado desgastada por la acera, por lo que avanzaba con dificultad. La maleta iba de un lado a otro y la mujer se tambaleaba con ella. La tarea más apremiante del día era encontrar un lugar donde quedarse durante el invierno. En realidad, ya tenía un sitio en mente, pero a In-kyeong, cuyo fuerte no era la orientación, buscar la casa mientras vagaba por los callejones de Seúl se le hacía demasiado difícil. Había logrado dar con el camino desde la estación de Namyeong hasta la iglesia de Cheongpa usando una aplicación de mapas, pero al entrar en el callejón de detrás de la iglesia el iPhone se le había apagado. ¡Y empezaba a hacer frío! Su viejo teléfono había entrado en huelga sin avisar. Esto complicaba aún más su ya difícil búsqueda y ahora In-kyeong estaba en una situación precaria: ni siquiera podía buscar otras direcciones por internet, su último recurso. «Maldita sea». Se contuvo de soltar algún improperio mientras pensaba a quién pedir ayuda.

Dio con una tienda en un pequeño cruce de tres calles y reunió todas sus fuerzas para arrastrar la maleta hasta ella. Era una de esas de barrio que abrían las veinticuatro horas, allí podrían ayudarla. Entró. Dejó el bulto cerca de la puerta y luego agarró una barrita de chocolate del expositor. Se giró y, tras el mostrador, se encontró a la empleada, una joven alta de veintipico años que observaba cada uno de sus movimientos.

Después de pagar la chocolatina, In-kyeong le quitó el envoltorio de inmediato y le pegó un bocado. Podía sentir cómo el azúcar la revitalizaba, cómo aliviaba la tensión de sus brazos y piernas, que habían arrastrado la maleta un largo trecho. Consciente de que la empleada la estaba mirando, In-kyeong se la comió a toda prisa. Luego, mientras mascaba los restos de chocolate como si fueran chicle, se dirigió a la chica con un tono amigable:

–¿Puedo hacer una llamada?

La empleada le hizo el favor e In-kyeong, tras una rápida inclinación de cabeza, tumbó la maleta y la abrió. Por fortuna, tenía un número apuntado en una libreta. Marcó desde el teléfono fijo de la tienda y al otro lado del auricular sonó la voz joven y nerviosa de una estudiante universitaria. In-kyeong se presentó y le explicó que su móvil se había quedado sin batería, por lo que la estaba llamando desde una tienda veinticuatro horas. «¿Una tienda? ¿Estás en ALWAYS?», preguntó la joven. Cuando In-kyeong se lo confirmó, esta se rio y le dijo que mirara al otro lado de la calle, al tercer piso. In-kyeong colgó e hizo justo eso. Pasado un instante, se abrió una ventana en el tercer piso y se asomó una persona que la saludó con la mano y con una sonrisa idéntica a la de la señora Hi-su.

In-kyeong había pasado el otoño en el Centro Cultural Tierra, en Wonju, creado por la difunta Park Kyung-ri, autora de *Tierra*. El lugar, construido como residencia de escritores y artistas emergentes, ofrecía de forma gratuita un espacio para escribir y tres comidas al día. In-kyeong, cuando llegó para alojarse, tenía grandes expectativas, pese a que se había mudado pensando que su carrera como escritora había terminado.

Había enviado todas sus pertenencias a la casa de su familia tras dejar el apartamento en el Daehak-ro y había salido con una sola maleta. El centro cultural, que se ubicaba en la periferia de Wonju, en un tranquilo bosque junto a un pueblo, parecía casi una fortaleza secreta para escritores. Ahí uno podía disfrutar del tiempo a solas, sin interferencias.

Recorría a diario senderos que eran ideales para despertar y ordenar la mente; sentía que allí podía desplegar sus pensamientos como si de una sábana se tratara. También les preparaban comidas sanas y equilibradas. El ambiente revitalizaba, los escritores parecían planetas individuales que orbitaban cautelosamente entre sí, intercambiando miradas fugaces. Algunas personas se entretenían jugando al *ping-pong* tras el almuerzo, mientras que otras se congregaban al caer la tarde cerca de un arroyo con una botella de licor.

A pesar de su naturaleza extrovertida, In-kyeong había decidido centrarse en pasar tiempo a solas. Había llegado al centro con la intención de escribir a toda costa, y si no podía hacerlo ni siquiera en aquel lugar, estaba dispuesta a abandonar la escritura. No tardó en descubrir que el tiempo en soledad no tenía por qué inspirar nada. Sin embargo, no le preocupaba demasiado. Siempre había tenido dificultades para escribir y tampoco es que hubiera manera de saber cuándo su obra cobraría vida en el escenario. Así que tenía que aguantar el máximo tiempo posible y confiar en que podría seguir subsistiendo como dramaturga, a pesar de que cada día parecía menos probable.

Unas tres semanas después de su llegada, Hi-su se había acercado a ella. Hi-su era una novelista de mediana edad –debía de tener los años de la tía más joven de In-kyeong– y también profesora de literatura en la Universidad de Gwangju. Estaba de año sabático, recorriendo residencias literarias de dentro y fuera del país, y su última parada había sido ese centro. Se había fijado en In-kyeong porque llevaba una vida de escritora a tiempo completo y permanecía encerrada en su estudio como una ermitaña.

–Encerrarse en una habitación a escribir suena muy novelesco, ¿no? Esta obra que estás escribiendo, ¿no séra por casualidad teatro del absurdo?

–No exactamente, pero... no tengo otra opción. Siempre pensé que había superado los obstáculos de la vida a base de cabezonería, pero ahora me siento agotada, la verdad.

–Descansa. La maestra Park Kyung-ri solía decir que incluso deambular y no hacer nada es parte del proceso de escritura, así que no hay que molestar a los escritores ni siquiera entonces. Hasta Jung se tomaba su tiempo antes de pensar en una obra. Escribir sin pensar es solo teclear, no escribir.

–Gracias por sus palabras. No tengo una educación formal en escritura, así que los consejos de una profesora como usted son de gran ayuda para mí.

–No me llames «profesora». En todo caso, «seño», seño Hi-su. Y cuando vayas a dar un paseo, avísame y caminamos juntas.

La primera vez que salieron, la seño Hi-su reconfortó el espíritu de In-kyeong. Fueron por el sendero que rodeaba el lago del campus de la Universidad Yonsei que quedaba cerca del centro cultural y también exploraron los caminos que atravesaban el bosque. Al final de su estancia, incluso subieron juntas al monte Chiaksan. In-kyeong sentía que había encontrado una excelente compañía y se le hizo difícil el momento de la despedida.

Apenas una semana antes de dejar la residencia de escritores, la seño Hi-su le preguntó sobre sus próximos pasos. Aunque no había escrito mucho al final, In-kyeong había recuperado la chispa y planeaba entrar en otra residencia similar en Seúl. Había decidido posponer su retirada como escritora. Algo es algo. Cuando contó a la profesora que continuaría el proceso en Seúl, esta asintió.

–¿Y dónde piensas vivir?

In-kyeong estaba considerando buscarse una habitación en un piso de estudiantes. Debido a la falta de fondos, y tal vez de voluntad, sentía que un lugar así sería adecuado para ponerse a prueba. Y si no lograba terminar una obra antes del final del invierno, dejaría atrás sus aspiraciones y regresaría a su ciudad natal, Busan.

Había mucho que hacer en Busan. Podría trabajar en el mercado de Nampo, donde estaba el negocio familiar, o simplemente pasar tiempo en las tiendas de sus amigos. Pero sus padres empezarían a insistir en que se casara, y si no nadaba a contracorriente, lo más probable es que lo hiciera y tuviera hijos.

–Si vuelvo a Busan, haría de todo menos escribir –dijo In-kyeong con una sonrisa tímida.

Hi-su le devolvió el gesto, en su caso más bien incómoda.

Al día siguiente, la seño le preguntó si consideraría una opción diferente al piso de estudiantes que tenía en mente. Resulta que su hija, que era universitaria, regresaría a Gwangju con la familia durante las vacaciones de invierno, por lo que su piso, que estaba cerca de la Universidad de Sookmyung, se quedaría vacío. Le sugirió que escribiera allí. Mientras observaba la expresión de In-kyeong, que mezclaba sorpresa y duda, Hi-su añadió que la chica regresaría en marzo, por lo que solo sería durante unos tres meses. Tiempo suficiente para que In-kyeong pudiera escribir cómodamente.

Ella se sentía al borde del llanto ante la propuesta de Hi-su, que le estaba ofreciendo gratis un techo con el tono de quien pide un favor. In-kyeong se consideraba fuerte y rara vez lloraba delante de la gente. Pero, conmovida por la generosidad de la seño, le ofreció una amplia sonrisa que valía más que cualquier palabra de agradecimiento.

Había conseguido el que podría ser su último espacio para escribir y la última casa en la que viviese en Seúl como escritora y dramaturga. Se ubicaba en un edificio de tres pisos en el barrio de Cheongpa, en el distrito de Yongsan.

–Mi madre me pidió que te enseñara el barrio cuando llegaras, pero... en un rato viene a recogerme mi novio con el coche para ir a Gwangju –dijo la hija de Hi-su.

–No te preocupes, me las apañaré. Te cuidaré el piso y lo mantendré limpio durante el invierno.

–Vale. Eres muy guay. Mi madre es un poco quisquillosa... ¿Será porque fue actriz? No pareces escritora, tienes un aspecto más relajado.

–Dejé la actuación. Ahora yo también soy una escritora quisquillosa –contestó In-kyeong con el ceño fruncido, intentando parecer obstinada.

La hija de Hi-su estalló en una risa atronadora y ella pensó que las buenas personas crían buenos hijos. Le vino a la mente la respuesta que le había dado la seño en su último día en el centro cultural.

–Gracias a ti, esto ha ido muy bien –dijo In-kyeong–. ¿Por qué eres tan buena conmigo?

Era una pregunta innecesaria, pero sentía que tenía que expresar su gratitud, aunque fuera de una manera tan torpe. Hi-su, tras pensar por un momento, respondió:

–Cuentan que la abuela de Bob Dylan le dijo cuando era joven que la felicidad no se encuentra en la meta después del camino, sino que el propio camino es la felicidad. Y también que debes ser amable con todas las personas de tu alrededor, porque todo el mundo está luchando una dura batalla.

Añadió que, por alguna razón, le había venido a la mente Bob Dylan al ver a In-kyeong. Lo único que se le ocurrió decir a ella fue que era fan del cantante y poeta. Y eso era más que suficiente.

Un año después de que Bob Dylan ganara el Nobel de Literatura, In-kyeong también se convirtió en escritora. Para entonces, ya era dramaturga. Y el cantautor, que estaba haciéndose con premios de todo tipo, ocupaba un lugar importante para ella. Más o menos en la época en que se decidió que Bob Dylan se llevaría el Nobel, a In-kyeong la atacaron por criticar la obra de teatro de un director sénior. Encajar los comentarios de que era una actriz que no sabía ni juntar dos letras y que se estaba pasando de lista no fue fácil. Así que a finales de año envió una obra de teatro que había estado escribiendo a ratos al concurso de literatura para nuevos escritores de un periódico y se tomó la victoria como una respuesta a sus detractores.

Los problemas vinieron después. Sus oportunidades en la interpretación disminuyeron y sus obras de teatro raramente llegaban a los escenarios. Había directores que se sentían incómodos con una actriz dramaturga y productores que no se tomaban en serio las obras escritas por una actriz. Se sentía poco valorada y se le empezó a agotar la paciencia. Vivió un tiempo en un estado de tensión constante y saltaba por cualquier cosa, lo que terminó de perjudicar su propia reputación, ya que perdía los estribos con frecuencia.

La decisión de abandonar el distrito de Daehak fue definitiva cuando se retiró como actriz. Durante más de cinco años, el papel principal de la obra que se representaba cada verano siempre había sido suyo. Ella, en *Novia a la fuga*, hacía de Bitna, una chica de veintisiete años que se escapaba de casa a dos días de su boda. Se había convertido en la esencia de In-kyeong y en una especie de tarjeta de presentación en la escena teatral. Sin embargo, dos primaveras atrás, el productor la llamó para informarla de que ya no seguirían trabajando juntos. Le dijo que ya tenía treinta y siete años y que, aunque había hecho un buen trabajo, era el momento de dejar el papel a actrices más jóvenes. Hasta ahí todo bien. Cuando In-kyeong aceptó, el productor añadió que podrían colaborar de nuevo en un papel más maduro. Ella respondió con una risa irónica y salió de la habitación dando un portazo. Seguía estando furiosa cuando llegó a su apartamento. ¿Un papel más maduro? ¿Un papel que solo podría interpretar una vieja? In-kyeong no quería saber nada de papeles maduros. Aunque, al final, pensó que no sería mala idea escribirse sus propios papeles.

Pero ya habían pasado dos años y el número de obras que había completado era muy bajo. Las que tenía guardadas en una carpeta no eran maduras ni de lejos y no hacían más que pudrirse ahí, olvidadas. In-kyeong rondaba las calles de Daehak como un fantasma, echando un cable en las producciones de sus colegas o calentando el asiento en las fiestas y lanzamientos mientras tenía que escuchar el ridículo título de «autora».

Se había convertido en dramaturga de repente gracias a un premio inesperado, pero su habilidad con la escritura aún tenía que refinarse; no le servía para consolidar su carrera. Escribió y escribió para mejorar la técnica, pero siempre le rechazaban las obras. Finalmente, después de muchos obstáculos, logró estrenar su primera obra aquel verano en la compañía de un colega con más experiencia. Sin embargo, fue una catástrofe de taquilla, crítica y para la propia In-kyeong.

Siempre había creído que la vida no era más que una serie de problemas que había que resolver. Ahora parecía que todas sus habilidades para resolverlos se habían agotado. Hacía tiempo que no tenía dinero: la fianza que le habían devuelto de cuando se mudó a la capital para convertirse en actriz eran los únicos ahorros que tenía para pagar el alquiler cada mes, y ya no daba más de sí. Un telón negro había caído sobre su largo sueño del teatro. No tenía escenario donde actuar o crear. Se estaba quedando sin ideas y su talento para la escritura se agotaba a pasos agigantados, como la batería de un móvil viejo.

In-kyeong deshizo la maleta en la habitación que le habían preparado y se sentó al escritorio para tomar un respiro. No tenía ni idea de cómo le iban a cambiar la vida los próximos tres meses en aquel lugar. Al menos la estación de Seúl estaba cerca. Se prometió que, si no lograba culminar una obra en ese tiempo, tomaría el primer tren a Busan. Justo entonces, escuchó unos golpecitos en la puerta. La hija de la seño Hi-su apareció con una amplia sonrisa y anunció que su novio ya estaba esperándola en el coche.

Tras despedirse de la chica, In-kyeong se quedó sola en la casa y se echó una siesta poco antes del anochecer. Se quedó dormida al instante.

Cuando se despertó, era medianoche. Debía de estar agotada. Tenía la camiseta de manga corta húmeda por el sudor, ya frío, y sentía un vacío en el estómago que clamaba la cena. Había decidido no tocar la comida de la casa, así que se apresuró a ponerse la chaqueta y salió del piso.

Al entrar en la misma tienda que había visitado por la tarde, a In-kyeong la recibieron con un saludo grave. Detrás del mostrador se encontraba un hombre de mediana edad cuyo porte le recordaba a los actores que solían interpretar papeles de personajes corpulentos. Su rostro también tenía un aire que rozaba más la actuación que la estética, como si ganarse el pan dependiera de su talento actoral y no tanto de su apariencia. «Está claro que en esta tienda no entrarán a robar por la noche», pensó ella mientras se dirigía hacia los estantes.

La cosa no estaba fácil. A In-kyeong no le gustaba nada y, para colmo, la sección de alimentos frescos era aún más desoladora. Ni los *kimbaps* ni los sándwiches eran de su gusto y solo quedaban dos bandejas de comida preparada, ambas con una selección muy poco apetecible.

A regañadientes, In-kyeong se llevó unas empanadillas congeladas y algo de cecina, y buscó cerveza en la nevera, pero allí también se encontró con una situación difícil: ninguna de las cervezas en oferta –cuatro latas por diez mil wones– era de su preferencia. Optó finalmente por dos Heineken.

–¿No suelen tener mucha comida preparada?

–E-es para evitar... d-desperdicios.

El hombre maduro tras el mostrador parecía sorprendido; tartamudeó al responder. Para ella, que solía subsistir a base de comida preparada cuando estaba inmersa en la escritura, era un escenario más que lamentable. Se acordó de que no había comprobado si había microondas en el piso mientras guardaba las empanadillas. Miró a su alrededor buscando uno, pero no había. Preguntó al hombre y este se disculpó varias veces y le explicó que se había averiado ese día y estaban a la espera del servicio técnico. Todo ello con esa habla titubeante.

–No se disculpe... Es una faena, pero me las apañaré.

–Nos hemos convertido en una tienda de conveniencia poco conveniente.

La confesión sincera del hombre le provocó una risa irónica. ¿Y aquella autoparodia tan poco convencional? ¿Qué había hecho ese empleado antes de trabajar allí? Lo miró directamente a la cara. Su fuerte mandíbula, su nariz prominente y sus ojos medio cerrados, junto con su gran corpulencia, la hicieron pensar en un oso adormilado o en un orangután. Y, sin embargo, estaba sonriéndole, ajeno a esa comparación.

–¿Le gusta... Delicias variadas? –La pregunta inesperada del hombre hizo que la mujer frunciera el ceño–. Esa es... la más popular. S-se agota enseguida... ¿Quiere que otro día le reserve uno?

–No, no hace falta.

In-kyeong recogió apresuradamente los artículos que había comprado y salió de la tienda.

–Buenas noches.

La voz del empleado sonó melosa en sus oídos. No solo la selección de productos de la tienda dejaba que desear, pues parecía estar en las últimas, sino que la mera existencia de aquel hombre era incómoda, insoportable. Decidió que solo se pasaría por allí durante el turno de la joven que le había dejado el teléfono por la tarde.

Cuando despertó, era la una de la mañana. Vaya. No tenía ni idea de en qué se le había ido el día. Después de cenar cecina y beber cerveza el día anterior de madrugada, se había dedicado a transformar su habitación en un espacio de trabajo hasta que el sol estaba en lo alto. Después, había caminado junto a aquellos que marchaban al trabajo. Tras cruzar la Universidad de Sookmyung, se había dirigido hacia el parque Hyochang, que estaba más allá de la colina. Después de dar cinco vueltas al parque, se sintió mucho más animada para continuar explorando el barrio. Identificó rutas buenas para salir a pasear, mercados, tiendas y restaurantes decentes y regresó a casa para darse una ducha. A pesar de que sentía un ligero cansancio, evitó echarse la siesta y, en su lugar, recabó información sobre concursos y sobre las tendencias actuales en el mundo del teatro durante la hora del almuerzo. Necesitaba una motivación para escribir y seguro que encontrar un proyecto con un plazo específico podía serle útil. Sin embargo, no había nada urgente, así que los únicos plazos que le quedaban eran los que se había impuesto a sí misma. A última hora de la tarde, comió estofado de tofu en un restaurante por el que había pasado durante su caminata matutina. Echaba de menos las comidas saludables y gratuitas del centro cultural. No le quedaba otra que aceptar que aquello era Seúl y decidió limitar las comidas fuera de casa a una vez al día para ahorrar algo de dinero.

Al regresar, se puso *Breaking Bad*. In-kyeong solía recurrir a esa serie como si fuera un medicamento de emergencia cuando se sentía especialmente estresada. Cada vez que aparecía el título, murmuraba para sí misma: «Romper la mala suerte». Más tarde descubrió que la traducción real de *Breaking Bad* no era esa, aunque así apareciera en el archivo ilegal que se había bajado. La traducción errónea había calado más en ella. El protagonista, Walter, fabricaba y vendía drogas para superar toda clase de infortunios y quizás por eso In-kyeong acudía a esa serie cada vez que se sentía apesadumbrada respecto a su futuro incierto. Por supuesto, *Breaking Bad* siempre era interesante de ver y daba buenas lecciones. Y como ya la había visto, no había problema en quedarse dormida.

Empezó el nuevo día a la una de la madrugada con el rugido de su estómago. Tendría que haber hecho la compra y haber ajustado ese ciclo de sueño cambiado, y, además, necesitaba sacarle todo el partido posible a su tiempo en Seúl... Pero, bueno, primero debía saciar el hambre.

Al ponerse la chaqueta para bajar a la tienda, se acordó de aquel hombre grandote cuya mera existencia ya resultaba incómoda. Por un instante consideró buscar otra tienda veinticuatro horas, pero llegó a la conclusión de que era mejor tolerar las inconveniencias de aquel negocio al lado de casa que ponerse a vagar por las frías calles a las tantas de la noche.

Tilín.

El interior parecía tranquilo. El dependiente no estaba a la vista y el microondas, arreglado o no, ocupaba su lugar habitual en una esquina junto a la ventana. Sin embargo, la variedad de productos seguía siendo igual de limitada. Estaba claro que aquel lugar había caído en un círculo vicioso: debido a las bajas ventas, no podían permitirse una amplia gama de productos, lo que a su vez reducía aún más el número de clientes.

In-kyeong sintió cómo se le encogía el estómago al darse cuenta de lo similar que era aquella situación a la suya propia. Solo con pensarlo, su hambre se intensificó, así que se dirigió rápidamente hacia la nevera de los productos frescos.

Solo quedaban dos bandejas de comida bastante pobres; parecían las mismas que la noche anterior, lo cual no le hacía mucha gracia. Sin embargo, al mirar más de cerca, se dio cuenta de que debajo había otra escondida. In-kyeong apartó las de arriba y tomó la otra, que parecía bastante apetecible. Tenía una docena de guarniciones, muchas de ellas de carne, lo cual le hizo salivar. Llevó el envase a la caja registradora.

Pero no había ni rastro del dependiente. ¿Estaría en el almacén? ¿Cómo se le ocurría dejar la tienda vacía a esas horas? Definitivamente, aquel negocio era un caso.

Molesta y un tanto indecisa sobre qué hacer, In-kyeong se fijó en un folio de papel que estaba apoyado en la caja registradora. Habían escrito en letras grandes con un rotulador negro:

¡ME HA DADO UN APRETÓN!
AHORA VUELVO

¡Ja! Una risa escapó de los labios de In-kyeong. Un apretón... De acuerdo, eso podría pasarle a cualquiera. Pero ¿no debería haber colgado el cartel en la entrada y haber cerrado la puerta? ¿Qué esperaba que hicieran los clientes mientras tanto? ¿Y si alguien se daba cuenta de que no había nadie y se llevaba los productos o el dinero? ¿Acaso el hecho de estar en un barrio residencial significaba que el riesgo de robo no existía? ¿O es que no le importaba en absoluto que le robaran? Aunque hubiera cámaras de seguridad, aquella situación podría incitar al delito, así que no era seguro. In-kyeong era de esa clase de personas que siempre dicen las cosas bien claritas, así que no tenía intención de dejarlo estar como si nada.

Tilín. Sonó la campana. El hombre entró con una expresión que dejaba claro que había resuelto la emergencia. Cuando sus ojos se encontraron con los de In-kyeong, dejó escapar un murmullo de asombro mientras se apresuraba hacia el mostrador. Ella se echó a un lado para dejarlo pasar y le lanzó una mirada gélida.

—Está... buena —dijo el hombre mientras le cobraba la bandeja de comida.

In-kyeong la examinó más de cerca y se dio cuenta de que había elegido precisamente la marca Delicias variadas; el hombre le había hablado de ella el día anterior.

—L-la encontró... a pesar de que la escondí...

—¿Perdone?

—C-como ayer buscaba una que... estuviera buena... la escondí.

¿Y qué quiere que le diga? ¿Gracias? In-kyeong no sabía cómo encajar el gesto incómodo y ambiguo del hombre. Una vez que terminó de pagar, cogió la comida y se dirigió al microondas. En su apartamento no había. No tenía más opción que calentarla allí, así que retiró el envoltorio de plástico, metió la bandeja en el microondas y esperó. Echó otro vistazo al hombre y este le respondió con el pulgar hacia arriba. Madre mía, menudo personaje. In-kyeong caminó con pesadez hacia él.

—Oiga, hace un momento se ha ido y ha dejado la tienda vacía. No debería hacer eso.

—Es que... bueno... e-era una emergencia... y aquí...

El empleado, algo aturullado, le enseñó la hoja de papel.

—Vamos a ver, es que precisamente lo que no puede hacer es dejar una nota e irse sin más. Debería haberla pegado en la puerta y haber cerrado con llave. ¿Qué pasa si algún adolescente entra y, al ver la tienda vacía, roba algo? La teoría de las ventanas rotas dice que, si no se repara una ventana rota, el índice de robos y la criminalidad en general del barrio aumentan. Dejar la tienda desatendida de esta manera solo incrementa la probabilidad de que ocurra algo así. Además, parece que usted no es más que un empleado y no creo que a ningún jefe le guste que sus trabajadores se tomen esto a la ligera. Debería ser más consciente de sus responsabilidades.

In-kyeong tenía cierta tendencia a centrarse en los detalles irrelevantes y quería leerle la cartilla a aquel hombre que le resultaba tan agobiante, así que no se cortó y le soltó toda la perorata. Siempre que actuaba de esa forma, los hombres le mostraban su disgusto y nunca más se acercaban a ella. El empleado también escuchó en silencio las palabras de In-kyeong y finalmente bajó la cabeza, avergonzado.

—Verá... no le falta razón, p-pero... ¿le puedo explicar mi situación?

—Adelante.

—Tengo colon irritable... así que... me cuesta aguantarme... P-pretendía colgar el letrero en la puerta, así que me agaché para buscar un poco de cinta adhesiva y... en ese momento... eh... se me fue el punto... y no me quedó otra que dejarlo aquí... T-tuve que salir corriendo sin poder cerrar la puerta... Y j-justo al bajarme los pantalones...

—¡No siga!

Así que no pudo cerrar la puerta porque se hacía de vientre. A decir verdad, no quería oír ni una sola palabra más. Tras aquella historia, le pareció que aquel hombre olía un poco a heces, y además le incomodaba tanto detalle escatológico.

—Vale, vale. Pues tenga más cuidado la próxima vez.

Dejó atrás al hombre disculpándose con repetidas inclinaciones de cabeza y se dirigió al microondas para sacar su comida. Justo cuando estaba a punto de salir a toda prisa de la tienda, el hombre inclinó la cabeza una vez más para despedirse y gritó:

–¡Perdón por... el apretón!

–¡Bueno, ya está bien! Deje de hablar de eso, que he venido a cenar.

«¿Un apretón? ¡Pues yo tengo un ataque de ira!», se dijo. No aguantaba más. Con la mano en la puerta, se giró para mirar al hombre y le gritó a pleno pulmón:

–¡Soy Jeong In-kyeong, la reina de la mala hostia de Daehak, para que lo sepa!

El empleado, testigo de aquella muestra de temperamento, se quedó atónito por un momento antes de tartamudear repetidas disculpas. La mujer no soportaba su forma de hablar. Mientras empujaba la puerta, In-kyeong murmuró para sí misma: «Aquí no vuelvo ni en broma».

Llevaba una semana en el alojamiento del Cheongpadong que le había facilitado la seño Hi-su, pero el trabajo de escritura seguía estancado. Había decidido abandonar la idea inicial que había comenzado a escribir en el Centro Cultural Tierra y revolvió algunas ideas que tenía en la cabeza. Quería escribir una historia que estuviera arraigada en la realidad, más que una demasiado abstracta. Pero tampoco quería destilar comercialismo. Anhelaba crear un drama en un espacio vivo donde los personajes interactuaran de manera natural.

Buscaba una obra en la que el público no se sintiera excluido, en la que pudiera reflejarse tanto en los actores que se viera a sí mismo sobre el escenario. Quería que durante la representación el público sintiera una tensión y diversión ininterrumpidas y que, al caer el telón y salir a la calle, reflexionara sobre el significado de la obra. Eso era lo que In-kyeong quería.

Se había pasado todo el día sentada ante el escritorio, sumida en la ansiedad, y se sentía increíblemente frustrada. Fuera hacía cada vez más frío y para ahorrar dinero había reducido las salidas; se preparaba comidas sencillas en casa. A menudo, sus días terminaban con ella junto a las cortinas bebiendo té y observando cómo la gente del vecindario regresaba del trabajo.

En los últimos días, alrededor de las once de la noche, había visto a un hombre de mediana edad sentado en la mesa exterior de la tienda de la esquina, vaciando una botella de *soju* y comiéndose unos fideos. El fino cabello de su coronilla se veía desolador, aunque quizás fuera porque estaba mirándolo desde arriba. El hombre, que vestía un traje desgastado y una chaqueta de abrigo, mojaba un *kimbap* en los fideos como si se estuviera comiendo una sopa de arroz. Daba la impresión de que, a pesar del frío, ese era su pequeño placer antes de volver a casa. In-kyeong se preguntaba cuál sería su historia. Le despertaba curiosidad el solitario ritual de aquel oficinista que parecía contener todas sus preocupaciones.

Un momento, ¿no era aquel que estaba sentado frente al oficinista el mismo hombre corpulento de la tienda? Además, estaba bebiendo algo en un vaso de papel. A primera vista, no parecía café, más bien un licor. ¿Así que ahora también bebía durante el trabajo? ¿Por eso tartamudeaba al hablar, porque estaba un poco borracho? No era asunto suyo, pero definitivamente parecía un empleado con muchos frentes abiertos.

Lo que el hombre estaba vertiendo en el vaso no era alcohol. A juzgar por la forma de la botella de plástico, parecía té de cebada. ¿O quizás té verde? También podría ser té de hierbas. No entendía nada de la situación. In-kyeong empezó a observar atenta.

El dependiente y el hombre de negocios compartieron aquel misterioso líquido ámbar mientras mantenían una conversación animada, hasta que de repente el oficinista se levantó y se marchó después de soltar unas palabras. El trabajador se encogió de hombros, limpió la mesa y entró de nuevo en la tienda. ¿Qué estaba pasando? La curiosidad la carcomía. Era como una espinilla a punto de estallar: irritante e insoportable a partes iguales. In-kyeong se puso el abrigo y salió de casa.

−¿Conoce al hombre de negocios que acaba de marcharse?

La mujer irrumpió en la tienda con una pregunta abrupta, lo que provocó una risita nerviosa en el dependiente.

−S-sí, es un cliente habitual.

−¿Y a qué se dedica?

−Pues no lo sé... Le gusta el *cham-cham-cham*.

−¿Cómo?

−Solo toma fideos de sésamo, *kimbap* de atún y *soju* de la marca Chamisul.

−Así que... ¿*cham-cham-cham*?

−Exacto, *cham-cham-cham*.

—Pero ¿por qué se ha ido de esa manera? Parecía enfadado...

—Porque... le sugerí que dejara de beber alcohol... y probara otra cosa... Parece que no le ha sentado muy bien.

—¿Qué otra cosa le recomendó?

—Esto.

El empleado levantó despreocupadamente una botella de plástico que había a su lado. Era té de seda de maíz.

—¿Y por qué?

—P-porque sirve como sustituto del alcohol... Yo d-dejé de pensar en beber cuando empecé a tomarlo.

In-kyeong estaba desconcertada y no sabía qué decir. Era aún más extraño de lo que había pensado en un primer momento. Pero, si antes le resultaba molesto, ahora le causaba curiosidad. ¿Recomendar té de seda de maíz a un cliente habitual para que dejara de beber...? Y, además, ¿qué era eso del *cham-cham-cham*? Parecía un buen nombre para promocionar algún producto.

—¿A qué se dedicaba antes usted?

—¿Ha... venido a preguntarme eso?

Ah, tenía que comprar algo. In-kyeong asintió y se dirigió hacia los estantes. Cogió unos fideos de sésamo, un *kimbap* de atún, una botella de *soju* Chamisul y una de té de seda de maíz, y lo colocó todo en el mostrador. Mientras el hombre estaba ocupado con la caja registradora, In-kyeong le repitió la pregunta. Él, sin embargo, solo le regaló una sonrisa esquiva.

–¿Así que era un gánster o algo así?

–N-no, no.

–Entonces, ¿estuvo en la cárcel y está en proceso de reinserción?

–T-tampoco soy... ese tipo de persona.

–¿Es quizás un padre migrante? ¿Manda dinero al extranjero, a su familia?

–Eso tampoco.

–¡Ah, jubilado! Hay muchas jubilaciones anticipadas hoy en día. Es eso, ¿verdad?

El hombre negó con la cabeza, visiblemente incómodo, y le ofreció la bolsa de plástico con las compras. Inkyeong no la aceptó. Mantuvo la mirada fija en él, dejándole claro que descubriría su verdadera identidad.

–Entonces, ¿cuál es exactamente su historia? Tengo mucha curiosidad.

–Era un indigente.

–¿Qué? ¿Dónde, en la estación de Seúl?

–S-sí.

–¿Y antes de eso?

–A-antes de eso... no lo sé. Bebía tanto que tengo amnesia.

–Amnesia alcohólica... ¿Y cuántos años ha sido indigente?

–Eso tampoco lo sé muy bien.

–Pero ¿cómo consiguió este trabajo entonces? ¿Cómo terminó aquí?

–Pues... la dueña me dijo que, en vez de pasar el invierno en la estación, podía venirme aquí... Y aquí estoy.

–¡Hala! ¡Qué fuerte! –exclamó In-kyeong sin poder evitarlo mientras examinaba de arriba abajo al hombre, que acababa de revelar su pasado como sintecho.

Ella le preguntó una vez más si no recordaba absolutamente nada de su vida previa y él respondió que las imágenes seguían siendo vagas y poco claras. In-kyeong sugirió que hablar más podría ayudar a activar la memoria, por lo que deberían charlar juntos cada madrugada. El hombre parecía desconcertado, pero aceptó. Antes de salir de la tienda, la mujer le preguntó su nombre.

–Me llaman Dokgo. No sé mi nombre ni mi apellido.

In-kyeong reflexionó sobre el encuentro mientras se comía su combinación de *cham-cham-cham* (fideos de sésamo, *kimbap* de atún y *soju* Chamisul). Algo en ese personaje fascinante le hizo saborear el alcohol de una forma nueva y más dulce. El *cham-cham-cham*, que bien podía funcionar para una cena bien entrada la noche o para beber en soledad, no estaba nada mal. Aunque el té de seda de maíz no encajaba del todo, el hecho de que el hombre, que sufría de amnesia alcohólica, estuviera bebiéndolo para evitar el alcohol tenía su aquel. In-kyeong decidió que no iba a perder al dependiente de vista.

In-kyeong decidió que continuaría durmiendo durante el día y permaneciendo despierta por la noche. Todos los días se levantaba al amanecer e iba a la tienda de conveniencia con la constancia de un empleado de camino al trabajo, y mientras comía un *toshirak gourmet* charlaba con Dokgo. Era más inteligente de lo que parecía a primera vista, y muy perspicaz. Después de charlar con él durante un par de días, In-kyeong tomó un cuaderno y comenzó a anotar sus conversaciones. Ese material inesperado se convirtió en la inspiración para escribir.

Parecía que Dokgo había eliminado parte de su pasado debido en cierto modo a la adicción al alcohol, pero ciertamente también tenía algún trauma. En los libros de psicología que In-kyeong había leído para convertirse en escritora, siempre había prestado especial atención al tema de las heridas psicológicas. En las historias, aquellos personajes que habían sufrido un trauma severo en el pasado deseaban proteger solo una cosa, su futuro. Dokgo había cerrado los ojos y le había dado la espalda al mundo. Pero ahora que se estaba curando a través de las interacciones con otras personas, poco a poco estaba recuperando el coraje y la fuerza para lidiar con sus heridas. El esfuerzo o la voluntad de enfrentar los fantasmas del pasado y derrotarlos se convertiría en el ímpetu para seguir adelante. Así nació un personaje. Para presentarlo, primero debes mostrar las decisiones que tomó en la encrucijada de su vida. Dokgo había logrado salir de la estación de Seúl con la ayuda de la dueña de la tienda de conveniencia, y ahora estaba tratando de reincorporarse a la empresa.

–Sí, estoy seguro de que... no siempre viví así. No creo que haya compartido mucho con la gente de mi alrededor. No tengo muchos recuerdos agradables.

–¿A qué se refiere con recuerdos agradables?

–Charlar así, tranquilamente, con alguien como usted...

–Parecía llevarse bien con el cliente del *cham-cham-cham*.

–Eso mismo... Al trabajar aquí... me he vuelto más cercano a las personas. Aunque no sea sincero, forzar la amabilidad hace que la gente también se vuelva más amable.

–¿Le importa que apunte eso? –preguntó In-kyeong mientras escribía las palabras de Dokgo en un cuaderno.

–Ya lo está haciendo...

–Quiero utilizarlas para mi obra. Ya le dije que soy dramaturga.

–Ah, c-cierto, escribe guiones... para teatro. Entonces, ¿a-apareceré en... alguno?

–No sé cómo ni dónde, ni siquiera sé si lo usaré. Es solo un borrador... Pero me está siendo de gran ayuda. Estaba casi abandonando la escritura y me ha dado fuerzas.

–Si la he ayudado... me alegro. Por cierto, ¿hay algo más que quiera comprar?

–¡A ver si era vendedor en el pasado!

In-kyeong soltó una risita y cogió cuatro latas de cerveza y un sándwich. Dokgo, con una sonrisa de oreja a oreja al estilo vendedor de concesionario, pasó el lector de códigos de barras. Aquella simbiosis entre la fuente y la escritora no estaba nada mal.

Al acercarse fin de año, el teléfono móvil de In-kyeong se llenó de saludos vacíos. Ignoró los mensajes de los grupos y no encontró ningún nombre que le entusiasmara entre las llamadas perdidas. Al acceder a Facebook después de mucho tiempo, también se dio cuenta de que las personas molestas superaban a las interesantes. In-kyeong tuvo que admitir que su red de contactos era desoladora, en gran parte, por su culpa. Justo en ese momento, como si supiera de su soledad, sonó el teléfono. Al ver el nombre que aparecía en la pantalla, no pudo evitar sentir una punzada de emoción.

Era Kim, del Teatro Q. El mismo productor que hacía dos años había sugerido a In-kyeong que ya no era adecuada para papeles de veinteañeras y la había llevado a retirarse voluntariamente de la interpretación. Durante un periodo de su vida, había sido su mayor apoyo, prácticamente la había mantenido a flote, pero durante los dos últimos años no habían intercambiado ni un solo mensaje.

In-kyeong, que estaba de pie frente a la mesa, se dirigió a la silla junto a la ventana con el móvil en la mano. Le temblaba el corazón al compás de la vibración del dispositivo. Dudaba de si responder o no. Sabía que, tan pronto como la vibración cesara, su relación con Kim llegaría definitivamente a su fin. Ring, ring. En ese momento, le vino a la mente cómo había instado a Dokgo a enfrentarse a su trauma apenas unos días antes. Ella también tenía que echarle valor. Ring, ring. Finalmente, pulsó el botón de responder con todas sus fuerzas.

Kim había pensado en ella en esas fechas señaladas y solo quería preguntarle cómo estaba. Cuando In-kyeong le replicó «¿Y no te preocupaba qué tal estaba el año pasado?», él contestó hábilmente que no pensaba que le hubiera cogido el teléfono por entonces y que había esperado dos años para que se le pasara un poco el enfado. Al oírle decir eso, cualquier resentimiento restante se disipó e In-kyeong le preguntó directamente que qué quería, argumentando que él no era el tipo de persona que llamaba para interesarse por el estado de nadie. Kim hizo una breve observación sobre cómo su impaciencia seguía intacta y luego mencionó una propuesta de adaptación. Quería adaptar una novela de la cual había adquirido los derechos. «Una adaptación...». No le gustaba la idea de hacer una adaptación, sobre todo cuando podía ser su último trabajo como escritora. Se quedó bloqueada.

—Si no lo tienes claro, léete el libro. Se publicó este verano y no es complicado; de hecho, es bastante entretenido. Tiene muchos diálogos y es más bien teatral. No es un trabajo difícil.

—No. Si lo leo, aceptaré.

—Oye, te he contactado después de mucho tiempo para hacerte una oferta... Me voy a ofender si me despachas de manera tan tajante.

—La verdad es que puede que deje de escribir también. Así que creo que mi última obra debería ser original.

—¿En serio, In-kyeong? Primero te retiras como actriz y ahora dejas de escribir... ¿Vas a abandonar el teatro del todo? Siempre estás con esa cantinela de que si mi última esto mi última aquello...

—¡Fuiste tú quien me empujó a retirarme de la interpretación!

—Por eso mismo te ofrezco trabajo como escritora.

–En cualquier caso, te lo digo en serio. Llevo cuatro meses enclaustrada trabajando en mi última obra.

–¡No me digas! ¿Tienes algo jugoso? ¿O solo estás divagando?

¡¿Divagando?! In-kyeong se bebió de un trago el té de maíz que tenía apoyado en la ventana y soltó a viva voz:

–¡Está planificado entero! Solo me falta escribirlo.

–Ah, ¿sí? Venga, te escucho.

–¿Pretendes que te cuente la idea por adelantado? Vas listo.

–Vamos, no me dejes así. Dime algo, Jeong. Si me gusta, lo sacamos antes que la adaptación.

Le había dicho que estaba trabajando en una obra original para rechazar la propuesta, pero la verdad es que aún no tenía nada en firme. Lo único que había estado haciendo era entrevistar al extraño hombre de la tiendecita abierta las veinticuatro horas frente a su casa, con la intención de encontrar algún hilo del que tirar. Mientras In-kyeong se preguntaba cómo eludir la situación, sus ojos se cruzaron con la fachada de la tienda desde la ventana.

–No te veo muy convencida todavía, dejemos eso de lado y hagamos la adaptación, ¿vale? Ya tengo la inversión asegurada para la producción. Te daré el anticipo ahora mismo y...

–Es una historia sobre una tienda veinticuatro horas.

–¿Una tienda?

–Sí, el escenario es un negocio de barrio. Un sitio donde todo tipo de gente viene y va. El protagonista es un trabajador de identidad desconocida que se encarga del turno de noche.

—Hum...

—Es un hombre de mediana edad que no recuerda nada de su pasado. Sufre amnesia alcohólica. Los clientes hacen sus propias conjeturas sobre su identidad. Podría ser un mafioso, un exconvicto, un desertor norcoreano, un jubilado, ¡hasta un extraterrestre! Pero lo curioso es que este hombre les recomienda productos extraños a los clientes... y, después de comprarlos, los problemas de estas personas se resuelven de forma misteriosa...

—¿Esa no es la trama de *La cantina de medianoche*, la serie de Netflix?

—A ver, *La cantina de medianoche* también es muy buena, ¡pero esto va sobre una tienda! Y mi protagonista no cocina. En *La cantina de medianoche* no indagan en el pasado del dueño. Aquí, descubrir la verdadera identidad del trabajador nocturno es una parte clave del argumento. Se explorará el pasado del hombre a través de *flashbacks* y se descubrirá la razón por la que tiene que trabajar en esa tienda de conveniencia. Además, tiene que quedarse allí toda la noche... esperando algo.

—Probablemente a que llegue el proveedor.

—Ay, no me arruines el momento. Estoy pensando en darle un tono similar al de *Esperando a Godot*. Este trabajador nocturno y un cliente habitual alcohólico charlarán como Vladimir y Estragón cada noche. Habrá mucho diálogo. Y, mientras tanto, *cham-cham-cham*.

—¿Qué? ¿Es un juego?

–Es una combinación. Fideos de sésamo, *kimbap* de atún y *soju* Chamisul.

–No está mal eso, ¿eh? Podríamos conseguir que nos patrocinen. Incluso hacer que el público salga y lo pruebe.

–Exacto. Podemos involucrar a la audiencia, darles paquetes de regalo para que los suban a Instagram. Así conseguimos publicidad para el producto. El caso es que *cham-cham-cham* es la combinación que el dueño recomienda al cliente y este se siente reconfortado al comerlo. Esa es la trama que llevan ellos dos. Por otra parte, hay un personaje que es una escritora local bastante irritable. Como es escritora, trabaja de noche y se encuentra a menudo con este dependiente. Y entre ellos se desarrolla otra trama...

–Es clavadita a ti, In-kyeong.

–No, para nada. A la escritora realmente no le gusta la tienda. El tipo le parece sospechoso y la selección de productos es pobre. Pero, como es invierno, hace frío y no puede irse muy lejos a comprar comida a altas horas de la noche, sigue yendo a ese establecimiento, aunque le resulte extremadamente incómodo.

–Jeong.

–¿Qué pasa?

–Hagámoslo. Tú y yo.

–¿En serio? Pero si aún no lo he escrito.

–Ya lo has escrito todo en tu cabeza. Saquémoslo el año que viene. Te garantizo que no será tu último trabajo. En cuanto esté en los escenarios, escribirás más cosas.

–¿De veras lo crees?

–Sí.

–Es que estoy al borde del abismo... Me resulta extraño que lo apruebes como si nada. Aún está muy verde...

–Con que vengas mañana con el título me basta. Firmar el contrato hace que se escriba el manuscrito. Eso es así.

–Director...

–¿Qué?

–Gracias, de verdad.

–No soy tonto. El concepto es bueno. También siento la pasión en tu voz... Creo que escribirás algo muy bueno.

–Siempre he escrito bien.

–Da miedo hacerte cumplidos. Por cierto, ¿qué título le has puesto?

–¿Título?

–Sí, el título de la obra.

–Pues... como trata de una tienda de conveniencia algo incómoda... *La incómoda tienda de conveniencia.*

Según colgó, In-kyeong sacó el portátil, abrió el procesador de texto y comenzó a teclear a toda velocidad. Escribió el título, dejó dos líneas blancas y se puso a tope con la que podría ser su última obra. Tecleó sin descanso. Hay veces que escribir no es más que teclear. Si has estado rumiando y preocupándote por algo durante mucho tiempo, si has cultivado una masa de pensamientos que están listos para salir al más mínimo toque, entonces todo lo que queda por hacer es convertirse en mecanógrafa y presionar diligentemente las teclas; esa es la última responsabilidad de una escritora. Si los dedos no alcanzan a seguir la fluidez de los pensamientos, es que estás haciendo bien tu trabajo. In-kyeong interpretaba el diálogo en voz alta mientras tecleaba. Ambas manos, izquierda y derecha, parecían hablar entre ellas. Escribió sin descanso. El talento que había mantenido sellado durante tanto tiempo finalmente se había liberado. El trabajo que comenzó por la tarde se prolongó más allá de la medianoche y, a medida que la oscuridad invernal del cielo se intensificaba, también lo hacía la densidad de su escritura.

Aquella madrugada en el barrio de Cheongpa, la tienda de Dokgo y el apartamento de la escritora eran las dos únicas luces encendidas.

6
Cuatro latas a diez mil wones

Min-sik reflexionó sobre su mala suerte. En general, su vida había estado marcada por el infortunio, pero quería rastrear cuándo la mala suerte había empezado a asfixiarlo. ¿Acaso no había sido ya en el colegio, cuando no pudo unirse al equipo de béisbol? Era un tipo grande y habilidoso en los deportes, tanto que el propio entrenador le había propuesto apuntarse, pero sus padres optaron por encaminarle solo hacia los estudios. Esa fue su primera desgracia. Si cada persona tiene distintos talentos e intereses, ¿por qué se habían empeñado en que se convirtiera en un adulto del montón centrado en los estudios y no en lo que a él le apasionaba? Todo lo que sus padres y su hermana mayor, que era muy aplicada, habían hecho en la vida era estudiar, y pensaron que Min-sik, el pequeño de la familia, debía transitar el mismo camino.

La segunda desdicha de su existencia había sido ir a un campus en una ciudad de provincias. Sus padres habían querido enviarlo a la prestigiosa Universidad de Seúl, donde ellos mismos se habían graduado, pero, lamentablemente, las notas de Min-sik no dieron la talla. La alternativa que pensaron fue que se matriculara en la misma universidad pero en otra ciudad, en otro campus, así ellos podrían seguir presumiendo de su hijo.

Min-sik se había pasado la carrera en un barrio de estudiantes, donde se dedicaba al billar, al alcohol, al *StarCraft* y a las actividades del club de béisbol. En resumen, se lo había pasado en grande.

Había logrado graduarse, pero enseguida había experimentado de primera mano las desventajas de haber asistido a un campus de provincias, pues en el mundo laboral había fracasado estrepitosamente. Este revés le había costado una herida en su autoestima y motivación.

La tercera desgracia había sido su éxito temprano. A diferencia del de sus padres, que llevaban una vida estable como funcionarios y docentes, o del de su hermana, que era una profesional envidiada por todos, el mundo de Min-sik parecía una jungla en la que tenía que luchar a pecho descubierto. No contaba con ningún talento excepcional ni un currículum destacable, pero como estaba sano y tenía el don de la palabra decidió desempeñar cualquier trabajo que le engrosara la cuenta. El respeto de su familia solo podía medirse a través del dinero y a él lo único que le hacía falta era precisamente eso: dinero. Todo lo demás vendría por sí solo.

Así que Min-sik no había escatimado en medios para ganarlo, si bien las actividades en las que se había involucrado se movían al filo de la ilegalidad. Pero no tenía remordimientos. Había ganado bastante y se había podido comprar un apartamento y un coche importado antes de los treinta. Al ganar mucho dinero, ni sus padres ni su hermana, ni siquiera su pomposo cuñado, se atrevían a darle lecciones. Y eso le gustaba. El poder del dinero que poseía Min-sik ponía nerviosa a la gente con éxito. Así que comenzó a pensar que, con un poco más, vería cómo su familia le mostraba, incluso, deferencia.

Min-sik había planeado darle un generoso sobre con dinero a su padre recién jubilado; a su madre, una gran donación para la iglesia. Ambos se habrían puesto eufóricos. Su cuñado y su hermana, sin duda, le habrían adulado antes de pedirle que invirtiese en la clínica que pensaban abrir. El éxito estaba a la vuelta de la esquina. Pero ahí radicaba el problema. El objetivo de ganar un poco más para vivir a cuerpo de rey lo había llevado a expandir el negocio de manera imprudente y pronto había tenido que pagar el precio.

La cuarta desgracia había sido su exmujer, que le había causado mucho dolor. En el nuevo negocio que había iniciado con la esperanza de recuperarse, había conocido a su exmujer, una buscavidas no menos hábil que él. Aunque Min-sik pensaba que no era de los que se dejaban engatusar, con ella se había dejado llevar de una forma vertiginosa y había llegado a comprometerlo todo en tan solo seis meses. Hay quien diría que así es el amor; para él, en cambio, había sido un episodio de enajenación mental. Durante ese desvarío, se habían casado y, tras dos años de discusiones constantes, había cedido su último bien, el piso, a su exmujer, que había conseguido una posición más ventajosa. Entonces, ella le había pedido el divorcio. Sin embargo, dos años después, Min-sik consideraba que, igual que su encuentro con aquella mujer había sido una desgracia para él, también había debido de ser una desgracia para ella. Se habían comportado como dos sujetos implacables que se lanzan explosivos hasta autodestruirse. Por fortuna, el sentido de la oportunidad, que ambos habían adquirido gracias a sus agresivas empresas, les había permitido disolver la relación antes de salir todavía más escaldados.

A pesar de todo, la mala suerte no se había detenido. Era el turno de los *bitcoins.* En aquel momento había gritado de alegría, pues tenía el presentimiento de que era su gran oportunidad. Sin embargo, esa decisión había sido un error. Arrastraba tantos fracasos que había perdido todo su criterio para la inversión. Para Min-sik, los *bitcoins* se convirtieron en un dinero a fondo perdido y dilapidaron sus ahorros.

Tras experimentar esa quinta desgracia, Min-sik ya no pudo soportarlo más y se había arrastrado a la casa de su madre en el Cheongpa-dong. Allí se había encontrado con que su madre había abierto una tienda con la herencia de su padre, que había fallecido hacía unos años. Seguramente, una parte de esa herencia le correspondía, pero su madre y su hermana la habían transformado en un negocio sin contar con él.

Por aquel entonces, Min-sik estaba agotado por el divorcio y los fracasos empresariales, y había cortado toda comunicación con la familia. Aun así, sentía que lo habían tratado injustamente y un día, borracho, le había exigido a su madre su parte de la herencia. Esto había llevado a una gran discusión y Min-sik había terminado yéndose. Desde entonces, deambulaba de un lugar a otro y se quedaba en casas de conocidos.

Los pensamientos de Min-sik se detuvieron ahí. No tenía sentido preocuparse por las pequeñas desgracias que lo habían acosado después de aquello. Lo que necesitaba ahora era capital para un nuevo negocio. Y ese capital estaba justo en la tienda de su madre, o, mejor dicho, en la tienda que su madre había montado sin su permiso usando la parte que le tocaba de la herencia de su padre. Planeaba recuperar el dinero, reinvertirlo en una nueva empresa y volver a ganar grandes cantidades. Después, sería fácil abrirle otra tienda a su madre y también podría de una vez por todas darle una patada en el trasero al amigo pesado que siempre le preguntaba cuándo tenía pensado largarse de su casa.

Aquel día, Min-sik había quedado con Gi-yong. Aunque era irritante por su estilo y comportamiento exagerados, el tipo tenía una mente aguda. Insistía en que lo llamaran G-Dragon, a pesar de que no tenía nada que ver con el famoso cantante. Desde hacía unos años, cada vez que Min-sik debía tomar una decisión importante, la consultaba con Gi-yong, pues tenía el talento de hacerle reconsiderar sus opciones desde otro ángulo.

Escuchar a su amigo no garantizaba el éxito, pero sí podía minimizar el riesgo de fracaso. «Si inviertes cuando todo el mundo te dice que es rentable, ya es demasiado tarde. Sal de ahí antes de perderlo todo», le había dicho. Gracias a su consejo, pudo salir a duras penas del agujero de los *bitcoins,* y también gracias a él decidió no involucrarse en aquel negocio de la energía solar.

Cuando uno de sus colegas le propuso que trabajaran juntos en un proyecto de energía solar, Min-sik se sintió como si finalmente el sol volviera a brillar en su vida. Se llenó de una sensación eléctrica rejuvenecedora. El proyecto estaba atrayendo la atención de los inversores, pues lo respaldaba la política gubernamental de fomentar las energías renovables como estrategia para dejar de depender de la nuclear. Lo más importante era que había una oportunidad de hacerse con parte del pastel antes de que se corriera la voz.

Después de trabajar en el proyecto durante unos meses, Min-sik comenzó a tener el inquietante presentimiento de que estaba metido en una especie de estafa. El negocio no era más que un chanchullo para atraer a los inversores utilizando la energía solar como cebo. Decidió consultar a Gi-yong otra vez y se echó atrás a tiempo.

El despreciable de su exsocio se enfureció cuando Min-sik se retiró del negocio y lo amenazó con que tuviera cuidado por las noches. Sin embargo, era él quien tenía que andarse con ojo. La Policía lo cazó y ahora vivía bien alimentado gracias al Ministerio de Justicia. De todos modos, si no hubiera sido por Gi-yong, Min-sik podría haber añadido una estancia en prisión a su ya truculenta carrera empresarial.

Por todo aquello, aquel día, cuando el cerebrito de su amigo le propuso hablar de una nueva idea de negocio, Min-sik no dudó en quitarle el abrigo de plumas a su compañero de piso y conducir hasta Itaewon, a pesar del frío.

La actividad en la calle Gyeongnidan se había atenuado notablemente en comparación con los años previos. A decir verdad, estaba desierta. Cuando un área comercial se ponía de moda, los propietarios se emocionaban y subían los alquileres de forma exponencial. Los negocios no podían asumir los costes y cerraban uno tras otro, y, como resultado, el área comercial empezaba a morir. Parecía que la calle estaba destinada a desaparecer. Solo quedaría de ella sus hermanas menores, las calles Mangridan, Songridan y Hwangnidan. Min-sik se preguntaba por qué el siempre agudo Gi-yong lo había citado en un lugar como aquel.

Al llegar a la dirección que le había dicho, Min-sik aparcó frente a una pequeña cervecería en una calle desolada.

—¡Pero tío! Te pedí que no trajeras el coche —exclamó Gi-yong tan pronto como Min-sik entró en el bar; este se irritó.

—¿Qué dices? ¿Esperas que venga en transporte público con este frío?

—Para eso están los taxis.

—No me jodas, no voy a pillar un taxi si tengo coche.

—Hay una razón detrás, hombre. Hoy tenemos que beber un poco.

—¿Qué? ¿Aquí? Ya sabes que yo no bebo cerveza, tío. Me resulta insípida.

Gi-yong se giró y se dirigió a la barra como si quisiera dar la conversación por terminada. Min-sik se dejó caer en una silla de metal. Apoyó los brazos en la mesa, que era estrecha, y examinó el interior del lugar. Había poca luz, el sonido *rock* de una guitarra eléctrica llenaba el ambiente y estaba lleno de antiguallas occidentales de esas que les gustaban a los soldados estadounidenses. En la parte más recóndita del local, habían colgado un póster que decía DRINK BEER, SAVE WATER. Hacía tanto frío ahí dentro que hasta podía ver su propio vaho al respirar. Parecía que querían obligar a la gente a beber mucho para entrar en calor.

Min-sik estaba cabreado con Gi-yong. Para alguien que consideraba que la cerveza era una simple base para mezclar con *soju* o algo más fuerte, traerlo a negociar a una cervecería era un movimiento cuestionable. Le costaría confiar en cualquier idea con la que le saliera su amigo. Consciente o no de su disgusto, Gi-yong se acercó a la mesa con algo que le había dado el tipo de pelo largo de la barra. Era una especie de tabla de madera con agujeros, cada uno con un vaso de chupito. Dentro había líquidos color calabaza oscuro y negros. El primero parecía ser cerveza negra, mientras que el segundo se asemejaba a un coñac.

−¿Esto qué es?

−Pruébalo.

Gi-yong dejó escapar una sonrisa y con un gesto de la mano le indicó que bebiera. A Min-sik no le gustaba la idea de beber cerveza en un vaso más indicado para el *soju,* pero de todos modos no tenía intención de pagar la ronda, así que, con la mentalidad de beber de gorra, agarró el chupito y se lo bebió de un trago.

Era contundente. De aroma intenso y con un regusto ligeramente amargo. Le resultó difícil determinar si se trataba de coñac, cerveza o *whisky.* El sabor le extrañó, no se parecía a la cerveza ligera a la que estaba acostumbrado. Daba la sensación de que habían refinado muy bien un cóctel de licor fuerte.

Min-sik no se lo pensó dos veces y se tomó el otro vaso oscuro. ¡Oh! Este tenía un sabor aún más potente. Sorprendentemente, los sabores amargos y refrescantes se entrecruzaban. Luego, levantó un vaso amarillo con mucha espuma y lo apuró. Esa cerveza le recordó a la Hoegaarden, si bien era mucho más intensa y rica, y se ajustaba a la perfección a su paladar. También olfateó la última cerveza oscura que quedaba antes de bebérsela. ¿Cómo era posible que tuviera ese sabor tan sutil? No estaba seguro de si estaba bebiendo cerveza o tomando una sopa de fideos con aceite de sésamo.

—¿Qué tipo de cerveza es esta?

—¿Te gusta?

—Déjate de degustaciones y tírame una pinta con la espuma justa.

—¿De cuál?

—La más oscura.

Al poco, Gi-yong regresó con dos vasos largos de cerveza de grifo. Brindaron y Min-sik le dio un sorbo. El sabor amargo y refrescante superaba incluso el de un cóctel bomba de Ballantine's de treinta años. Era asombroso. Había dejado de beber cerveza hacía tiempo porque la consideraba sosa y solo le servía para llenar el estómago... ¿De dónde había salido una cerveza tan innovadora?

—Es una *ale,* es lo que beben los europeos.

—¿*Ale*? ¿La Cass nuestra qué es?

–Una *lager*. Por eso en las latas pone «*lager*».

–Ah, ¿o sea que ese «*lager*» al lado de «Cass» no significa «láser»?

–Ay... Mira que el inglés no es lo mío, pero tú sí que eres un paquete.

–¡Estaba de broma! ¿En serio pensabas que no sabía eso?

–Lo que tú digas. El caso es que en Corea y Estados Unidos bebemos sobre todo *lager*. Los europeos, *ale*. Desde hace unos años, en lugares como Gyeongnidan e Itaewon ha habido un auge de la cerveza *ale*. Y los *hipsters* solo beben *ale*.

–Me da que esto también le podría gustar a la gente más mayor, ¿no crees? A mí me encanta. El sabor es fuerte y el aroma no tiene nada que envidiarle al coñac... Oye, podríamos distribuir esto en las salas vip.

–Anda ya, ¿a qué vienen las salas vip ahora? Ya sabes que lidiar con esos sitios es un lío y siempre te pones a merced de los caprichos de los demás. Mejor hacerlo de forma fácil y eficiente.

–Venga ya, tío. El negocio siempre ha sido pisarle los talones a otro. ¿Desde cuándo es eso fácil?

–Lo que quiero decir es que reduzcamos el riesgo. Iré al grano: el mercado de la cerveza *ale* está creciendo. Además, hace poco han cambiado la ley y ahora quien quiera puede abrir pequeñas fábricas cerveceras que solo produzcan *ale*.

–¿En serio?

–Con unos doscientos o trescientos millones podríamos montar una fábrica en algún lugar con buena agua en las afueras de Gyeonggi. ¿Qué te parece en Gapyeong o Cheongpyeong? ¿Y si producimos esta cerveza allí y la vendemos? Me dijiste una vez que te gustaría regentar un bar y disfrutar de la vida, ¿no? En lugar de ser dueño de un bar, lo serías de una fábrica. Si producimos una cerveza de este calibre, los bares se pelearán por tenerla y nos lloverá el dinero.

–¿Esta cerveza la han hecho en una de esas pequeñas fábricas?

–Exactamente.

–¿Y quién la hace?

En ese momento, el camarero de larga melena se acercó a la mesa acompañado de un aroma delicioso de alitas de pollo y patatas fritas. Gi-yong lo saludó mientras colocaba los platos sobre la mesa. Parecía como si estuviera presentando un nuevo producto a Min-sik.

–Este de aquí es Steve, el *brewmaster*. «*Brew*» viene de «cerveza» y «*master*» de... no sé, de «*master*». En resumen, es como un chef, pero de cerveza. Es de Portland y ahora dirige una pequeña fábrica en Paju. Y también es mi cuñado.

Min-sik miró confuso a Gi-yong y al camarero, que amablemente continuó con la explicación. Steve, que ya hacía la cerveza más *cool* incluso para Portland, una de las ciudades más *cool* de Estados Unidos, había venido a Corea por primera vez hacía cuatro años tras empezar a salir con la hermana de Gi-yong, que era estudiante internacional. Fue la primera vez que probó la cerveza coreana.

Pensó que lanzar una buena cerveza artesanal en Corea sería un gran éxito y se había instalado en el país hacía dos años, coincidiendo con la boda. Luego, él y su esposa habían construido una pequeña fábrica en Paju, desde donde gestionaban el negocio y distribuían la cerveza a aquel bar, entre otros.

–Has dicho que la cerveza *ale* se bebe en Europa, ¿qué pinta Estados Unidos aquí?

–Venga, hombre, vivimos en un mundo globalizado. Y todo lo que nace en Europa, Estados Unidos lo recoge y lo convierte en un negocio aún más grande. ¿No lo sabías? En fin, resulta que la fábrica de Steve está funcionando tan bien que ha planeado expandirse. Necesita abrir otro local y está buscando socios. Ahí es donde entramos tú y yo.

–Humm... Me viene un poco de golpe eso de ser dueño de una fábrica de cerveza... Y se me hace raro oír una oportunidad de negocio después de tanto tiempo... Además, si está funcionando tan bien, ¿no habrá ya muchos otros inversores? ¿Por qué ha llegado esta oportunidad hasta nosotros?

–A ver, hay que cuestionar lo que hay que cuestionar.

–No, tío, esto es como lo que me decías de la energía solar. ¿Por qué quedarnos a limpiar la mierda cuando ya se lo han llevado todo?

–Eso es cosa de esta máquina que tienes por amigo. Steve es muy selectivo con la gente, ¿sabes? Cuando nos conocimos, le hice reír mucho con mi *konglish* y también le demostré que soy un tío de fiar. Pasado un tiempo, me dijo que encuentra a los coreanos un poco difíciles de leer, pero «*G-Dragon, you are so nice*». Me comentó que, cuando se trata de expandir el negocio, la confianza es importante. Y él confía en mí, tu colega.

Gi-yong buscó con la mirada la confirmación del camarero, a lo que este levantó el pulgar y añadió que, aunque su cuñado era un tío particular, por alguna razón le caía bien y era el único en el que realmente confiaba. Min-sik sabía que Gi-yong era un tipo divertido, pero le resultaba tan sorprendente como sospechoso que hubiera logrado hacer reír a un americano y eso le hubiera llevado a tal oportunidad. Al fin y al cabo, los americanos no están exentos de ser estafadores.

Mientras Min-sik intentaba disipar sus dudas, el camarero trajo algo. Era una lata de cerveza de medio litro sin etiqueta. El camarero la abrió, llenó un vaso y se lo pasó a Min-sik, que no pudo evitar exclamar de asombro una vez más al probarla.

–También va a salir en lata. Por eso estamos pensando en expandirnos.

En ese momento, la cabeza de Min-sik asintió casi involuntariamente. Gi-yong volvió a la carga.

–Mira, las latas de la cerveza de Steve también estarán en tiendas veinticuatro horas y en supermercados. Ya han empezado a vender cervezas de otras fábricas en negocios pequeños. Así que tenemos que darnos prisa. Nuestro sabor ya es el mejor, así que solo necesitamos que te encargues de la distribución. Tan pronto como salga, podrás empezar a negociar con proveedores.

Min-sik dio otro sorbo a la cerveza, sumido en sus pensamientos. Podía sentir cómo el dulzor de la malta y la amargura del lúpulo llenaban su boca, lo que le recordaba el sabor del éxito que una vez había experimentado. Las siguientes palabras de Gi-yong terminaron por consolidar la decisión:

–Sabes que todas las cervezas japonesas desaparecieron este verano, ¿verdad? Tu madre tiene una tienda, ¿no? Pásate y compruébalo. Asahi, Kirin, Sapporo, todas esas que solían venderse en lotes de cuatro latas por diez mil wones han desaparecido por completo. El boicot a los productos japoneses es una oportunidad de oro para nosotros. Piénsalo, ¿qué va a llenar el hueco de la cerveza japonesa? ¿Cass? ¿Hite? No, la cerveza *ale* de Steve.

–¿Crees que el boicot a Japón durará mucho tiempo?

Min-sik hizo esa pregunta para disipar hasta la última duda que pudiera tener y Gi-yong, como si estuviera ya frustrado, vació su vaso y lo dejó con fuerza sobre la mesa.

–¿En qué país vives tú, tío? No pudimos independizarnos por nuestra cuenta de los japoneses, pero ahora los estamos fastidiando bien con el boicot. ¿No has visto la que se está liando? Esto es Corea, macho. ¡CO-RE-A! ¡La guerra ya está aquí! ¡La guerra comercial! ¿Has visto los enfrentamientos deportivos en béisbol y fútbol? La gente dice que como perdamos contra Japón nos tendremos que tirar todos al mar. Al del oeste, claro. ¿La cerveza japonesa? ¡Totalmente expulsada de Corea! Tío, no me lo esperaba de ti, ¿eh? Tienes el sentimiento patriótico bajo mínimos.

–Oye, no metas el patriotismo en esto. Yo también he seguido el boicot. Hace tiempo que ya no fumo Mevius.

–Entonces, ¿estás dentro o no? Estoy intentando que resurjas de tus cenizas, porque sé que lo estás pasando mal, colega. Pero, si te apoltronas, la cosa no tomará forma. ¿No sabes ya lo quisquilloso que soy? Siempre me opongo a esas ideas grandiosas que tienes. ¿Y ahora que te recomiendo esto no me haces caso? Joder, es la primera vez que veo a Kang Min-sik tan derrotado.

Min-sik, en lugar de hablar, levantó el vaso como respuesta y el camarero se apresuró a llenárselo de nuevo. Luego, se lo llevó a la boca y saboreó la buena suerte de aquel líquido ámbar. Dejó el vaso sobre la mesa y le propinó una colleja a Gi-yong. Tenía la mirada seria. Entonces, se dirigió a su amigo, que fruncía el ceño porque no se esperaba el golpe.

–Tío, no dudes de mí. ¿Cuánto hay que poner?

Regresó al Cheongpa-dong en un taxi. Se bajó del vehículo y se detuvo un momento antes de entrar en casa de su madre. Le incomodaba el haber ido de improviso y, además, necesitaba argumentos para persuadir a la mujer. Y no podía sugerirle que probara la nueva cerveza tipo *ale,* porque la señora no bebía alcohol. Justo entonces, una idea le golpeó el cerebro con fuerza, lo que le hizo exclamar en voz alta. Min-sik giró sobre sus talones y comenzó a caminar.

La tienda veinticuatro horas. La tienda de su madre. La tienda que abrieron con la herencia de su padre. Gi-yong había dicho que la *ale* en lata ya se estaba vendiendo en tiendas como la suya. ¡Seguro que una de su propio negocio le demostraría el potencial de aquella empresa!

Pasaba de las once de la noche. La tienda estaba desierta. Solo un árbol de Navidad con las luces medio fundidas resplandecía melancólicamente en la entrada y le daba la bienvenida. Abrió la puerta y entró con una expresión amarga.

–Buenas noches.

Ignoró la voz grave del hombre de mediana edad que estaba detrás del mostrador y se dirigió hacia la nevera donde estaban las cervezas. Nada más pisar el local se había dado cuenta de que el empleado de por la noche era otro. El antiguo tenía los rasgos redondos y el nuevo cuadrados. En ese momento, recordó que hacía un par de meses su madre le había pedido que cuidara del negocio hasta que pudiera encontrar un nuevo trabajador nocturno. Una propuesta absolutamente indignante. Le vino a la cabeza el enfado que sintió al darse cuenta de que la mujer lo consideraba tan insignificante que le había pedido que hiciera tareas de dependiente. No es que no sintiera remordimientos. Incluso llegó a pensar que tal vez habría sido inteligente hacerle un poco de caso y pedirle una mayor presencia en la tienda. Sin embargo, no podía vivir ni por un momento como aquellos hombres de mediana edad, de caras redondas y cuadradas, empujados al margen de la sociedad y relegados a las tiendas de conveniencia nocturnas. Min-sik era ya un hombre entrado en los cuarenta. Estaba en el mejor momento de su vida. Una vez que te marginan en este mundo, el descenso es rápido. Quería hacerse un hueco, aunque fuera como propietario de una fábrica o de un bar, para empezar por fin el segundo acto de su vida.

Min-sik, que ya estaba delante de la nevera, dudó un momento qué comprar. Había cervezas de países que ni le sonaban donde solían estar las japonesas. No había rastro de las cervezas de la pequeña fábrica local de la que Gi-yong le había hablado. Abrió la puertecilla y, con los ojos bien abiertos, examinó todas las baldas. Finalmente encontró dos latas con un logotipo bastante cutre y unas palabras en coreano: MONTAÑA SOBEK y MONTAÑA TAEBEK, la primera con la etiqueta *pale ale* y la segunda *golden ale*. Min-sik cogió una lata de cada una y también se llevó dos de Tsingtao para comparar. Se dirigió a la caja registradora.

Aquel hombre de cara cuadrada era bastante más grande en las distancias cortas. Lo observó con cierta fascinación y pensó que parecía un oso o un cromañón. Claro, con un empleado así no tenían que preocuparse de los ladrones. Min-sik soltó una risita al ver cómo el hombre con aire primitivo manejaba torpemente el lector de códigos de barras para escanear las cervezas.

–¿Esta cerveza coreana se vende bien?

Min-sik le mostró una lata de cerveza local versión Montaña Sobek.

–No mucho.

–¿La ha probado? ¿Qué tal está?

El hombre terminó de escanear las cervezas y levantó la cabeza para mirar fijamente al cliente.

–No... bebo... así que... n-no lo sé.

Ajá. Tenía la cabeza como una jarra de cerveza, pero decía que no bebía... Min-sik se estaba divirtiendo pensando que el dependiente estaba poniendo a prueba su perspicacia.

–Ya veo. Me había parecido alguien que sabe disfrutar de la bebida...

–En total... catorce mil... wones.

–¿Qué? ¿No son diez mil wones por cuatro latas?

–No, las coreanas... no podemos venderlas a diez mil wones... cuatro latas.

–¿Qué dice? Si con ese precio se venderían mejor, ¿no?

–Eh... Eso no lo sé.

–En fin, tampoco está en posición de saberlo. Póngamelas en una bolsa de plástico, por favor.

Entonces, el hombre se quedó mirando fijamente a Min-sik sin moverse un ápice. ¿Qué pasaba? ¿Se había ofendido? El hombre siguió firme y Min-sik también comenzó a sentir que algo andaba mal. Se puso tenso ante la mandíbula afilada y los ojos estrechos del hombre, pero decidió mantener la compostura.

–¿Qué pasa? ¡Deme una bolsa!

–Tiene que pagar primero.

–Ah, el pago. Soy el hijo de la dueña. Apúntelo y listo.

Solo entonces Min-sik recordó que no había mencionado que era el hijo de la dueña. Aunque ahora el hombre seguía mirándolo sin hacer nada. ¿Sería por la diferencia de edad entre ambos?

–¿Qué pasa? ¿No vas a hacerlo?

En situaciones así, hay que acabar rápidamente con la mala educación, hay que dejar las cosas claras y hablar de tú a tú. Pero el hombre seguía inmóvil.

—Soy el hijo de la dueña, ¿no te enteras?

—D-demuéstralo.

—¿Qué?

—Demuestra que... eres su hijo.

—¿Me acabas de tutear?

—Sí. Como tú a mí.

—Oye, imbécil, ¿es que no has visto a la dueña? Me parezco a ella. Los ojos, la nariz. ¿No lo ves?

—Pues... no... No te pareces.

El hombre rechazó la pregunta de Min-sik con una voz burlona y lenta, y lo dejó desconcertado. Luego, el cliente se sintió intimidado por la mirada intensa del dependiente, que lo observaba desde su gran altura. Min-sik estaba consternado por la situación, pero pronto optó por liberar su creciente ira.

—¡Serás gilipollas! No, si al final tendré que echarte a la calle para demostrarte que soy el hijo de la dueña. Se lo diré a mi madre y... No, esta tienda es mía, ¿sabes? Puedo despedirte yo mismo. ¿Te enteras?

—No puedes... despedirme.

—¿Qué estás diciendo, estúpido?

—Si me despides..., ¿q-quién va a hacer... el turno de noche?

—Hay mucha gente, encontraremos a otra persona enseguida. Para estar ya prácticamente en la calle, te preocupas demasiado.

—No puedes... despedirme. No hay nadie... para la noche. Tú no vas a hacer este trabajo... y la d-dueña no está en condiciones.

—¿Qué?

–La señora Yeom está mal. Tiene un hijo, pero... no parece preocuparse por el estado... de su madre.

–¿Mi madre dijo eso?

–No lo sabías. Estaba c-claro. La señora Yeom lleva varios días... yendo al hospital.

–¿Qué?

–Que tu madre... está enferma. Y tú no solo eres incapaz d-de cuidarla, sino que además piensas d-despedirme y dejar el turno de noche de la tienda... d-desatendido. ¿También tenías pensado e-endiñarle eso a tu madre? ¿A esos n-niveles llega el ser humano...?

De golpe, Min-sik sintió como si alguien lo golpeara. El dolor le atravesó las entrañas y lo postró. No sabía que su madre estaba enferma ni que hablaba así de él a la gente. Las palabras de aquel hombre, pronunciadas con pausa, como si estuviera leyendo una sentencia, se sumaban a la carga que arrastraba Min-sik hacia un lugar oscuro en las profundidades de su ser.

–Si eres su hijo... no deberías comportarte así, ¿no crees?

–Eh...

–De todas formas, n-no has demostrado que lo seas..., así que no puedo darte las cervezas ni la bolsa de plástico.

El par de guantazos verbales aterrizaron en el rostro ya enrojecido de Min-sik, que respondió:

–¡Que te jodan! ¡No necesito nada!

Salió corriendo de la tienda mientras escupía barbaridades al hombre. No es que el dependiente, de mayor envergadura que él, le diera miedo. Era la vergüenza lo que le impulsaba.

Sin perder ni un momento, Min-sik se dirigió a casa de su madre y entró tras introducir la contraseña de la puerta. Lo único que iluminaba el interior era el antiguo televisor. Estaba puesto un programa de música *trot*. Su madre se había quedado dormida en el sofá, ajena a los sonidos estridentes que resonaban.

Min-sik suspiró, encendió la lámpara de pie y despertó a la mujer. Al sentir la mano de su hijo sacudiéndole el hombro, abrió los ojos con dificultad y lo miró, para luego incorporarse, haciendo un sobresfuerzo.

–¿Qué te trae por aquí?

–He oído que estás enferma. Por eso he venido corriendo.

–Estoy más preocupada por ti que por cualquier enfermedad. ¿De dónde sales ahora?

–Acabo de llegar y ya quieres discutir... He estado con un amigo. Pero ¿qué te pasa?

–Un simple resfriado, nada más.

–Mira que te dije que te pusieras la vacuna contra la gripe. Es gratis para los mayores en el centro de salud.

–Humm.

La señora Yeom se dirigió a la cocina en silencio y empezó a hervir té de cebada en la tetera. Para romper la tensión del ambiente, Min-sik se puso a dar vueltas alrededor de su madre.

–Oye, aquí hace un frío terrible. No me extraña que te resfríes. Pon la calefacción a tope.

–Estoy bien. Contigo aquí hace menos frío. Parece que te queda calor humano después de todo.

–Pero ¿qué dices? A saber qué habrán aprendido los alumnos de una profesora tan mordaz.

–¿Quieres té de cebada?

–Sí.

Min-sik se sentó en la mesa y se quitó los calcetines. La señora Yeom llevó dos tazas hirviendo, echó una mirada a su hijo, que había dejado los calcetines de cualquier manera, y se sentó después de chasquear la lengua. Los dos bebieron en silencio, sintiendo la quietud del tiempo, que se encaminaba a la medianoche. Min-sik no sabía por dónde empezar para iniciar una conversación con su madre. La idea era explicarle su proyecto empresarial mostrándole las cervezas de la tienda, pero todo se había complicado debido a ese tipo que había actuado de manera arrogante. No sabía de dónde había salido ese sujeto que tanto le había irritado. Solo con pensar en él ya le hervía la sangre.

–¿Qué te pasa?

La señora Yeom no quitaba ojo a Min-sik, que parecía enfadado.

–Mamá, acabo de volver de la tienda. ¿Quién es ese incordio que hay allí trabajando?

–¿Dokgo? Es el empleado del turno de noche.

–Ese tipo es raro..., maleducado y arrogante hasta decir basta.

–Solo es un trabajador de una tienda veinticuatro horas, no un dependiente de centro comercial. ¿Qué tiene de maleducado?

—Bueno, su actitud hacia los clientes es terrible. Cuando fui a pagar, le pedí que lo apuntara y dijo que tenía que confirmar que era realmente tu hijo.

Al escuchar esto, la señora Yeom soltó una risita y Min-sik, todavía más molesto, se bebió de un sorbo el té de cebada que tenía delante.

—Bien hecho. Dokgo es muy meticuloso.

—¿Y ya está? ¿Despúes de lo que me ha hecho? Mamá, ¿no puedes despedirlo?

—¿Debería hacerlo?

—Sí. No me gusta ese tipo. Estoy seguro de que causará problemas. Yo... porque me he contenido. Si actúa así con los clientes borrachos, puede liarse una buena. Podríamos acabar con una multa.

—Hasta ahora ha lidiado estupendamente con los clientes borrachos. Desde que llegó, las ventas han aumentado. Y por las mañanas trata muy bien a las ancianas del barrio.

—¡Madre mía! ¿Cuánto pueden aumentar las ventas en una tienda tan enana? Más que despedir a ese tipo, deberíamos vender la tienda.

—No puedo hacer eso.

—¿Por qué?

—Si cierro la tienda, la señora Oh y Dokgo perderían sus trabajos. Dependen de ello para vivir.

—Ay, mamá, ¿eres Jesucristo o qué? ¿Solo porque vas a la iglesia tienes que amar a todo prójimo que se te cruce?

—No es porque sea cristiana, es una cuestión de decencia básica. Un jefe tiene que pensar en el bienestar de sus empleados.

–Qué jefe ni qué jefe, si la tienda parece de juguete.

–Hijo, precisamente por esa forma de pensar no consigues nada y siempre acabas metido en cosas turbias. ¿Lo entiendes?

–Ya estamos, otra lección... En fin, olvidemos lo de vender la tienda, pero al menos despide a ese tipo.

–No puedo.

–¿Por qué?

–No es fácil encontrar a un trabajador para el turno de noche. Si estás dispuesto a hacerlo tú, entonces lo despediré.

–¿Por qué siempre estás intentando que haga trabajos insignificantes? ¿Te gustaría que tu hijo trabajara en una tienda veinticuatro horas?

–No hay trabajos de mayor o menor categoría. El trabajo es trabajo. Con el aumento del salario mínimo, si trabajas regularmente en el turno nocturno, puedes ganar más de dos millones al mes.

–Mira, déjalo. No importa.

Min-sik vació de nuevo su taza de té de cebada. Pero el enfado no se disipó, tal vez debido a la amargura de la conversación que acababa de tener. ¿Debería irse y ya? Se levantó de un brinco. No soportaba la idea de regresar como un fracasado después de aguantar los sermones de su madre en lugar de vender la tienda para hacerse con el capital necesario para su negocio. Decidido a saciar la sed con agua fría y a hablar con su madre, Min-sik se dirigió al frigorífico.

Mientras buscaba una botella, vio algo que estaba convencido de que nunca encontraría en casa y se detuvo. No era otra que la cerveza que Min-sik tenía intención de traer de la tienda, la misma que pensaba usar para presentar su propuesta de negocio a su madre.

Regresó a la mesa con una lata de Montaña Sobek. La mujer se sorprendió al principio, pero enseguida recuperó la compostura. Min-sik abrió la lata y sirvió la bebida en la taza vacía. El rico aroma de la cerveza *ale* le acarició la nariz y decidió que era el momento perfecto para hacerle un buen planteamiento a la mujer.

Min-sik se tomó un buen trago. Ah, qué bien entraba. Aunque no era tan potente como la cerveza que había bebido con Steve esa noche, el sabor y la robustez eran definitivamente diferentes a las cervezas convencionales.

—Así que tenías guardada una de estas.

—La oficina central nos la recomendó como una novedad... La probé y no está mal...

—¿Así que has estado bebiendo cerveza? ¿Tú, mamá?

—Anda, calla. La bebo por motivos laborales. Tengo que conocer el producto que ofrezco, ¿no?

—Entonces, ¿también te fumas todos los cigarrillos que vendéis? ¿No te parece demasiado? –dijo riéndose.

Ante la burla de Min-sik, la señora Yeom frunció el ceño, terminó su té de cebada y dejó la taza.

—Déjate de tonterías y ponme un poco.

—¡Sí!

Min-sik llenó la taza con alegría y la cerveza quedó espumosa.

Durante la siguiente hora, bebieron juntos. Se terminaron las cuatro latas de cerveza *ale* que había en la nevera. Era la primera vez en su vida que tenía una conversación sana con su madre. Le resultaba extraño pensar que bebía alcohol y le sorprendía aún más el hecho de que hablaran con fluidez. Los últimos años, siempre que Min-sik había acudido a su madre para pedirle algo, ella, sin importar lo que fuera, lo había rechazado, cortando cualquier posible diálogo. Pero ahora estaba compartiendo todo tipo de historias con ella, ambos ligeramente ebrios. Se rieron juntos mientras recordaban la terquedad de su difunto padre, se contaron chismes sobre su desagradable hermana y su cuñado, y se pusieron al día sobre la gente de la iglesia a la que su madre solía asistir y que Min-sik también había frecuentado hacía tiempo. Hasta llegaron a comentar de manera desordenada el incidente con los vecinos, que habían llamado a la Policía hacía poco debido al ruido. La mujer parecía tener muchas ganas de hablar y se abrió a su hijo como si se hubiera estado conteniendo todo ese tiempo. Min-sik, por su parte, también encontró refrescante escuchar las opiniones de su madre sobre la gente que los rodeaba. En cuanto a su padre, su hermana y su cuñado, las opiniones de ambos coincidían. Sin embargo, en lo que respectaba a la iglesia y a los vecinos, pensaban distinto. La madre le contó que hacía poco que una antigua compañera de la escuela dominical de Min-sik había regresado a la iglesia después de su reciente divorcio. Al igual que él, la chica también se había divorciado tras dos años de matrimonio y no tenía hijos. Le propuso que fueran juntos a la iglesia esa misma semana para que la saludara. Min-sik respondió de manera tajante que ni iría a la iglesia ni quedaría con una excompañera de la escuela dominical. Entonces, la señora Yeom se terminó la cerveza con una mueca de disgusto.

–¿Sabes por qué he dejado de beber todo este tiempo?

–Pues porque vas a la iglesia.

–¿Tan cerrada crees que soy? El primer milagro que realizó Jesús fue convertir el agua en vino porque se había acabado en una fiesta. El problema no es beber vino, sino cometer errores al beberlo.

–Pero, si bebes, terminas cometiendo errores. Es inevitable.

–Tu madre no. Tengo buena tolerancia al alcohol. Antes de casarme, mis compañeros siempre intentaban emborracharme. Pero la verdad es que no me pongo piripi fácilmente. Y el sabor tampoco es que me guste mucho. El *soju* es demasiado amargo, la cerveza insípida y el vino dulce... Pero esta cerveza sabe bien. Tiene un buen aroma y ese sabor amargo y a la vez suave es bastante agradable.

Tras decir eso, la señora Yeom se llevó a la boca un poco de alga seca como aperitivo. Los ojos de Min-sik no hacían más que titilar. ¡Era ahora o nunca! Su afinado sentido del tiempo le hizo ver que era el momento oportuno para hablar con su madre sobre el negocio que tenía entre manos. A ella le gustaba esa cerveza. Y aunque había dicho que no se emborrachaba fácilmente, la verdad es que parecía bastante ebria en ese momento. Si le ofrecía otra lata, quizás podría convencerla de que vendiera la tienda e invirtiera el dinero en la fábrica.

Sin embargo, se habían quedado sin alcohol. Min-sik, tras ver todas las latas vacías, decidió hacer un viaje exprés a la tienda. Cogió el teléfono móvil y se puso junto a su madre.

Voló al establecimiento y enfiló hacia el refrigerador. Sacó cuatro latas de cerveza *ale* y se dirigió al mostrador. No veía al empleado de su madre; siempre parecía estar haciendo lo que le daba la gana. ¿Dónde se había metido? No podía con ese tipo. Min-sik tomó una bolsa de plástico del mostrador y metió las cervezas dentro. Justo entonces, el trabajador salió del almacén, con la cara oculta detrás de una pila de paquetes de fideos instantáneos. Min-sik le miró con rabia contenida. Al sentir su presencia, el hombre apoyó los fideos en una mesa junto a la ventana y se acercó a él. El cliente sacó su teléfono móvil. El empleado lo miraba de arriba abajo como si fuera un estafador. El chico le enseñó una foto.

—¿Ves? ¿Estás satisfecho ahora?

Era una foto que Min-sik se había tomado con su madre hacía apenas cinco minutos. En ella, la señora Yeom, que estaba algo ebria, y Min-sik posaban con las caras pegadas, formando un corazón con los dedos. El empleado lo miró por un momento antes de asentir con la cabeza. Min-sik, que sonreía triunfante mientras se marchaba, detuvo el paso y preguntó:

—¿Cuántas de estas has vendido hoy?

—Pues... esas. Iba a c-comentarle a la jefa que dejara de pedirlas...

–¡Pero qué dices! Cómo se nota que no las has probado. La jefa acaba de decir que está deliciosa y que deberíamos encargar más.

–Yo... no vendo lo que me gusta a mí... sino lo que le g-gusta a la gente.

–Pues a la gente le gusta esta cerveza.

–Las ventas... no mienten.

–Humm. Eso ya lo veremos.

Min-sik resopló con fuerza por la nariz y salió de la tienda, empujando la puerta con todo su ímpetu.

Al regresar a casa, se encontró a su madre durmiendo apoyada en la mesa del comedor, con el rostro enrojecido sobre los brazos y roncando suavemente. Observó en silencio a aquella pequeña mujer con más canas que pelos negros. Después, la cogió en brazos y se dirigió a la habitación principal. El cuerpo de su madre era ligero, pero en el pecho de Min-sik había un peso enorme.

Después de acostarla en la cama, volvió a la mesa del comedor y abrió una cerveza. Bebió con avidez ese líquido dorado que planeaba producir y vender y que le daría un nuevo comienzo, como se lo había dado con su madre. Entonces, se despojó de todo pensamiento y remordimiento.

Había sido una buena noche. Había brindado con su madre, habían hablado y se habían hecho una foto juntos. Había sido un momento de calor familiar fuera de lo normal, y eso era suficiente. Ya la convencería sobre la venta de la tienda y el proyecto de inversión por la mañana. Con aquella cerveza que le gustaba tanto a la mujer era probable que funcionara. En cuanto a las preocupaciones que tenía sobre la señora Oh o aquel tipo, ya se apañarían. Si intimidaba a la señora Oh, probablemente se quitaría de en medio. Tenía que investigar al hombre, cuya identidad desconocía. «Las ventas no mienten», le había dicho. No podía pasar por alto nada negativo acerca de su cerveza *ale*. Si se retrasaba la negociación por detalles insignificantes, sería aún más difícil convencer a su madre. Así que tenía que actuar rápido.

Min-sik decidió investigar al tipo de la tienda. Cuando preguntó de dónde lo había sacado, la señora Yeom se limitó a sonreír y no le dio más detalles, lo cual lo hizo aún más sospechoso. Resultaba evidente que aquel hombre era un obstáculo y un personaje dudoso del que tenía que librarse. Para ello, primero debía conocer su pasado a fondo. Si le encontraba algo oscuro, su madre, una mujer de ética férrea, lo despediría, eso sin duda. Min-sik optó por llamar cuando amaneciera a Kwak, un intermediario que había conocido en Yongsan.

Mientras se terminaba lo que quedaba de cerveza, pensó en su madre. Sintió que podía llevarse bien con ella de nuevo. Sacó el teléfono móvil y se puso la foto juntos como fondo de pantalla.

El torpe corazón que había hecho su madre con los dedos le parecía adorable.

7
Hay que tirarlo, pero aún está bien

«Más me valdría trabajar de cajero en una tienda veinticuatro horas», pensó Kwak para sus adentros. Iba pisándole los talones a su objetivo, que se dirigía a la estación de Seúl, ataviado con un anorak blanco y caminando pesadamente, como un oso polar en busca de su glaciar ya derretido. Kwak, por su parte, se sentía como un esquimal ciego que vaga por el Ártico. Llevaba tres días detrás de él sin descanso y no había conseguido ninguna información. Hacía tanto frío que, mientras caminaba, comenzó a desear estar apoltronado en la calidez interior de una tienda de conveniencia, aunque eso significara ganar el salario mínimo: ocho mil quinientos noventa wones a la hora.

Kwak se arrepentía de haber aceptado la oferta de Kang. Estaba tan sofocado que necesitó bajarse la mascarilla un instante; luego, volvió a subírsela. Era una KF94, un modelo tan incómodo que no volvería a ponérselo ni en un día de máxima contaminación. Le desconcertaba que el mundo hubiera llegado al punto de tener que llevar esos bozales por la calle. El viejo Kwak dejó escapar un suspiro y el aliento rebotó en el material; le volvió con el olor de su propia boca. Se reajustó la bufanda como para fortalecer su determinación mientras le daba vueltas al acuerdo que tenía con Kang. «Descubre la identidad del objetivo y lo más turbio de su pasado. Te pagaré dos millones en el acto». Kang le había explicado que el objetivo había aparecido en sus vidas de repente y estaba obstaculizando la venta de la tienda de su madre. Le pidió que se diera prisa. Kwak le había pedido un anticipo, un millón de wones, pero el cliente se había negado. Tras una nueva negociación, acordaron que le adelantaría la décima parte del total. Kang se dirigió de inmediato a un cajero automático, retiró doscientos mil wones con la tarjeta de crédito y se los entregó a Kwak, no sin antes advertirle:

–Date prisa. Si me impaciento, pasaré de ti y a él lo echaré a patadas.

Kwak dudaba que Kang llevara a cabo lo que decía, era un perdonavidas. Si hubiera podido hacer este trabajo por sí mismo, no habría recurrido a él. Lo tenía más que calado y ya estaba acostumbrado a tolerarle los faroles y a reírse de él después, a sus espaldas. A decir verdad, este trabajo hería el orgullo a Kwak, pero lo había aceptado porque de vez en cuando tenía ocasión de aprovecharse de las bravuconadas y la suerte de Kang.

Y, además, no podía permitirse holgazanear. Debía ahorrar dinero. No para financiar el movimiento de independencia ni para sufragar las actividades delictivas, sino para su propia jubilación. Kwak solo se había interesado en prepararse para la vejez tras cruzar la barrera de los sesenta. Ahora tenía prisa, pues, como vivía solo, lo único en lo que podría apoyarse el resto de su vida sería el colchón que consiguiera acumular desde ese momento.

Kang solo le había dicho que el objetivo trabajaba en el turno de noche de la tienda y que se hacía llamar Dokgo. «Dokgo... vaya nombre», pensó Kwak.

Primero tenía que descubrir si «Dokgo» era un nombre o un apellido. Pensó que escarbar en el pasado de alguien así de torpe y estúpido sería pan comido, sobre todo teniendo en cuenta que ese tipo de trabajos le habían dado de comer durante treinta años. Sin embargo, el objetivo no hacía más que caminar. Salía de la tienda, cruzaba la estación y se dirigía a la colina de Manri-dong, pasando por las bocas de metro de Aeogae y Chungjeongno, hasta llegar al Dongja-dong. Otras veces, iba al Huam-dong, cruzaba el Instituto Yongsan, pasaba por el barrio Haebangchon y el Bogwang-dong y luego rodeaba el Ichon-dong y la estación de Yongsan. Entonces, volvía de nuevo al Dongja-dong... El hombre caminaba y caminaba sin parar alrededor de la estación de Seúl y el monte Namsan; parecía el conejo ese del anuncio de las pilas que duran mucho. Kwak ya estaba bastante agobiado por la mascarilla, que la llevaba para protegerse del maldito virus, como para encima tener que hacer esa caminata, que no era precisamente para estirar las piernas. Estaba agotado en extremo. Los tres días que había salido tras él, Kwak no había tenido más opción que abandonar al mediodía y regresar a su habitación en el Wonhyo-ro.

Pero ya no podía seguir posponiéndolo. Desayunó en condiciones y decidió seguir al hombre hasta el final. Cada vez se sentía más torpe, pero aun así supo mantenerse a una distancia prudente, siempre con dos transeúntes en medio. Aunque ya llevaba tres días pisándole los talones, el objetivo parecía completamente ajeno a la presencia de Kwak y caminaba con desgana. Eso desanimaba aún más al espía. Justo cuando estaba a punto de irse de nuevo con las manos vacías, el hombre cambió de dirección y entró en la estación de Seúl. Kwak apresuró el paso para reducir la distancia entre ellos.

Una vez dentro, buscó rápidamente la chaqueta blanca con la mirada, pero la concurrida estación estaba llena de hombres y mujeres vestidos con gruesas parkas y abrigos y ni siquiera un objetivo tan corpulento era fácil de distinguir. Seguro que aquel hombre, que no dejaba de vagar sin rumbo, tenía un buen motivo para entrar allí. Era imposible que se hubiese ido ya. Kwak miró alrededor, buscando rincones donde se hubiera podido meter el objetivo. Inspeccionó una cadena de hamburgueserías y una tienda veinticuatro horas y entró en los baños de la estación, pero, al no encontrarlo, decidió dirigirse a la taquilla. Tal vez había ido a comprarse un billete a alguna parte.

Justo entonces, el telediario, que estaba puesto en la televisión que había en el centro del vestíbulo, anunció un brote masivo de COVID en la región de Daegu. Kwak se detuvo en seco. El virus, que al principio pensaban que desaparecería después de un breve periodo de pánico, se había extendido sin control y las noticias decían

205

que la gente estaba haciendo acopio de mascarillas. Hizo recuento de cuántas le quedaban y sintió un escalofrío. Diabético como era y con un sistema inmunitario bastante débil, no podía hacer caso omiso del hecho de que ese nuevo virus era particularmente mortal para las personas mayores y las enfermas. Aquella noticia le parecía tan importante como la misión que se traía entre manos.

Aún absorto en las noticias, la mirada de Kwak detectó a su objetivo de característico abrigo blanco sentado con un grupo de personas sin hogar justo delante de la televisión. «¡Perfecto!», pensó, y sacó su antiguo teléfono. Fingió hacer una llamada mientras tomaba fotos del hombre, que estaba conversando animadamente con los indigentes. Hizo las fotos en silencio, sin que sonara el obturador. Ahora podría enviárselas a Kang como una prueba para confirmar la identidad del sujeto. Kwak se sintió alentado al darse cuenta de que no iba tan desencaminado en sus sospechas de que era un indigente.

Se acercó lentamente al grupo y al objetivo. Echó un vistazo; estaban compartiendo comida preparada y hablaban entre ellos. Aunque la escena parecía sacada de un comedor social, había en ella algo entrañable que captó la atención de Kwak sin que este se diera cuenta. En aquel momento, el objetivo se levantó, se colocó el anorak blanco de nuevo, se despidió de los colegas y se marchó hacia la plaza de la estación. Kwak se apresuró y saludó a los indigentes con la cabeza antes de tomar asiento entre ellos. Aquellos hombres, que estaban a punto de volver a centrarse en la comida, lanzaron algunas miradas cautelosas al recién llegado. Kwak mostró una placa de policía falsa mientras replicaba la expresión que solía utilizar durante su época como agente, cuando tenía que ganarse la confianza de las fuentes.

—No habléis más de lo necesario, solo responded a mis preguntas. ¿Entendido? —gruñó al tiempo que el olor fétido que emanaba de ellos atravesaba la mascarilla.

Ya sea por miedo o por su estado natural, lo miraron con un gesto indescifrable sin dejar de comer con los palillos.

—¿Quién es ese del abrigo blanco? ¿Es vuestro amigo?

—No... no es un amigo —respondió uno de los hombres.

—Entonces, ¿quién es?

—Es... un compañero —añadió otro.

—Pero no es un indigente, ¿no? ¿O dices que lo era en el pasado?

—No sé. Solo vino... y nos compró comida —respondió un tercer hombre.

—¿No lo conocéis, entonces? ¿Y por qué os compra comida?

—Un... c-cabronazo... —soltó el mismo.

—¿Cómo? ¿Es mala persona?

—No... tú... —matizó el segundo.

—¡Eh, escuchadme bien, desgraciados! —gruñó Kwak en voz baja, haciendo que el indigente que acababa de hablar se sobresaltara.

—Esta comida... está buenísima —concluyó el primer sintecho mientras apuraba el arroz.

Hablar con ellos era como golpearse contra una pared. Tenía que darse prisa. Kwak aceptó que sus pesqui-

sas habían fracasado y se levantó para irse. Justo entonces, el tercer indigente dio un sorbo a algo y se relamió.
No era *soju,* sino una bebida sin alcohol. Observó más de
cerca y vio que los otros dos indigentes también tenían
una. Parecía té de seda de maíz. Los tres brindaron y va-
ciaron sus botellas de un trago. ¿Qué estaba pasando?
Kwak dejó atrás aquella extraña escena y se apresuró a
perseguir a su objetivo.

Tras cruzar rápidamente la estación, se subió a la es-
calera mecánica que llevaba a la plaza y, entonces, divisó
al sujeto con la chaqueta blanca, que estaba entrando en
el túnel subterráneo. Kwak se volvió y empezó a correr
escaleras abajo mientras aquel tipo compraba un billete
en la máquina y entraba en la línea 1 del metro.

Dokgo, que había cogido un tren en dirección a
Cheongnyangni, estaba de pie junto a la puerta, mirando fijamente la oscuridad negra de fuera. Kwak se sentó
en un asiento frente a él sin perderlo de vista, listo para
seguirlo cuando se bajara. El ambiente en el metro, más
allá del olor rancio característico de la línea 1, era tolera-
ble, aunque el aire cálido de la calefacción inducía cierto
sopor. La mayoría de los pasajeros suspiraban con pesadez detrás de las mascarillas, y aquellos que no llevaban mantenían la boca cerrada y la cabeza gacha. Kwak
pensó que el vagón parecía una sala de hospital. Soltó
él también un suspiro amargo y volvió a enfrentarse al
olor de su propia boca.

Cuando el metro se detuvo en la estación del ayuntamiento, un hombre de unos cincuenta y tantos años
con un abrigo grueso entró en el vagón hablando por

teléfono sin mascarilla. Lucía con orgullo una barriga cervecera y tenía la cara enrojecida. Se sentó frente a Kwak y charló a viva voz:

–Así que meto cinco mil en Namyangju y el resto lo distribuyo por Hoengseong... Oye, escucha bien, son cinco mil en Namyangju, y para Hoengseong tienes que ir a cada una de las direcciones que te envié ayer y comprobarlo tú mismo... Exacto, porque el negocio allí es bueno... Sí, sí...

Aquel hombre tenía el don de convertir el vagón en su propia oficina con aquella voz tan potente, como de perro grande ladrando. Tanto era así que incluso Kwak empezó a preguntarse de qué negocio en Hoengseong estaba hablando. Justo cuando todas las caras comenzaron a mostrar signos de incomodidad debido a la robusta voz del hombre, cortó la llamada. Pero la calma duró un momento. Estaba marcando otro número. El hombre resopló por la nariz, quién sabe si de disgusto o de qué, y se dispuso a hablar de nuevo en tono jovial en cuanto le cogieron el teléfono:

–Eh, director Oh. ¿Qué tal? Ah, muy bien... Este fin de semana vienes al golf, ¿no? ¿A Lake Park? Vamos a New Country mejor. Sí, tengo mis razones para querer ir a New Country... Sí... Mejor dejamos Lake Park para la primavera. ¿Te parece bien New Country entonces? Genial, te invito a comer y... a más cosas... –dijo riéndose.

El parloteo del hombre no cesaba y Kwak no podía evitar sentirse cada vez más irritado por su cháchara. Desvió la mirada hacia su objetivo. Dokgo estaba observando la coronilla del hombre sentado.

LA ASOMBROSA TIENDA DE LA SEÑORA YEOM

Para sorpresa de todos, justo cuando el señor iba a hacer otra llamada tras terminar la anterior entre carcajadas, el objetivo se sentó en el asiento vacío junto al hombre. Este notó su presencia, se volvió y se encontró al sintecho mirándolo fijamente y entornando aún más sus pequeños ojos.

–Entonces... ¿adónde han decidido ir?

El hombre se quedó ojiplático, tanto que resultaba absurdo.

–¿Qué? ¿Qué dices?

–¿Van a Lake Park? ¿O al final a New Country?

Esta vez, el objetivo hizo un gesto como si estuviese practicando un *swing* de golf para ilustrar la pregunta.

–¿Qué? ¿Y tú quién eres para preguntarme algo así? –El señor alzó su ya potente voz. Debió de pensar que así catapultaría la insólita curiosidad del otro–. ¿Por qué te pones a escuchar las conversaciones ajenas, chafardero?

–Porque se oyen –respondió el objetivo con una firmeza cortante.

El hombre se quedó paralizado por un momento. De repente, no solo Kwak, sino todos los pasajeros, se centraron en los dos. El ambiente parecía haber caído en un vacío de silencio. Dokgo se humedeció los labios con la lengua y continuó su discurso, sin apartar la mirada de él:

–Verá, no me importa a qué campo... de golf irá este fin de semana, pero ha hablado tan alto que... me ha picado la curiosidad. Yo prefiero... eh... Lake Park en primavera... Es mejor en esa época. Mejor ir entonces, sí. ¿Qué más? Ah, ¿en qué sitio de Hoengseong ha... invertido? ¿En esos terrenos que se revalorizaron... durante los Juegos Olímpicos de Pieonchang? Ahí, ¿no?

El objetivo hablaba cortando las frases como los estudiantes en clase de Inglés. El hombre, rojo como un tomate, se frotaba las manos sin saber qué hacer. A medida que el indigente, de gran tamaño, se le acercaba más, el señor miraba a su alrededor en busca de ayuda, con una expresión incómoda. Pero tanto los pasajeros como Kwak solo parecían decirle: «Te lo has ganado a pulso». Al darse cuenta de que no tenía aliados, chasqueó la lengua, no sin cierto bochorno. En ese momento, la megafonía informó que el tren se detendría en la estación de Jongno 3(sam)-ga.

–Vaya, la primera vez en mucho tiempo que se me pone al lado el loco de turno en el metro –dijo el hombre bruscamente; entonces, se levantó y se dirigió hacia la puerta de salida.

Pero el objetivo hizo lo propio y se acercó a él.

–¿Qué, eh? ¿Qué quieres? –exclamó el otro, claramente irritado.

–Yo también... me bajo. Así que cuénteme más sobre... esos terrenos en Hoengseong. Me ha intrigado tanto que... creo que no podré... dormir.

–¡¿Me estás hablando en serio...?!

–Sí... Venga, vayamos... juntos.

–¡Haz lo que te dé la gana y déjame en paz!

–Oiga, ¿por qué... no lleva mascarilla? ¿Es porque... le huele mal el aliento? –preguntó el objetivo.

En ese momento, la risa de la gente se extendió por el vagón. El hombre, harto, sacó una mascarilla arrugada del bolsillo del abrigo y miró a su alrededor con resentimiento.

—¡Mierda! ¡Lo siento por hacer tanto ruido! ¿Contentos? —exclamó.

El hombre salió corriendo en cuanto las puertas se abrieron, seguido de cerca por el objetivo. Kwak también se levantó y se dirigió hacia la salida. Dejó atrás los murmullos y risas de la gente, y caminó lentamente sin perder de vista aquella espalda blanca. Delante, vio cómo el otro hombre se detenía, se volvía para comprobar si el indigente aún lo seguía y, al percatarse de que sí, echaba a correr despavorido. La escena fue gratificante. ¿Quién quiere escuchar la vida privada de alguien que va alardeando tan descaradamente en un espacio público? Había utilizado su edad y su envergadura para comportarse como un zafio, pero en cuanto había aparecido alguien más duro se había asustado de verdad.

Cuando el hombre subió las escaleras hacia la salida, el objetivo dejó de seguirlo y se encaminó a la zona de transbordo. Parecía que iba a cambiar a la línea 3. Kwak esperó a que cruzara el vestíbulo antes de continuar y aprovechó el momento para evaluar la situación. Aunque el otro le había llamado «loco», a Kwak le pareció que se trataba de alguien con un sentido de la responsabilidad social bastante fuerte y un juicio más que lúcido, algo raro en los tiempos que corrían. También parecía estar al día sobre campos de golf y mostraba interés en el mercado inmobiliario. Por supuesto, era posible que el objetivo se hubiera inventado lo de los campos de golf y aquello de las propiedades de Hoengseong solo para enfrentarse al otro. Sin embargo, si no le engañaba el instinto, la manera de hablar y comportarse le sugerían que estaba bastante familiarizado con esos temas. Aunque en la actualidad se acompañase de indigentes y trabajase en el turno de noche de una pequeña tienda, Kwak infirió que quizás hubo un tiempo pasado en que el objetivo tenía dinero, y bastante. Además, la línea 3 es la que se dirige al barrio de Gangnam. El espía se mantuvo alerta, trató de no perderlo de vista. Llegaron al andén de la línea 3, en dirección a Ogeum. Sabía que en la parada donde aquel tipo decidiera bajarse conseguiría revelar otra capa de su verdadera identidad.

Se apeó del metro en la estación de Apgujeong. Salió a la calle cerca del Instituto Hyundai y comenzó a caminar. Kwak se recolocó la bufanda al sentir un viento frío repentino. «Si me pongo malo persiguiendo a este hombre, ¿qué me queda?», se quejó en silencio. Casi como si hubiera escuchado su mente, el objetivo se detuvo. Inmóvil, levantó la cabeza, examinó un edificio y pareció perderse en sus pensamientos. De repente, giró la cabeza hacia Kwak, que se agachó de inmediato y fingió atarse los cordones de los zapatos. Aun con la cabeza gacha, echó un vistazo rápido al frente y divisó cómo la punta blanca del abrigo desaparecía en el edificio como si fuera la cola de un animal. Kwak se acercó rápidamente y se detuvo ante la puerta. Aquel edificio de cinco pisos, hecho de un elegante hormigón visto, resultó ser una clínica de cirugía estética que hacía negocio reconfigurando las caras a la gente. Kwak estaba triunfante. Era poco probable que el objetivo estuviera allí para someterse a una operación. Por lo tanto, investigar ese hospital podría revelarle algún aspecto del pasado o las intenciones de aquel sujeto. Cuando su intuición, que siempre había sido su fuerte desde que trabajaba como detective, entró en juego, a Kwak le recorrió un escalofrío de emoción. Como mínimo, el objetivo había trabajado allí o estaba buscando a alguien que trabajaba en ese lugar. Todo lo que necesitaba era un solo elemento. Se acomodó junto a la ventana de una cafetería y comenzó su vigilancia, otra de las destrezas heredadas de su paso por el cuerpo de policía.

Pero ni siquiera se había acabado el café americano cuando vio que el hombre salía de nuevo del edificio. No había tenido ocasión de mostrar sus habilidades para el acecho. Se dirigía de nuevo hacia la estación de metro, con el rostro inexpresivo. Kwak dudó un momento, apuró el café que le quedaba y se levantó del asiento. No más persecuciones por hoy. Salió de la cafetería y anduvo hasta la clínica, donde el tipo había estado unos veinte minutos.

Kwak recordó a un amigo que solía conducir con un carnet falso. Él, de joven, lo hacía sin carnet. La razón era simple: si eres un buen conductor, es menos probable que tengas un accidente y, por lo tanto, que te pillen. En otras palabras, si tienes la habilidad y la actitud equivalente a tener el carnet, se te perdona, al menos hasta cierto punto. Kwak seguía el mismo planteamiento cuando recurría a su identificación falsa de policía.

Aunque había tenido que colgar el uniforme por un asunto desagradable, seguía considerándose a sí mismo un policía hasta la médula. Engañar a la recepcionista de la clínica no le resultaría una tarea particularmente difícil.

El vestíbulo, más elegante y pulcro de lo que había imaginado, le puso nervioso por un instante. Aun así, se acercó al mostrador. Enseñó su identificación policial y preguntó sobre el hombre que acababa de irse, alegando que era un testigo en un caso y que necesitaba investigar sus movimientos. Sin embargo, la recepcionista solo repetía que no sabía nada, expresándolo con un rostro impasible y sin arrugas. Kwak, frustrado ante la inflexibilidad de la mujer, le advirtió que podía volver con una orden judicial. Esta frunció el ceño y simplemente añadió que el hombre había ido a ver al director del hospital. Por lo demás, ella no sabía nada. Mientras Kwak se preguntaba si debía hablar con el director, apareció un hombre en la cincuentena, vestido con un abrigo, que le lanzó una mirada penetrante. De inmediato, la empleada se inclinó hacia él como si fuera a contarle un cotilleo jugoso y le dijo que había venido un policía. Señalaba a Kwak. El director, un hombre alto con la cabeza grande, se acercó frunciendo el pómulo derecho. Miró al desconocido de arriba abajo con un aire de disgusto y le indicó que lo acompañara al despacho. Perfecto. Ya que las cosas habían llegado a ese punto, no se detendría hasta el final.

Se sentó a la mesa y echó un vistazo a la oficina, que estaba extremadamente limpia y la habían diseñado con gusto. Sintió que la tensión se le disparaba. El director lo hizo esperar a propósito y solo cuando la empleada trajo algo de beber se sentó frente a él, al otro lado de la mesa, y lo examinó con una actitud evaluadora.

—¿A qué unidad pertenece?

—Formo parte del equipo de delitos intelectuales de la comisaría de Yongsan.

Kwak sacó rápidamente su identificación, pero el director, sin ni siquiera echarle un vistazo, levantó el teléfono y marcó un número. El espía tragó saliva. Después de hablar un momento con alguien al otro lado de la línea, el director volvió a preguntarle su nombre. Oh, no. No tuvo más opción que repetirle el nombre falso de su identificación. Sentía que le caía sudor frío por la frente. El director miró a Kwak con los ojos entornados mientras le deletreaba el nombre falso a su interlocutor.

Un momento después, el hombre colgó y le dedicó una sonrisa.

—Resulta que en el equipo de delitos intelectuales de Yongsan no hay nadie con ese nombre.

—Debe haber un error. De nuevo...

—¿No será que el que está cometiendo un delito intelectual es usted?

El director se reclinó hacia atrás en su silla y miró a Kwak con una actitud relajada. Había venido para investigar, pero en apenas un instante había perdido el control y ahora lo estaban interrogando a él. Parecía que se había cruzado con la persona equivocada y todo lo que le esperaba era una gran humillación. ¿Y ahora qué?

Enfrentado a la actitud desdeñosa del director, que parecía decirle «te he pillado», Kwak consiguió reunir algo de valor y optó por emplear el descaro que se adquiere naturalmente con la edad.

–Soy un policía retirado. Se trata de un asunto muy urgente, por eso he recurrido al engaño. Espero que lo entienda.

–Urgente o no, lo cierto es que le he desenmascarado. Explíquese.

–El hombre con el que usted acaba de reunirse... es mi sobrino. Di con él después de que llevara un tiempo desaparecido... Resulta que está evitando hablarme sobre su pasado. Así que he intentado descubrirlo por otros medios... y aquí estoy.

El director evaluó las palabras de Kwak como si tuviera un detector de mentiras incorporado, moviendo levemente la cabeza. Se humedeció los labios y miró al espía con una de sus miradas intensas.

–Escúcheme, hay veces que los pacientes que vienen a consulta cambian su versión de los hechos. Así que le diré que todo en esta sala está siendo grabado. Ya tengo pruebas de que ha estado haciéndose pasar por policía. Así que ¿qué le parece si deja de mentirme a la cara y habla con franqueza? Es su última oportunidad.

El director comenzó a hablarle de manera despectiva tan pronto como descubrió las distintas capas de las mentiras de Kwak. Se había topado con un canalla obstinado y despreciable que actuaba como si pudiera devorarlo de un bocado. Kwak, que ahora era poco más que una rana ante una serpiente, se dio cuenta de que la única salida que tenía era la rendición rápida. Así que reveló que era detective privado y que estaba investigando al hombre en cuestión por encargo de un cliente. Incluso bajó la cabeza lo suficiente como para mostrar su calvicie y añadió palabras de disculpa.

No estaba claro en qué punto el director aceptó la explicación, pero su expresión se volvió serena, mientras que la cara de Kwak era puro remordimiento. Con la generosidad de un juez magnánimo, le dijo:

—Vaya, así que todavía existen los detectives privados. ¿Y qué ha descubierto?

—Pues... no mucho hasta ahora. Solo que entabló amistad con algunos indigentes en la estación de Seúl y que vino a este hospital.

—Vamos, que es un incompetente. Entonces no me servirá de nada... Si me fuera útil, todavía...

Kwak sabía que el director lo estaba exprimiendo, pero no tenía otra opción más que ceder.

—Ah, el objetivo actual trabaja en una tienda veinticuatro horas. En el Cheongpa-dong, en el turno de noche. Por el día merodea por la zona de la estación de Seúl y Yongsan. En resumen, es alguien que está un poco desequilibrado.

—Que trabaja toda la noche en una tienda veinticuatro horas, ¿eh? —dijo y se rio a carcajadas.

Kwak se fijó en cómo por primera vez aquel hombre, que parecía estar blindado en todos los aspectos, mostraba su verdadero yo. Tal vez si aprovechaba esa fisura podría evitar la vergüenza y también tener una oportunidad de contraatacar. El director, que hasta ese momento había soltado una risa fugaz, de repente dejó de reír y miró a Kwak.

—Es divertido que sea una tienda, pero... sería incómodo encargarse de... Oiga, ¿en la agencia esa suya también se... encarga... de personas?

—¿Encargarme? No entiendo a qué se refiere...

—Veo que no. Entonces, averigüe dónde vive. Y también los lugares a los que suele ir y dónde pasa el tiempo solo. Le recompensaré.

—¿Con qué me recompensará exactamente...?

—No le denunciaré.

—G-gracias.

El director asintió con la cabeza y le pidió a Kwak que le pasara el móvil. Cuando Kwak le entregó su antiguo teléfono plegable, el hombre lo abrió y marcó un número. Un momento después, se escuchó una vibración proveniente de algún lugar del cajón del escritorio y el director sacó lo que parecía ser un teléfono desechable. Lo revisó.

—Llámeme en tres días. Más le vale no desaparecer. Podrá quedarse tranquilo cuando lo de ese tipo esté resuelto.

Kwak se levantó con los labios temblorosos y respondió que lo entendía. Después se despidió y se dirigió hacia la puerta. Quería salir de ese lugar lo más rápido posible. Se sintió estúpido por haber mostrado bravuconería sin saber que se había metido en la boca del lobo.

Justo cuando estaba a punto de salir del despacho, la voz del director lo detuvo en seco:

—Espere un momento.

Kwak se giró, intentando mantener la compostura en su expresión.

–¿Quién le ha contratado para averiguar la identidad de ese hombre? –preguntó.

–Eh... Eso sería revelar información confidencial sobre mi cliente... así que me temo que no puedo decírselo.

Kwak se esforzó por calmarse y mostrar profesionalidad. Tenía que defender la poca dignidad que le quedaba. El director volvió a soltar una risa sarcástica mientras le lanzaba una mirada burlona.

–Sea quien sea, si quiere que ese tipo desaparezca, pronto se hará realidad, así que no se preocupe. Usted a sus cosas. Cuando nos deje, simplemente dígale a su cliente que se ha encargado de él y pídale el resto del pago.

Salió de la clínica, caminó sin rumbo y pronto Kwak se encontró ante el puente Dongho. Subió las escaleras y comenzó a cruzar el puente. Un viento cortante le azotaba el rostro y observó que la distancia del río, de sur a norte, parecía interminable. Kwak se detuvo un momento. Las aguas oscuras fluían lentas, como el inmutable paso del tiempo. De repente, se le pasó por la cabeza unirse a ese flujo. ¿Debería saltar? El mundo seguiría igual sin él, que era un incompetente y un inútil. En la clínica había vislumbrado el desprecio y la humillación que le esperaban, se le habían aparecido como el tráiler de una película. Sacó su identificación de la cartera. Aunque el carnet falso mostraba la cara de un policía en la flor de la vida, con apenas cuarenta años, ahora no era más que una mentira patética y forzada.

Arrojó la identificación al río Han en lugar de su propio cuerpo y se alejó de allí apurando el paso.

Subió hacia el norte del río y entró en calor en la gran librería de Jongno antes de dirigirse a la cita que tenía aquella tarde. Kwak se encontró con su viejo amigo Hwang en un restaurante de costillas cerca del mercado Nakwon, donde compartieron *soju* en silencio. Hwang, que trabajaba como portero en un bloque de apartamentos y tenía un día libre por cada jornada laboral, instó a un deprimido Kwak a que dejara su trabajo en la agencia de detectives y lo imitara. Aunque a veces tenía que aguantar a gente insoportable, Hwang argumentó que no había otro trabajo más apropiado para alguien que se hacía mayor.

Kwak casi se dejó convencer.

Sin embargo, después de tres botellas de *soju*, las quejas embriagadas de Hwang comenzaron a arruinar incluso el sabor de la carne.

—Joder. Ya mismo me voy. Tengo que dormir, empiezo a trabajar al amanecer, a la luz de las estrellas... Últimamente, el alcohol no me sienta bien... Mierda... Me tengo que ir a la cama pronto... Trabajo un día sí y un día no... Esto no es vida para un viejo.

—Si te ves mal, cógete una excedencia.

—Al menos con esto llevo a casa un millón y medio al mes... Si no traigo dinero, mi mujer no me dará ni de comer. Cuando era joven y ganaba bien, todo eran atenciones... pero ahora me trata peor que a un perro. A veces pienso en divorciarme, aunque mi mujer y yo seamos ya viejos. Tú lo hiciste y mírate.

—¿Así que te parezco feliz? ¿Estando solo?

—A ver, a ver... amigo. ¿Es esto lo que nos merecemos por envejecer? Hemos levantado este país, nos hemos dejado los riñones... y ahora parece que sobramos. Nuestros hijos no nos llaman ni una vez y el mundo nos tira a la basura, ¿no lo ves?

—Anda ya.

—Oye, ¿sabes qué hace un portero? Una de nuestras tareas es organizar la basura. Con toda esa comida descomponiéndose siento que se me pudre la nariz... Y también tengo que limpiar los contenedores, claro. Una guarrada. Pero eso no es todo. ¿Sabes la diferencia entre los productos reciclables y los residuos? ¿No? Pues hay quien insiste en meter los residuos en los cubos de reciclaje. Y cuando les pido que pongan la etiqueta de «residuo» a las bolsas antes de tirarlas, me miran como si yo fuera el desecho, como diciendo: «¿Quién se cree que es, porterucho, para decirme lo que tengo que hacer?». En esos momentos, me dan ganas de meterlos a ellos en el contenedor, joder.

Los decibelios alcohólicos en la voz de Hwang aumentaron y estaba empezando a atraer la mirada de los clientes de las mesas cercanas. Su balbuceo parecía demostrar que él mismo se consideraba un desecho. Kwak le sirvió más *soju* con la intención de apaciguarlo. Hwang vació el vaso y comenzó de nuevo a hablar a viva voz sobre su familia y los problemas del mundo. ¿Por qué tenía que gritar tanto?

Incapaz de soportarlo más, Kwak apoyó la mano en el hombro de su amigo y apretó con fuerza. Hwang dejó de hablar y lo miró.

—¿Decías que tu familia te odia?

—Así es... Me excluyen... de todo.

—Me sabe mal, pero si yo fuera tu hijo, haría lo mismo. ¿Quién te va a soportar si hablas así todo el tiempo?

—Mira este. Entonces, ¿no puedo ni abrir la boca?

Tras echar una mirada a Hwang, que fruncía el ceño en protesta, Kwak suspiró brevemente y le respondió:

—¿De qué estás hablando? ¿Qué sabes tú de la vida para andar cacareando así, sin ton ni son? ¿Sabes lo que estudian los jóvenes de hoy en día? ¿Qué estudiaste tú? ¿Qué libros has leído?

—¡Oye! He pasado por muchas cosas en estos años, ¿qué tiene de especial tanto estudio? ¡De verdad, no entiendo por qué defiendes a los jóvenes! ¿Te han dicho algo tus hijos? ¿De parte de quién estás?

—¿Yo? De la parte tranquila, de la que guarda silencio. Escúchame, hombre: los viejos como nosotros, sin dinero ni poder, no tenemos derecho a hablar. ¿Sabes por qué el éxito se valora? Porque te da derecho a hablar. Mira a los viejos con pasta: incluso después de los setenta participan en política, dirigen empresas, ¡todo! Y cuando abren la boca, los chavales son todo oídos. Sus hijos también les son leales. Pero nosotros no somos así. Hemos fracasado. ¡Así que qué narices vamos a decir!

—Joder... Vale, lo admito. Hemos fracasado, somos unos inútiles... Pero ¿y si los fracasados nos unimos? ¡Vayamos a Gwanghwamun* todos juntos! ¡Lo que no puede ser es

---

* Plaza frente a la puerta del palacio de Gyeongbokgung, donde, desde 2016, se manifiestan regularmente grupos conservadores, cristianos y de jubilados. (N. de la T.)

que te deprimas solo porque te has divorciado! ¿Qué tal si este fin de semana tú y yo vamos a Gwanghwamun y gritamos a pleno pulmón? ¿Qué te parece?

A Kwak le dio vergüenza ajena su amigo y, por extensión, se avergonzó de sí mismo. Se levantó de la silla, cogió la mascarilla que Hwang había dejado a un lado y se la colocó bruscamente en la boca al hombre, que lo miraba desde abajo. Era un gesto que decía: «Cállate ya. Y cuídate de no pillar COVID en Gwanghwamun».

Después de pagar, mientras se alejaba, oyó a Hwang maldecir. Su círculo de amigos, ya de por sí pequeño, se acababa de reducir un poco más.

Bien por el desagradable encuentro con Hwang en el bar, bien por la humillación que había sufrido a manos del director de la clínica de cirugía estética, Kwak no podía volver a casa así como así. Bueno, a esa habitación fría y desolada. No era una casa donde las luces brillaran desde el exterior ni donde pudiera sentir el calor y el murmullo de las conversaciones con apenas mirar. Parecía más un refugio para solteros que no difería mucho de su futura tumba. No quería regresar a ese lugar, pero no tenía adónde ir y hacía demasiado frío. Caminó y caminó por las calles de Seúl, reflexionando sobre en qué punto exactamente su vida había empezado a hundirse.

Kwak había aceptado aquel soborno porque lo necesitaba, su hija estudiaba educación física y su hijo quería ir a una escuela superior de música. La tentación que se presentó entonces le pareció caída del cielo. Aceptó un soborno disfrazado de honorarios y con ese dinero le compró un instrumento a su hijo y le pagó las clases. El

precio del desliz fue un infierno. Aunque se había dejado sobornar por el bien de su familia, al final perdió el
trabajo y tuvo que enfrentarse a una vida de deshonra.
Después de establecerse como detective y trabajar en
los límites de la legalidad, Kwak se dio cuenta de que su
esposa y sus hijos se sentían incómodos y mantenían
las distancias con él. Maldición. ¿Quién quiere hacer un
trabajo así por elección? Accedió porque necesitaba el
dinero. A pesar de enfrentarse a toda clase de dificultades y penurias en ese trabajo tan duro, su astucia había
logrado mantener a la familia. Incluso había conseguido
que sus hijos se graduaran en la universidad.

Pero ahora sus habilidades estaban bajo mínimos. No
tenía la pericia para competir con los investigadores privados modernos, que sí eran detectives de pleno derecho. Al no poder llevar dinero a casa, su autoridad como
cabeza de familia decayó. Finalmente, su esposa le pidió
el divorcio. Una vez que sus hijos se hicieron mayores
y se convirtieron en miembros de la sociedad, se inde-
pendizaron y solo le llamaban de vez en cuando. Habían
estado esperando el momento adecuado para alejarse.

No tenía nada que alegar. En aquel momento no lo
había entendido del todo, pero con el tiempo había llegado a comprenderlo. Durante los dos últimos años, años
de soledad, había llegado a cubrirse las espaldas incluso
sin necesitar un espejo. Kwak se había dado cuenta de
que no sabía hacer nada por sí solo. Todo lo que sabía
hacer era ganar dinero; en cuanto a cocinar, a duras penas ponía a hervir un paquete de fideos instantáneos, y
ni hablar de lavadoras. Dialogar con sus hijos también

era increíblemente agotador. Y a su esposa mejor dejarla aparte. Nunca le había puesto la mano encima, pero le gritaba y regañaba a todas horas. ¿Acaso sus hijos no habían crecido viendo eso? Al final, su aislamiento no era sino un producto de su propia creación.

Después de haber perdido a la familia y haber asumido la responsabilidad, Kwak finalmente encontró consuelo en la mascarilla que le cubría la boca. Debería haberla usado hacía mucho tiempo. Cada vez que recordaba las palabras violentas que había escupido a su familia, no podía evitar repetirse que estaba cosechando lo que había sembrado.

El alcohol estaba desapareciendo de su cuerpo de tanto frío que hacía. Después de pasar por delante del ayuntamiento y Namdaemun, llegó a la estación de Seúl. Varios indigentes entraron en su campo de visión. Casi como por acto reflejo, se dirigió hacia el Cheongpa-dong. Aunque su intención era tomar un bus desde la estación para volver al Wonhyo-ro, decidió hacer una parada en el barrio. Quería volver al punto de partida para encontrarse con ese objetivo que hasta el momento no había sido más que un osito de peluche sin voz. Quería quitarse la mascarilla y ejercer su derecho inexistente a expresarse. Quería decirle que lo había seguido a pesar del frío. Quería preguntarle por qué estaba vagando por la ciudad y si era por la misma razón que él. Y, sobre todo, quería saber quién era realmente.

De pie, frente a la tienda, Kwak dudó un momento. El objetivo, que estaba tras el mostrador, conversaba con una anciana. No era una simple clienta, no llevaba encima productos que pagar. La anciana señaló algo y Dokgo movió unos envases. Tenía que ser la dueña. Se sintió aún más reacio a entrar, dado que esa señora debía ser la madre de quien le había hecho el encargo.

Mientras consideraba si irse o no, el sonido de la campanilla resonó y la jefa salió por la puerta. Se despidió del objetivo con la mano y una sonrisa, y siguió su camino. La anciana parecía tener una edad cercana a la suya. Sin embargo, si era la madre de Kang, tenía que superar los setenta años. Observó su amable expresión y pensó en cuánta preocupación debía de sentir por el hijo. Con eso en mente, se acercó a la tienda y abrió la puerta.

—Bienvenido.

Saludó a Dokgo a destiempo y se dirigió al refrigerador sin hacer contacto visual con él. Si era invierno, ¿por qué sentía ardor en la garganta? Seguramente debido a sus numerosos pensamientos inútiles. Con el deseo de apagar tanto la mente como la sed, tomó al azar algunas cervezas de medio litro y se acercó a la caja.

—Señor, si en vez de estas... coge estas otras... serían cuatro por diez mil wones.

—Ah, ¿sí?

—Sí. Ahora mismo serían trece mil setecientos wones... Ahorraría tres mil setecientos, por tanto.

—Humm... Entiendo.

Kwak obedeció. Hizo el cambio y, tras rechazar la bolsa de plástico, pagó las cervezas. Se metió dos en los bolsillos del abrigo y salió de la tienda con otras dos en la mano para sentarse en la mesa de fuera. Al sentir el tacto frío de la lata verde y dar el primer sorbo, experimentó un refrescante alivio en su interior, seguido por un eructo espontáneo.

En ese momento, la puerta de la tienda se abrió y el objetivo salió con algo. Lo colocó al lado de Kwak y lo encendió. Para su sorpresa, era un calefactor. El calor le llegó rápidamente, haciendo que pareciera que había alguien sentado a su lado. Kwak intentó hacer contacto visual con Dokgo, pero ya había regresado al local. ¿Qué tipo de servicio era ese?

Parecía un hombre amable. El objetivo, que no conocía la identidad de Kwak, lo había atendido con amabilidad como hacía con los demás clientes. Le había ayudado a ahorrar dinero y se había asegurado de que estuviera cómodo bebiendo en el gélido exterior. Se sintió agradecido por aquella inesperada hospitalidad y le desapareció cualquier impulso de hablar con él. Kwak disfrutó a solas de su cerveza. Cuando se acabó dos latas, no solo sus riñones habían entrado en calor, sino también su interior.

Entonces, de nuevo, sonó un tintineo, se abrió la puerta y el objetivo se acercó y se sentó a su lado. Sostenía en las manos unas cosas cilíndricas que parecían perritos calientes. Extendió uno hacia Kwak y dijo:

—Señor, mire, perritos calientes empanados... Están muy buenos... Los he calentado en el microondas. ¿Quiere que los compartamos?

El espía miró el perrito fingiendo indiferencia. Al observarlo más de cerca, se percató de que era una salchicha grande, y tal vez porque acababa de salir del microondas, el vapor que soltaba le hacía salivar. Pero no podía evitar preguntarse por qué se lo estaba ofreciendo, si es que conocía su identidad o si tenía segundas intenciones...

–¿Por qué me da esto?

–Beber con el estómago vacío... no es bueno. Hace frío... seguro que le sienta bien. Y... está a punto de caducar. Habrá que tirarlo pronto... Todavía está bien, no se preocupe.

El objetivo extendió la mano con timidez. Ahora que sabía que lo desecharían pronto, la expresión de Kwak se relajó. Aceptó el perrito y lo mordió. La salchicha caliente estimuló sus papilas gustativas. Miró a Dokgo mientras masticaba, sin decir una palabra. Él, a su vez, comía con una sonrisa de satisfacción.

–Está *guico*, ¿verdad?

El objetivo tenía la boca llena y no pronunciaba bien.

¿Que si estaba rico? Kwak asintió y tragó rápido el último bocado.

Después de abrir otra cerveza y tomar un largo trago... comenzó a llorar. Un llanto inesperado lo sacudió y los hombros empezaron a temblarle. Dokgo se acercó más, le puso la mano en el brazo y le preguntó, esta vez con una pronunciación clara, si estaba bien. Kwak se secó las lágrimas con la manga y lo miró.

–Estoy bien. Pero tenga cuidado. Alguien le está vigilando.

Kwak habló con precaución, como un espía que transmite un mensaje encriptado. Sin embargo, el objetivo ladeó la cabeza. No entendía lo que le estaba diciendo.

—Hoy ha ido a una clínica de cirugía estética en el Apgujeong-dong, ¿verdad?

La expresión de Dokgo cambió. Las pupilas de sus pequeños ojos se agrandaron. Alterado, miró directamente a Kwak y le preguntó cómo sabía eso. Era una sensación fría, parecida a cuando Kwak, durante sus días de policía, estaba bajo el mando de un fiscal de mirada punzante. El detective decidió contarle todo. Le explicó que lo había contratado el hijo de la dueña de la tienda, que había estado siguiéndolo durante tres días, que lo había visto con unos sintecho en la estación de Seúl, que había ido a la clínica de cirugía estética y que el director tenía intenciones de matarlo. Todo.

—Me preguntó dónde vivías. La verdad es que lo sé, pero no se lo dije. De todos modos, no sé qué clase de relación tenéis, pero parecía claro que quería eliminarte.

Después de escuchar en silencio la historia de Kwak, el objetivo sonrió. Esa sonrisa se convirtió enseguida en una carcajada, que resonó con fuerza. Reía sin parar y Kwak comenzó a sentirse incómodo, preguntándose si se estaba burlando de él. Finalmente, Dokgo se calmó y miró al espía a los ojos.

—Señor, gracias por... decírmelo... pero no se preocupe.

Su expresión pícara quería transmitirle que no había peligro. Seguía masticando con gusto su perrito empanado. Después de haberle contado todo, un aire de desilusión envolvió a Kwak, que se terminó la cerveza.

—Pero ¿por qué... el hijo de la dueña me quería... investigar?

—Desde que llegó, las ventas han aumentado. Dice que la tienda tiene que ir mal para que su madre decida cerrarla.

—Pues vaya.

—¿Qué?

—Fíjese... No ha habido un solo cliente en los últimos... treinta minutos. El negocio no va bien, pero, aun así, la dueña... no venderá el negocio. Esté yo... o no.

—¿Y eso por qué?

—Ella no hace esto para ganar... dinero. Puede vivir cómodamente con su pensión de... maestra. Con que se cubra el s-sueldo de los empleados, le es suficiente.

—Ya, pero es que su hijo sí quiere ganar dinero...

Kwak, sin darse cuenta, dejó que se le apagase la voz al final de la frase. Sentía una honestidad inquebrantable tanto en la dignidad de la señora que había visto antes como en la resolución de la persona que tenía enfrente. Durante sus más de cuarenta años en la Policía y como detective privado, había sido testigo de innumerables mentiras, por lo que sabía reconocer la verdad genuina en cuanto se cruzaba con ella.

—Dígaselo al hijo de la dueña... Que su madre nunca venderá la tienda. Pero, oiga, si descubre mi verdadera identidad y contribuye a echarme, ¿lo recompensará? En ese caso, dígale que me asustó y que me he marchado y así podrá cobrar.

—¿Qué... está insinuando?

—Que lo voy a dejar... de todas formas.

El objetivo estiró la comisura de los labios y señaló la puerta de cristal de la tienda.

LA ASOMBROSA TIENDA DE LA SEÑORA YEOM

Allí había un anuncio que decía SE BUSCA EMPLEADO PARA TURNO DE NOCHE. ¡Vaya! Un hombre que se jactaba de su agudeza visual no había sido capaz de detectar una pista tan evidente justo delante de sus narices. Kwak sintió que por fin había llegado el momento de jubilarse.

Se levantó y se dirigió a la entrada para leer el anuncio. De diez de la noche a ocho de la mañana, un total de diez horas, y la tarifa era de nueve mil wones por hora, unos quinientos por encima del salario mínimo. «¿Será por la nocturnidad? No está nada mal», pensó mientras volvía a la mesa. Se sentó y miró al objetivo, que estaba bebiendo tranquilamente té de seda de maíz. Al leer la expresión de Kwak, sonrió y dijo:

—Ah, dejé el alcohol... Esto tiene un sabor profundo que me gusta.

—Pero, si renuncia, ¿adónde piensa ir? Solo parece moverse entre su habitación y la tienda.

—Señor, r-realmente es todo un veterano. Ha seguido... cada uno de mis movimientos.

—Ya ve... Gracias a usted, me he dado varias vueltas con este frío.

—Humm... He dado... muchos paseos. Caminar es lo mejor cuando uno... tiene tantas cosas en la cabeza. He decidido... marcharme de Seúl. Lo he estado pensando mucho... y finalmente he reunido el coraje. Una vez que encuentre a alguien que pueda... hacerse cargo del trabajo en la tienda... me iré. ¿Responde eso a su pregunta?

Kwak asintió en silencio y esbozó una ligera sonrisa. Era una situación extraña. Estaba conversando con alguien con el que nunca debería haber establecido contacto y, lo más curioso, había obtenido de él la solución para resolver el encargo. Y se había preocupado por el futuro de Dokgo y había sentido un alivio inesperado al escuchar la respuesta.

Disfrutaba del cálido ambiente del lugar. El calefactor, que le hacía cosquillas en el costado; ese hombre enorme sentado frente a él y que le bloqueaba el viento; la tienda veinticuatro horas, cuya dueña no quería cerrarla por poco rentable que fuera porque pensaba en el bienestar de sus empleados...

–Entonces, ¿usted es un detective o algo así? –preguntó el objetivo, con ojos llenos de interés.

–Bueno, supongo que podría decirse que sí. La gente simplemente me llama Kwak.

–¿Aceptaría un encargo mío? ¿Podría ayudarme a... encontrar a alguien?

¿Y ahora qué? Era el segundo encargo del día que no se había visto venir. Al reconocer las dudas en el rostro de Kwak, Dokgo añadió con una mirada de confianza:

–Por supuesto... le pagaré. ¿Cuánto cuesta... el servicio?

–Se lo haré a un precio especial. Pero ¿a quién está buscando? Si sabe su nombre y su número de identidad, lo encontraré fácilmente.

–Sí, lo sé... –respondió el otro, serio.

Kwak asintió en señal de aceptación.

–Sin embargo... es alguien que ya ha... fallecido. ¿Sería posible?

–Por supuesto.

El dependiente esbozó una sonrisa radiante e infantil. Kwak se tomó un momento para recuperar el aliento y luego le preguntó:

–Oiga, sobre ese trabajo a tiempo parcial, ¿puede presentarse alguien tan mayor como yo?

Los ojos del objetivo brillaron mientras se inclinaba hacia el hombre.

–Claro que sí.

–Entonces, déjeme preguntarle una cosa más. ¿Alguien tan brusco como yo, quiero decir, alguien que nunca ha trabajado de cara al público, podría desempeñar un trabajo así?

–Señor, usted es... detective. ¿No es eso como el nivel dos del sector servicios? Es decir, habrá tratado con personas desagradables y turbias... y habrá tenido que adaptarse y trabajar con ellas. Aquí, salvo una señora GC que... ha llegado a pedir un reembolso de un helado porque le duele una muela, todos los clientes son como corderitos.

–¿Qué es una señora GC?

–GC es «grano en el culo». En c-cualquier caso, usted lo haría bien.

El objetivo, tal vez porque necesitaba que alguien lo reemplazara pronto, no dejó lugar a dudas sobre la aptitud de Kwak para el puesto. Este iba en serio. Levantó la lata de cerveza y se la acabó, tras lo cual miró fijamente al objetivo y dijo:

–Resolveré su asunto, dejaré el trabajo de detective y me cambiaré a esto de las tiendas... ¿Podría decirle a la dueña que quiero trabajar aquí?

–Claro. Usted prepare su currículum y una carta de... presentación. Cuanto antes, mejor.

Kwak asintió y abrió la lata de cerveza que le quedaba. Al verlo, Dokgo levantó la taza de té de maíz para acompañarlo. Justo después de brindar, tres jóvenes entraron en la tienda. El objetivo le lanzó una mirada de despedida y, tras ponerse la mascarilla, se dirigió al interior.

Kwak, en cuanto se terminó la cerveza, tomó una profunda bocanada de aire frío y volvió a ponerse el bozal.

8
ALWAYS

Puedes vivir sumido en un único pensamiento las veinticuatro horas del día durante semanas, por siempre, y
que ese único pensamiento esté plagado de dolorosos
recuerdos. Un cerebro empapado en dolor se torna cada
vez más pesado, y, si no puedes librarte de él, te sumer-
ges en un vasto y desolador vacío. Pronto, el cerebro se
convierte en un enorme lastre que te arrastra hacia un
abismo insondable. Y, al poco tiempo, te descubres res-
pirando de una manera distinta. Afirmas ser humano –a
pesar de que no usas la nariz, la boca o unas branquias–,
pero vives como un ser que, desde luego, no lo es. Inten-
tas olvidar esos recuerdos punzantes y en ese intento
hasta olvidas qué es el hambre. No paras de lavarte el
cerebro con alcohol y, al hacerlo, la existencia se evapora
y ya no eres siquiera capaz de decir quién eres.

Por aquel entonces, conocí al anciano. Había llegado a
la estación de Seúl con mis últimas fuerzas y el miedo me
había paralizado cuando estaba a punto de salir a la calle.
En ese momento, un anciano se preocupó por mí. Me preguntó cómo me llamaba y no pude responder. Cada vez

que intentaba recordar algo, me invadía un dolor de cabeza insoportable. El anciano me enseñó el comedor gratuito de Jongno y el refugio en los pasajes subterráneos de Euljiro. A mí, que solo iba y venía de los contenedores de basura y la cafetería de la estación. También me adiestró en cómo aprovechar al máximo los centros para personas sin hogar y comencé a pasarme por allí.

Si no hubiera sido por la ayuda de aquel anciano, de esa especie de mentor de indigentes, estaría muerto. Aunque había perdido la memoria, parecía que mis órganos todavía recordaban el pasado, pues empezaron a manifestarse diversas enfermedades cardiovasculares. Si no hubiera sido por él, que me llevó a un hospital donde me pusieron medicación, probablemente ahora estaría en el otro barrio. Claro que solía bajar las pastillas con *soju,* así que mi salud no es que mejorara mucho, pero al menos la muerte llegaría más lenta.

Bebí mucho con el anciano. Él era aún más adicto que yo y siempre parecía estar empapado en alcohol; debía de sentirse más protegido estando borracho. Afirmaba a menudo que un sintecho nunca debe pedir limosna, pero si se le acababa el *soju* siempre encontraba la manera de conseguir dinero. Nunca se mostró reacio a compartir esa valiosa bebida conmigo. Quizás porque necesitaba un guardaespaldas de gran tamaño, ya que el principal grupo de indigentes de la estación lo marginaba. O tal vez porque, como decían los rumores, había sido un alto ejecutivo de una gran empresa que había quebrado durante la crisis financiera del Fondo Monetario Internacional y necesitaba un asistente.

La cosa es que el anciano estaba siempre borracho y pasaba la mayor parte del día charlando conmigo. Lo que más hacíamos era ver la televisión en la estación y debatir sobre política, sociedad, economía, historia, entretenimiento y deportes. Comentábamos todo tipo de incidentes que aparecían en el canal veinticuatro horas e intercambiábamos opiniones y bromas al respecto. Así llegué a aprender muchas cosas durante poco más de un año, todas nuevas. Eran historias y emociones desordenadas y variadas de la gente. Sin darme cuenta, llegué a empatizar con esas historias. Lo único que el anciano y yo no compartimos fue el pasado de cada uno. Era una regla no escrita entre nosotros, algo que no podíamos compartir, aunque tampoco nos acordábamos, así que permaneció oculto.

Me había establecido en la estación de Seúl hacía dos años y había pasado un año y seis meses desde nuestro primer encuentro cuando, un día, él murió a mi lado, encogido. No pude hacer nada. ¿Debía hacerle el boca a boca? ¿Llamar a una ambulancia? Aquella madrugada, en cuanto sentí que se estaba yendo, apoyé la espalda contra la suya para darle calor y me repetí las últimas palabras que le había escuchado el día anterior.

«Dokgo». El anciano me había revelado que se llamaba Dokgo y me había pedido que lo recordara. Joder, no tenía energía para especificar si era su nombre o su apellido y yo tampoco había sentido el impulso de preguntarle. A la mañana siguiente, Dokgo había muerto; y yo, a modo de recuerdo, me convertí en Dokgo.

Durante los siguientes dos años, no salí de la estación de Seúl. No fui a Jongno ni a Euljiro, tampoco a los centros para personas sin hogar. Sentí que me había erigido como un indigente de verdad cuando fui capaz de hacerme con todo en los alrededores de la estación y la plaza. Para hacer valer el nombre de Dokgo, empecé a caminar a mi aire, a abrazar la soledad y a golpear a cualquiera que se me acercara. Cuando me cogían entre varios, no tenía más remedio que llevarme una paliza y buscar un sitio donde curarme. A menudo tenía arritmias, me costaba orinar y la cara se me hinchaba como un pan relleno, aunque no me resultaba especialmente doloroso, teniendo en cuenta que era parte del proceso de morir. Al principio, hice un esfuerzo por recuperar mis recuerdos, pero pronto me di cuenta de que era inútil. Como pasaba los días solo, empecé a olvidar cómo se habla, y, por ende, comencé a tartamudear. Sin embargo, esa situación parecía despertar más simpatía en la gente, lo que me facilitaba conseguir dinero para el alcohol. Ponía más énfasis en los temblores de la voz y repetía como un mantra: «Tengo... hambre... mucha... hambre...».

Un día tenía en la mira a dos indigentes de la pandilla del primer piso, porque me habían robado el alcohol unas jornadas atrás. Tenía la intención de darles un buen escarmiento. Si no lo hacía, me robarían de nuevo. En un lugar así, incluso si no tienes nada de valor, siempre debes estar preparado para evitar los hurtos.

Sin embargo, cuando me acerqué a ellos por detrás y me quedaban apenas dos pasos, se levantaron de repente. Mientras andaban y se reían, vislumbré un estuche rosa en la mano de uno de ellos. ¡Ajá! Dos pájaros de un tiro. Corrí y me abalancé.

Después de darles una buena paliza, me hice con aquel estuche. Volví a mi refugio y, con una sensación de satisfacción, lo abrí, pero dentro no solo había una cartera y un monedero, sino también una libreta de ahorros, un documento de identidad, una agenda y hasta un dispositivo de seguridad bancaria... Estaba lleno de cosas importantes y eso era peligroso, porque, si no tenía cuidado, podía acabar en comisaría. Cada vez me dolía más la cabeza, así que me acurruqué con el estuche y me dormí. Aunque tenía hambre, hacía mucho que el deseo de dormir había superado el apetito.

Enseguida me desperté. El rostro de la persona que había perdido el estuche se me vino a la mente. Por la foto y la edad que aparecían en el documento de identidad, se trataba de una señora mayor, una de apariencia bondadosa. Volví a abrir el estuche y examiné la agenda. En la última página había información personal, un número de teléfono y un mensaje escrito: «Si encuentra esta agenda, por favor, contácteme. Le ofreceré una recompensa».

Aquella formalidad hizo que por un momento me sintiera de nuevo una persona y, sin darme cuenta, me levanté. Fui a una cabina y llamé usando una moneda del monedero. Enseguida escuché la voz agitada de una mujer mayor. Me dijo que regresaría a la estación de Seúl.

Esa fue la primera vez que vi a la señora Yeom.

Ahora trabajo en una tiendecita del Cheongpa-dong que se llama ALWAYS. Llevo bastante tiempo guareciéndome por las noches en este local. A veces ni yo mismo entiendo cómo he acabado aquí. La ventaja evidente es que puedo olvidarme del frío del invierno y no siento el hambre constante de un estómago vacío. La desventaja es que ya no puedo beber, aunque estoy aguantando. Después de aceptar la propuesta de la señora Yeom, dejé el alcohol y comencé a trabajar en la tienda, probablemente movido por el último instinto de supervivencia que quedaba en mí. Igual que una gata embarazada entra en la casa de alguien para dar a luz a sus crías, al parecer yo también tenía una razón final para vivir, que me hizo lidiar con la adicción y buscar este refugio.

Como estaba sobrio y comía y dormía mejor, mi estado físico mejoró considerablemente. Cuando me relajaba y me tumbaba en mi pequeña habitación por el día, sentía que estaba en una sala de rehabilitación, y, cuando me levantaba para trabajar por la noche, incluso mis dolencias parecían haber desaparecido. Me sentía revitalizado. En la balanza entre la vida y la muerte, siempre me había inclinado hacia la segunda, pero ahora estaba moviéndome para encontrar el punto medio, el equilibrio. Para mi sorpresa, sentía que la sangre también comenzaba a fluirme hacia el cerebro. Cada vez que respondía las preguntas de mis colegas, la velocidad de mis pensamientos se aceleraba, y mi torpe manera de hablar al atender a los clientes también comenzó a mejorar poco a poco. En pocas palabras, era más persona y sentía como si hubieran instalado un calefactor en un cerebro criogenizado. El muro de hielo entre mis recuerdos y la realidad comenzó a derretirse y lentamente empecé a vislumbrar masas que se asemejaban a mamuts atrapados en glaciares. Los cadáveres de mis recuerdos se levantaban como zombis y me atacaban. A pesar de que me desgarraban por dentro, me esforcé en reconocer sus rostros y eso, a su manera, se me hacía más soportable.

A medida que me familiarizaba con el trabajo en la tienda, los recuerdos se volvían más vívidos. Una mañana temprano entró una mujer junto con su joven hija y sentí que el aire cambiaba por un momento. Trataban los estantes como si fueran una galería de arte: examinaban los productos y compartían sus preferencias. La voz de la madre queriendo saber qué le apetecía a su hija y la de la hija expresando a su madre lo que se le había antojado eran entrañables, sonidos dulces y familiares que golpeaban en mis recuerdos. Cuando, satisfechas, colocaron algunas golosinas en el mostrador para que se las cobrara, no fui capaz de levantar la cabeza. Sentí que, si hacía contacto visual con ellas, todos los tendones de mis piernas se cercenarían al instante.

Cuando terminaron de pagar y se estaban yendo, logré echar un vistazo a sus espaldas. Fue entonces cuando me di cuenta de que tenía una esposa y una hija. ¿Acaso grité en ese momento el nombre de mi hija? La madre y la chica giraron la cabeza para mirarme y al ver sus rostros ya no tuve el valor de adentrarme más en mis recuerdos.

Volví a guardar silencio. Pasé la noche en la tienda sin hablar y durante el día eché las cortinas de mi habitación y la convertí en una garita oscura. Una vez que el hambre se calmó, frené el mono bebiendo té de seda de maíz. ¿Por qué ese té? Porque cuando buscaba algo para reemplazar el alcohol estaba de oferta, había un dos por uno. No sé si sería placebo, pero me calmaba la sed y podía contener el deseo de beber. Un poco por lo menos.

Al cabo de un mes, después de descontar el millón de wones que me había adelantado la jefa, todavía podía ahorrar unos ochocientos mil. El salario del trabajo nocturno en la tienda superaba con creces lo que ganaba mendigando. Como no tenía en qué gastarlos, doblé los billetes y los guardé en el bolsillo de la chaqueta, y allí se quedaron. La jefa me instó a renovar mi documento de identidad caducado y a abrir una cuenta bancaria y solicitar una tarjeta, pero me daba pereza y lo fui posponiendo. El primer día tuve que ir a la comisaría por haber defendido a la jefa de unos gamberros que la habían atacado en la tienda. A raíz de eso, descubrieron mi verdadero nombre y mi número de identidad. Por fortuna, no tenía antecedentes penales. Según salí de comisaría, abandoné de nuevo mi verdadero nombre.

Si me hacía un nuevo documento de identidad, tendría que vivir, y estaba seguro de que, si vivía, sufriría de nuevo. No tenía el coraje suficiente para enfrentarme al pasado que me sugerían mis vagos recuerdos. ¿Qué razón había para revivir un trauma tan insoportable que había quemado el fusible de mi memoria?

En ese momento, lo único que buscaba era superar el invierno. Tenía tanto miedo al frío desde que había muerto aquel anciano solitario y sentía tantas veces su espalda rígida y helada que había ido en busca de un lugar un poco más cálido. ¿Y no era la tienda el sitio indicado? Allí intentaría pasar el invierno de la manera más cómoda posible y reuniría mis últimas fuerzas. Cuando llegara la primavera, dejaría atrás incluso el nombre de Dokgo y me convertiría en alguien anónimo que vuela hacia el cielo. Decidí que me lanzaría desde uno de los puentes del gran río que atravesaba la ciudad, si es que aún me quedaban fuerzas. Me prometí que durante el invierno reuniría las fuerzas necesarias para dar ese salto.

Sin embargo, la imagen clara de mi esposa no desaparecía. Lo que había olvidado y confirmado en la comisaría, es decir, el hecho de que tenía una familia, una esposa y una hija, se volvía más vívido a medida que pasaba el tiempo. Ya recordaba cada rasgo y gesto de mi mujer. Era baja y tenía el pelo corto. Y era pura serenidad. Solía mostrarse considerada y reservada, y aceptaba con una sonrisa mi mal humor y mi prepotencia. Recordé el día que se enfadó. ¿Por qué? ¿Por qué me miraba con esos ojos llenos de desprecio? No decía mucho, lo que me enfurecía aún más. También recordé cómo me ignoraba mientras recogía sus cosas para irse.

El tintineo me despertó y me di cuenta de que me había quedado dormido en el mostrador de la tienda al amanecer. Mientras un cliente que se marchaba temprano a trabajar cogía unos artículos, yo bebía la infusión de seda de maíz que tenía al lado. Antes solía ahogar los fragmentos de memoria con borracheras y ahora tenía que evitar que emergieran a base de beber ese líquido clarucho.

Hacia fin de año, a mi compañera de la tienda, Si-hyeon, la ficharon para trabajar en otra tienda. Me sorprendió que reclutaran a alguien con un trabajo a tiempo parcial en una tienda veinticuatro horas, y me sorprendió aún más que me regalara una afeitadora diciendo que había sido gracias a mí. Aunque no entendía muy bien el motivo, acepté la máquina y me pasé la mano por la barba incipiente, que ya comenzaba a crecerme en el mentón. Si-hyeon insistió en que me afeitara bien y yo, a cambio, le deseé lo mejor.

Cuando dejó la tienda, aumentaron las tareas, que tuve que repartirme con otra compañera, Seon-suk. Ella aún me observaba como si no fuera un ser humano. En la calle había aprendido a entender al instante lo que expresan las miradas de la gente. Durante mis días en la estación de Seúl, las miradas de la mayoría de las personas eran una combinación de compasión y desdén, en una proporción de tres y siete, respectivamente. Había quien mostraba preocupación en sus ojos. Y, por increíble que parezca, otros me envidiaban, aunque quizás ellos mismos no se daban mucha cuenta.

Seon-suk me miraba en un noventa por ciento con desdén. Pero eso no me afectaba de ninguna manera en especial. De hecho, cada vez que hacíamos el cambio de turno, era ella la que parecía incómoda y cansada. También era ella quien me pedía que me marchara cuando estaba limpiando o preparando la mesa de fuera. Me decía que ya estaba bien, que me fuera a casa. No es que se me dé mal limpiar, el problema es que a ella no le gustaba verme trastear por allí. En cualquier caso, yo hacía las cosas a mi manera. Quería corresponder, aunque fuera un poco, a la jefa, que me había contratado y dado la oportunidad de dormir cómodamente durante el que sería mi último invierno.

La única persona que parecía apreciar mis esfuerzos era una anciana del vecindario de más de ochenta años. Solía caminar por allí toda encorvada y con un pañuelo enrollado en el cuello como si fuera una serpiente. Un día, mientras acicalaba la mesa de fuera, me preguntó por qué limpiaba todos los días en pleno invierno, si no había nadie. Le respondí que tenía que quitar las heces de las palomas. Por la expresión de satisfacción en su rostro, me di cuenta de que no le gustaban ni las palomas ni sus heces.

Al día siguiente, aquella anciana de pelo blanco regresó acompañada de otras señoras mayores, que arramblaron con los productos con descuentos exclusivos de la tienda y también trajeron a sus nietos para aprovechar las ofertas de tres por dos. Un día, en señal de agradecimiento, acompañé a la anciana primera a su casa para que no cargara ella unas botellas que había comprado. Por lo visto, habló de ese gesto en su club de la tercera edad y las otras señoras también comenzaron a pedirme que las ayudara a llevar sus compras a casa. Incluso hubo quienes me indicaban la dirección para que les entregara los productos más tarde. De todos modos, no tenía nada que hacer y necesitaba cansarme para poder dormir profundamente en la habitación, así que no había razón para negarme. Además, cuando acompañaba a las señoras o hacía esas entregas, a menudo me ofrecían pasteles de arroz, rosquillas o fruta. Para mí, eran como mis abuelas, mi madre y mis tías mayores. A través de ellas, lograba sentir el cálido aliento maternal que apenas recordaba y notaba cómo me subía la temperatura del cuerpo. Si tuviera que quejarme de algo, sería de la retahíla de preguntas que hacían, a pesar de que les costaba mantener quieta la dentadura. «¿Estás casado?», «¿Has tenido alguna relación?», «¿Quieres que te busque a alguien?», «¿Cuántos años tienes?», «¿Te gustaría conocer a mi sobrina?», «¿Qué hacías antes de que te contrataran en la tienda?», «¿Vas a la iglesia?», «¿Alguna vez has pensado en trabajar en un huerto en el campo?»... Alternaban preguntas genéricas y específicas con facilidad. No tuve más opción que responder, aunque, depende del caso, decía solo «No», «No tengo», «Estoy bien», «No es necesario». Después de contestar de esa manera las suficientes veces, la mayoría de las ancianas asumieron que había tenido muchos altibajos en la vida y no preguntaban más. Excepto la de pelo blanco. Ella me preguntaba cada vez que me veía, como si estuviera recitando las letras de una canción popular.

–¿A qué se dedicaba antes? Soy una simple vieja y no puedo ayudarle en nada, pero necesito saberlo. Es que no puedo con la curiosidad. ¿Cómo es que un joven tan guapo está aquí haciendo esto?

Señora, ni yo estaba seguro de qué hacía allí. Si no, se lo habría dicho sin problema. Quería corresponder a su amabilidad solventándole la curiosidad. Pensándolo bien, tal vez debería haberle preguntado yo a usted. Después de todo, ¿quién era en realidad?

Seon-suk siempre se quejaba de que las ancianas vinieran a la tienda por las mañanas, cuando había tanto jaleo, aunque compraran mucho. Pero, cuando aumentaron las ventas y la jefa aprobó las entregas a domicilio, dejó de decir nada al respecto. Después de todo, si se cerraba la tienda porque había pérdidas, ella se quedaría sin trabajo.

Al recibir el Año Nuevo, Seon-suk me pidió disculpas de repente. Dijo que lamentaba haberme malinterpretado durante el invierno y que intentaría hacerlo mejor en adelante. Yo le confesé que el pollo frito de la tienda que ella preparaba era el mejor. Entonces, Seon-suk comenzó a compartir sus quejas, pues le era más fácil comunicarse conmigo que con los hombres de su casa. En ese momento, al verle el semblante abatido, sentí una extraña conexión con ella. La idea de la falta de comunicación me resultó agobiante. ¿Había sido mi esposa? ¿Mi hija? Alguien me había dicho que era imposible hablar conmigo. Se desvaneció mostrando un rostro lleno de desilusión, como si no tuviera nada más que decir... ¿Habían sido ambas, mi esposa y mi hija? Aún no podía, por más que lo intentara, recordarlo todo.

Unos días después, Seon-suk llegó al trabajo y comenzó a llorar. Me apresuré a acercarme para consolarla, pero realmente no había mucho que pudiera hacer. Le

KIM HO-YEON

ofrecí el té de seda de maíz que suelo beber cuando intento evitar el alcohol. Dio un sorbo y pareció calmarse un poco; se tomó un momento para respirar. Luego, se desahogó conmigo sobre los problemas con su hijo. La relación entre Seon-suk y el chico se había fracturado seriamente y parecía que él estaba exhausto por haberse desviado del camino vital previsto. Y regresar a ese camino le sería complicado y tampoco es que fuera a garantizarle llegar a salvo al destino final. Así que no había nada que decir. En su lugar, me limité a escuchar en silencio lo que Seon-suk me contaba. ¿Cómo de frustrada estaba que necesitaba desahogarse conmigo?

Hay que ponerse en el lugar del otro. Eso solo llegué a comprenderlo después de haberme desviado del camino. Mi comunicación había sido en gran medida unidireccional. Había muchas personas que escuchaban lo que decía, mis emociones siempre eran la prioridad, y a quien no me prestaba atención lo rechazaba. Lo mismo debió de ocurrir con mi familia. Al llegar a ese punto, lo recordé. La persona que había dicho que era poco comunicativo había sido mi hija. Intenté acordarme de su cara mientras contenía las lágrimas, que amenazaban con caer. Mi esposa me había aceptado con las taras durante mucho tiempo. Creía que ella estaba de acuerdo con lo que decía, pero, en realidad, solo me estaba soportando.

Mi hija, en cambio, era diferente. No solo de mi esposa, sino también de mí. Así como Seon-suk se lamentaba preguntándose cómo su hijo, que había salido de su propio vientre, podía ser tan distinto a ella, yo había hecho lo propio al ver que mi hija y yo no teníamos nada que ver. Empezando por el género y la manera de pensar, pasando por la brecha generacional, tocando incluso las preferencias alimentarias. Mi hija ni siquiera comía carne y tampoco le interesaba mucho el estudio. Era vegetariana. Era de naturaleza delicada, y por ello, en una sociedad como la de Corea del Sur, que puede compararse con una jungla, había tenido que soportar mis reprimendas. Cuando era pequeña, si la regañaba, al menos fingía escuchar, pero en la adolescencia comenzó a rebelarse. Para mí era algo inaceptable, pero mi mujer se convirtió en su escudo protector. En aquel entonces, confundía la falta de comunicación con mi hija con aquella barrera entre nosotros que era mi esposa, pero ahora parece que lo entiendo. Fui yo quien provocó la distancia y también quien despreció los esfuerzos de mi mujer por facilitar las cosas. Traté a mi hija como una niña caprichosa y ella me lo devolvió invisibilizándome a sus ojos. Ese fue el comienzo. La disolución de la familia, la infelicidad... Todo fue resultado de mi desapego y arrogancia.

Con el paso del tiempo, después de perder los recuerdos en el dolor y finalmente volver a despertar en este mundo, aprendí a ponerme en el lugar del otro, a mirar con compasión y a entender cómo acercarme al corazón de la gente. Pero no quedaba nadie a mi alrededor y parecía que ya era demasiado tarde para comunicarme con alguien. Sin embargo, tenía que armarme de valor. Debía ayudar a Seon-suk, que estaba a punto de caer en el mismo abismo que el mío, mientras se secaba las lágrimas en la tienda. Había sentido ese dolor, me había sumergido en ese pesar, así que tenía que hacer algo. Fue entonces cuando recordé las palabras de Pomelo. Le ofrecí un *kimbap* y le aconsejé que le escribiera una carta. Y que escuchara, le dije que escuchara a su hijo como yo la había escuchado a ella. Asintió con la cabeza y sentí vergüenza. Vergüenza y tormento, pues yo no había sabido hacer nada de lo que predicaba.

Tras el Año Nuevo Lunar, la epidemia originada en China empeoró. Los casos de contagio en masa se dispararon y las mascarillas y geles hidroalcohólicos para manos se agotaron. La jefa nos dio a Seon-suk y a mí varias mascarillas para usar en el trabajo. Las tenía guardadas para cuando se agravara la contaminación, ya que sufría de los pulmones.

Mientras trabajaba en el turno de noche, llevaba puesta la mascarilla y no sentía ninguna molestia en particular al atender a los clientes. Después de cada cobro, apretaba con fuerza el bote de gel que teníamos a un lado del mostrador y me frotaba las manos. A pesar de que era una situación a la que no estaba acostumbrado, podía sentir cómo mis acciones se desplegaban con sorprendente naturalidad.

Al día siguiente, la jefa, enfatizando la necesidad de extremar las precauciones, nos repartió unos finos guantes de látex. En el momento de ponérmelos, fue como si un rayo centellease en mi mente. El tacto me trajo un recuerdo. Exprimí el gel hidroalcohólico sobre los guantes y me desinfecté vigorosamente. Incluso me llevé las manos a la cara para llenarme de ese olor particular.

Aunque había clientes, me aparté de la caja y corrí hacia el espejo del otro extremo de la tienda. Allí, me observé con la mascarilla puesta.

Era un reflejo de mi pasado. Así, con el cabello corto, las cejas en forma de «V» y los ojos pequeños, que parecían hacer juego con la mascarilla. El rostro oculto y el aroma alcohólico del desinfectante, la sensación familiar de los guantes de látex... La naturalidad de todo ello estaba despertando al yo anterior.

Era cirujano.

Incluso ahora, si me pusiera una bata blanca y tomara un bisturí, podría llevar a cabo cualquier operación. El olor del gel y el hedor metálico de la sangre parecían impregnarse en mi nariz, y el ruido del instrumental médico me envolvía el cuerpo como una música de fondo. Abrí la puerta de la tienda, que parecía un quirófano, y me precipité al exterior. Me quité la mascarilla e inhalé hondo el aire fresco. Tenía que respirar profunda y constantemente para no permitir que mis recuerdos se encogieran.

Atrapado en esta mente mía, pasé varios días desmontando y reconstruyendo vivencias. Parecía que todo el rato estaba haciéndome cosquillas en los pliegues del cerebro. Cuanto más me conocía, más surgían el dolor, el temor y la sensación de resiliencia. No entendía nada, pero era incapaz de detenerme.

Un día, un cliente que cogió cuatro latas de cerveza se jactó de ser el hijo de la dueña. Tenía la intención de irse sin pagar. Los ojos y la nariz, que guardaban un pareci-

KIM HO-YEON

do con los de la jefa, demostraban que no mentía, pero no podía permitir que se fuera como si nada. Era lo que se esperaba de mí como empleado y también quería demostrar que no había privilegios para alguien que, pese a no haber ayudado nunca en el negocio, pretendía sacar provecho. El joven, con las orejas enrojecidas de ira, desapareció farfullando y volvió una hora después. Se acercó a mí mientras colocaba los productos y me pegó el teléfono a la nariz. Desprendía un fuerte olor a alcohol. En la pantalla, había una foto de él sonriendo con la jefa. Entonces, me preguntó sobre la venta de cervezas *ale* y le respondí con la verdad. Haciendo caso omiso a mis palabras, agarró las cervezas y salió. En ese momento, su patética figura se superpuso con la de mi hermano.

Tenía un hermano, la personificación de la vergüenza. Ambos éramos inteligentes, pero, mientras yo usaba el intelecto para los estudios, él lo desperdiciaba en chanchullos y triquiñuelas. Se ganaba la vida engañando a los demás y, cuando entré a la facultad, empezó a despreciarme preguntándome cuánto podía ganar un médico. Luego desapareció por unos años y volvió a contactarme cuando, supuse, salió de prisión.

La última vez que lo vi fue cuando vino al hospital donde yo hacía la residencia. Exigió dinero casi como quien escupe una amenaza y le recordé que allí tenía bisturís, tijeras, venenos, todo tipo de herramientas para matar. Le espeté que un médico puede salvar vidas, pero también quitarlas, y que ver sangre era lo de menos para mí. Después de eso, desapareció. Igual que mis recuerdos con él.

Sin embargo, recuperé esas vivencias por culpa del hijo de la dueña. Cuando me vino a la mente la cara de mi hermano, esta echó raíces y provocó que emergieran las imágenes de los demás miembros de la familia. Nuestra madre, de la que tanto él como yo habíamos heredado la inteligencia, nos había abandonado pronto a nuestro inútil padre y a nosotros para irse de casa. Había dejado a sus dos hijos, que aún íbamos al colegio, a cargo de la abuela.

Mi padre trabajaba en la obra y era un hombre parco en palabras. A veces nos pegaba, otras compraba comida; en general, se trataba de alguien que sufría por no poder hacerse cargo ni de su propia vida. Cuando crecí y mostré aptitud para los estudios, al parecer albergó esperanzas, ya que me mandó a academias, no como a mi hermano, y me empezó a dar dinero para los gastos. Pero había heredado la sangre de mi madre, así que, una vez que ingresé en la facultad, me independicé, tal como había hecho ella. Me ganaba la vida dando clases particulares, estudiaba con tenacidad y me esforcé en olvidar esa casa donde aún quedaban mi padre y mi hermano.

Quería ser médico y también cambiar de aires. Quería conocer a una mujer de buena familia y formar mi propio hogar. Y creo que casi lo logré. Esos recuerdos comenzaron a atormentarme como una pesadilla y me vi indefenso, obligado a soñarlos.

La fiebre de las mascarillas estalló y la gente empezó a hacer cola para comprarlas en las farmacias. Desplegaron a un montón de profesionales médicos en Daegu, un foco de contagio. A pesar de que el mundo estaba patas arriba debido a la COVID, yo seguía inmerso en mis pensamientos, solo que ahora siempre con mascarilla. Algo estaba cambiando. El mundo y yo. En la televisión contaban las tristes historias de familias italianas que tenían que despedirse de sus seres queridos fallecidos por el coronavirus sin haber podido estar a su lado en los últimos momentos.

En mi mente también había una plaga, un único pensamiento, que me consumía. La pandemia, por su parte, me gritaba que era hora de elegir la vida real. Qué curioso, cuando la muerte se desata, la vida se revela. Tenía que ir en busca de esa vida, aunque me restara cada vez menos.

Recuperé mi identidad. Resucité el documento caducado que así la reflejaba y encontré los nombres de usuario y las contraseñas que había utilizado para buscar rastros en internet. ¿Había anticipado que sucedería todo esto? En la nube había registros que hablaban de mí, no, de mí y el incidente, todos meticulosamente organizados. Cuando me di cuenta de lo que significaban, actué como si tuviera un piloto automático. Hice lo que tenía que hacer.

Me reuní con la jefa. Ella escuchó en silencio las razones personales para dimitir y pareció comprenderme enseguida. Entendía bien que una tienda veinticuatro horas es un lugar de paso y que tanto clientes como empleados son simplemente viajeros de ese lugar. Una tienda es una estación de servicio para seres humanos que se detienen a recargar, ya sea bienes o dinero. Aquí no solo llené el tanque, sino que reparé completamente el coche. Y ya era hora de partir, de regresar al camino. Parecía que me estaba diciendo eso.

El hombre que me seguía debía de tener alrededor de sesenta años. Era la primera vez en mi vida que me seguían y también la primera vez que lo hacían de una manera tan torpe. Me percaté en cuanto entró en el mismo vagón de metro, se sentó en el asiento reservado para ancianos y discapacitados diagonalmente opuesto al mío y volvió la cabeza para evitar que lo mirara. Ya entonces observé su perfil. Para mi sorpresa, se parecía a mi padre. Su gran tamaño innecesario y esa expresión obstinada también me recordaban a él. Parecía tener la edad de mi padre la última vez que lo vi.

Comprendí rápido quién lo había enviado a seguirme. ¿Por qué el hombre que se parecía a mi hermano estaba haciendo aquella tontería? ¿Por qué buscaba revolver mi pasado inútilmente? No lo odiaba, pero me resultó exasperante. Incluso recordar a mi padre y a mi hermano ya no me irritaba. Me bajé en la parada de Apgujeong.

Cuando entré en el hospital, no había muchas caras que me sonaran. El director trataba a la gente como si fuera un residuo sanitario y el personal aguantaba allí poco tiempo. Al entrar en mi lugar de trabajo habitual, sentí cómo me insuflaba de energías del pasado. Respondí con autoridad a la empleada de recepción que me preguntó el motivo de la visita y me dirigí directamente al despacho del director.

Seguía igual. A pesar de que llevaba cuatro años sin verme, me preguntó sin tan siquiera parpadear si pen-

saba volver a trabajar. Cuando insinué que no trabajaría
en un hospital que tenía los días contados, me dijo que
parecía que había sufrido mucho y que, si quería seguir
arruinándome la vida, era libre de hacer elecciones tan
necias.

–Seguro que agradeciste que me marchara... pero ahora voy a contarlo todo sobre ti y este hospital, que quede claro.

–¿Por qué? ¿Crees que si denuncias te van a reducir
la pena?

–Para ti... las personas son objetos o basura... Si dan
dinero, objetos; si no, basura...

–Esto se te daba bien. Por eso te contraté, si mal no
recuerdo.

–Pero... las personas no son así. Las personas... están
conectadas. No puedes simplemente separarlas y dese-
charlas, no se hacen así las cosas.

En ese momento, el director esbozó una sonrisa vene-
nosa y se inclinó hacia delante, hacia mí.

–Te tomas todo muy en serio, así que yo también te
voy a hablar sin tapujos. La verdad es que te estuve buscando cuando desapareciste. Tengo amigos que son muy
buenos en eso, pero no pudieron encontrarte. No les pa-
gué la segunda parte, claro. Ahora que sé que andas me-
rodeando por ahí, pensaba informarlos. Si les digo que
les pagaré el saldo pendiente más los intereses, te cap-
turarán y te traerán ante mí. Entonces, yo me encargaré
de tu última intervención...

Sonreí. Empecé a estirar las comisuras de los labios
y los pómulos me vibraron con las primeras carcajadas.

El director intentaba discernir con sus ojos bailones si estaba loco o me lo hacía y esa expresión suya me resultaba tan cómica que me hacía reír aún más. Al parecer, la risa incomoda a los villanos. Estaba tenso.

–Te voy a matar. Yo mismo. Te voy a destrozar entero.

Dejé de reír y lo miré con gesto inexpresivo.

–Ya he muerto una vez... No cambiará nada si muero otra. Y ya he denunciado, por cierto... Hay muchos programas que andan detrás de este tipo de historias hoy en día. Así que el saldo pendiente será mejor que te lo guardes... para los honorarios de un abogado.

–Estás loco. ¿Quieres dinero? ¿Y ya has entregado los documentos? ¿Incluso sabiendo que podrías ir a prisión también? Vas de farol.

–Ya he muerto... una vez.

–Aún no has denunciado. Dime, ¿qué quieres? ¿Trabajo? Te puedo dar tu puesto de nuevo. ¿O es dinero lo que buscas?

–Lo que quiero es... esto.

Levanté la mano izquierda, en la que me había puesto un guante de látex al entrar en el hospital. El director parecía curioso por saber qué estaba haciendo; estiraba el cuello para observarme mejor. Cerré el puño izquierdo y, como agarrándome a la vida, lo así de la camisa con la derecha. No le dio tiempo a resistirse: le estampé fuerte el puño en la cara. Se sacudió con el golpe. Tras el rebote, le pegué otra vez. Gruñó. Le solté y, con la cabeza girada, se desplomó sobre la silla.

Dejé atrás a ese hombre que se retorcía de dolor y salí del lugar.

A la mañana siguiente, mientras terminaba el cambio de turno y me disponía a irme, alguien me detuvo. Cuando me di la vuelta, vi que la escritora Jeong se acercaba a la tienda arrastrando una maleta con pasos decididos. La mujer se había quedado en un piso al otro lado de la calle para escribir un guion teatral. Ahora decía que se marchaba del barrio. Ya tenía el borrador del guion y estaba lista para volver al Daehak-ro. Me lanzó una sonrisa radiante y yo la correspondí con otra.

Había recibido muchas sesiones de terapia gracias a ella, aunque no era psiquiatra. Me hizo bastantes preguntas y me ofreció consejos. Me estimuló bastante el cerebro y fue de gran ayuda para recuperar la memoria.

—Espero que el guion que has escrito... con tanto esfuerzo... se convierta en una maravillosa obra sobre el escenario.

—No sé qué pasará ahora con el aumento de los casos de COVID. Justo cuando escribo la obra de mi vida, el mundo se paraliza. Qué locura.

Jeong me miraba con esos ojos relucientes por encima de la mascarilla mientras hablaba con una sonrisa sobre su propia tragedia; transmitía una energía tangible. ¿Así es la fuerza de alguien que vive abrazando los sueños? En la tienda veinticuatro horas compartimos historias al amanecer. Para desenterrar mi pasado, ella reveló mucho del suyo. Envidiaba aquella energía inagotable que sentía por su trabajo. Así que le pregunté:

—¿Qué es lo que te sostiene?

—La vida es una sucesión de problemas que hay que resolver. Y ya que tengo que resolverlos, intento al menos hacerlo sin cuestionar mucho las cosas –respondió–. Señor Dokgo, ¿ha recuperado algo de memoria? El Dokgo de mi obra ha recuperado la suya.

–Tal vez sea porque así lo has escrito... pero, sí, he recuperado buena parte. Gracias.

Jeong levantó el puño, un saludo de la era del coronavirus. Lo golpeé con el mío. No habíamos contrastado los recuerdos que ella había escrito con los que yo tenía. Ambos sabíamos que no había necesidad de hacerlo.

El vendedor pasó por la tienda poco después de las diez de la noche. Compró té de seda de maíz y ramen de sésamo, y se llevó unas chocolatinas del dos por uno. Al verme, me regaló una sonrisa socarrona. Involuntariamente, la imagen de sus enérgicas hijas gemelas me vino a la mente y puse un mohín agradable. Le entregué una nota. Era el número del director Hong del Hospital Asia y mi verdadero nombre. Ante su mirada perpleja, le recordé que él se dedicaba a la venta de equipos médicos y añadí que mencionar mi nombre al director Hong podría serle de ayuda.

El hombre comprendió enseguida la propuesta y tras una ráfaga de agradecimientos dijo que me recompensaría si todo salía bien. Me despedí con la mirada mientras se alejaba de la tienda. Ya había hablado durante la mañana con Hong, un amigo de la universidad. Parecía sorprendido primero por mi llamada y luego por que le presentara a un nuevo comercial. No estoy seguro de si todavía recuerda la deuda que tiene conmigo o si es que confía en mi influencia, pero me prometió que hablaría con mi contacto. Probablemente, Hong se sorprenda aún más cuando quede con el vendedor y se entere de mis últimas noticias.

Kwak, en el tercer día de formación en la tienda, cobró con torpeza a unas clientas que parecían ser madre e hija. Quizás se sentía mal por la tardanza y por eso se despidió de ellas en voz alta. Entonces, la joven, que se dirigía hacia la puerta, se giró, inclinó la cabeza y respondió: «Cuídese». Ante esa tierna escena, el señor Kwak sonrió enseñando los dientes, pero, al notar que lo estaba mirando, cambió el gesto a una expresión de vergüenza.

–Los pagos combinados todavía me confunden. Siento que la formación se esté alargando por culpa de este viejo lento.

No había nada que disculpar. Gracias a que él se quedaría en el turno de noche, pude dejar el trabajo en la tienda, y gracias a la información que me pasó, finalmente pude emprender mi camino. Encendí el *smartphone* que me había comprado y busqué el canal de Si-hyeon en YouTube. En *Trabajo en ALWAYS – Canal TiendaFácil* había un nuevo vídeo publicado. Hice clic en el tutorial «Cómo dominar los pagos combinados» y luego le pasé el teléfono al señor Kwak. Poco después, lo vi siguiendo atentamente las instrucciones de Si-hyeon con el lector de códigos en la mano. La suave voz de la chica era reconfortante.

–Queridos seguidores, aunque el nombre de este canal sea *TiendaFácil,* lo cierto es que trabajar en una tienda veinticuatro horas es bastante duro. Porque, al fin y al cabo, es un trabajo. Y si queremos que los clientes estén a gusto, los empleados debemos soportar las molestias. Solo pasando por lo incómodo y arduo se logra que quien recibe el servicio se sienta bien. Yo tardé un año entero en darme cuenta de esto. Os pido que, aunque solo sea por un breve periodo de tiempo, soportéis los inconvenientes y ofrezcáis comodidad a los clientes. Yo me comprometo a hacer que ese sacrificio vuestro sea un poco más llevadero. Esto ha sido *TiendaFácil* por hoy.

Aunque solo tenía intención de supervisar cómo colocaba las mercancías durante la madrugada, el señor Kyeong-man, que se jactaba de su experiencia trabajando en un departamento de suministros durante el servicio militar, cometió tantos errores que tuve que explicarle de nuevo el orden correcto de los artículos.

Al amanecer, me senté con él para comer fideos instantáneos. Parecía que el señor Kyeong-man tenía ganas de hablar, ya que comenzó a contarme historias de todo tipo. Dijo que la dueña parecía ser una buena persona y que trabajar en la tienda veinticuatro horas por la noche le parecía mejor que ser portero de fincas. Entonces, recordó cómo el hijo de la dueña, Kang, se había asustado al verlo el día anterior en el negocio. Se rio mucho. Yo dejé caer los palillos, incapaz también de aguantarme la risa.

El hijo de la dueña, al ver a Kwak trabajando en la tienda, se quedó paralizado, como si hubiera visto un fantasma. Comenzó a interrogarlo, quería saber por qué tenía interés en causarle problemas en su propio negocio. El señor Kyeong-man le respondió con calma que en

Corea del Sur hay libertad para elegir el oficio de cada uno y que él había contribuido a que Dokgo renunciara al puesto, por lo que había cumplido con el acuerdo. El hijo de la dueña, irritado, comenzó a gritar que iba a vender la tienda y Kwak replicó que él se encargaría de ayudar a la señora Yeom para que eso no pasara. Entonces, el hombre armó un escándalo y finalmente me acerqué y le dije que la comisaría estaba a cinco minutos, que, si no quería que lo denunciara, lo mejor era que se fuera. Lanzó una mirada a Kyeong-man y, tras gritar que no queda nadie digno de confianza en este mundo, pateó la puerta y se marchó.

—Ahora que desconfía de la gente, espero que lo timen menos —apuntó Kwak con una expresión aburrida.

—Hace un par de días, la dueña... me contó lo sucedido. Resulta que la fábrica que su hijo iba a comprar... era una estafa. Por lo visto, tenía que vender la tienda... para invertir el dinero allí. Cuando la señora Yeom lo investigó... se enteró de que era un fraude.

Él soltó una risa hueca.

—Así que por eso se ha desahogado conmigo.

—La dueña... tiene muchos problemas con el chico. Usted lo conoce desde hace tiempo... Por favor, cuide de él.

—Así lo haré. A pesar de cómo se comporta, en un mes o dos actuará como si nada y me llamará para invitarme a cenar.

Tras hablar, Kyeong-man miró hacia afuera por el cristal. Ya amanecía. La silueta de la torre Namsan anunciaba el inicio de un nuevo día. Se quedó observándola durante un rato, inmerso en sus pensamientos, sin moverse. Me terminé el resto de los fideos y empecé a recoger. Fue entonces cuando se giró hacia mí y me preguntó:

—¿Tiene familia?

La mirada de Kwak estaba llena de soledad. Asentí con la cabeza.

—He sido duro con mi familia, y lo siento de verdad. Ahora, si la viera... no sabría cómo actuar.

Intenté con esfuerzo responder la pregunta. Suponía abrirme en canal y por eso quizás las palabras no salieron fácilmente. Al verme el gesto amargo y lo mal que me expresaba, decidió dejarlo estar y se giró, llevando consigo el recipiente de los fideos.

—Trate a su familia como haría con un cliente. —La frase me surgió de repente—. Con los clientes es amable... Con su familia... actúe igual. Así debería funcionar.

—Con los clientes, eh... —murmuró reflexivo—. Tengo que aprender más sobre cómo atender a la gente.

Kyeong-man agregó un agradecimiento y se alejó. Pensándolo bien, ¿no es la familia también un tipo de cliente con el que te encuentras en el viaje de la vida? Ya sean huéspedes honorables o visitantes inesperados, solo hay que tratarlos como clientes para evitar herirlos y que te hieran. Aunque la frase me salió sin pensar, me alivió que le sirviera de respuesta. ¿Podría ser una respuesta para mí también? O, mejor dicho, ¿podría yo tratarme a mí mismo como un cliente?

Después de supervisar el reparto de responsabilidades entre Seon-suk y Kyeong-man, salí de la tienda.

Anduve de nuevo hacia la estación de Seúl. Crucé el vestíbulo que una vez fue mi refugio y me dirigí a la parada del autobús. Allí, un bus interurbano rojo esperaba para llevarme a mi destino de ese día. Mientras aguardaba en la parada, reflexioné sobre Seon-suk y su hijo. Un momento antes, la mujer había dicho sonriente que había conseguido charlar por mensaje de texto con el chico. Tras la conversación que tuvimos aquel día, Seon-suk le envió una carta sincera junto con unos *kimbaps* y poco después él respondió por mensaje. El hijo se disculpó primero y le pidió que por favor le comprendiera y esperara un poco, ya que estaba preparándose para hacer lo que realmente quería hacer. Solo bastó ese gesto para que Seon-suk recuperara la confianza en su hijo. Me mostró con orgullo un *sticker* de un animal lanzando corazones mientras decía que era un emoticono que le había regalado su hijo. No pude determinar si el animal era un mapache o un topo, pero lo que sí supe con certeza era que ella estaba claramente feliz.

Al final, la vida son relaciones y las relaciones son comunicación. Había comprendido que la felicidad no estaba lejos, que solo tenía que compartir mi corazón con las personas de mi entorno. En la tienda ALWAYS, a lo largo del otoño y el invierno, y durante los años que tuve que pasar en la estación de Seúl, lo había aprendido poco a poco. En el vestíbulo las familias se despedían de sus seres queridos, las parejas se reencontraban, los padres acompañaban a los hijos, los amigos se preparaban para viajar juntos... Y allí estaba yo, sin poder moverme, observándolos, murmurando para mis adentros, sufriendo, hasta que por fin lo entendí.

El autobús interurbano había recorrido una larga distancia y estaba entrando en un pueblo del sur de Gyeonggi, un área todavía en desarrollo. La carretera nacional la transitaban sobre todo camiones de cemento y vehículos de construcción. Me bajé en una parada y el bus se marchó esparciendo polvo. Anduve hasta el lugar donde había visto un letrero antes de bajar. Cuando llegué, me detuve un momento para contemplarlo. El letrero indicaba que quedaban quinientos metros hasta el cementerio The Home, y, mientras caminaba esos quinientos metros cuesta arriba, reflexioné sobre cómo traducir el nombre del camposanto. ¿«La casa»? ¿«El hogar»? ¿«El refugio»? Comprendí el sentimiento de la persona que le dio el nombre. *Home* es simplemente *home*. De cualquier manera, había algo irónico en que yo, un sintecho, me dirigiera hacia un *home*. No había podido habitar uno en vida y me costaba creer que podría hacerlo en la muerte. Pero había llegado y era el momento de enfrentarme a ello.

Crucé la imponente escultura de la entrada del extenso y empinado cementerio, y saqué la nota que el señor Kyeong-man me había dado el día anterior. Confirmé la dirección escrita, «Green A-303», me quité la mascarilla y suspiré. Jadeé por el esfuerzo de estar vivo y respiré profundamente el aire puro. Quizás fuera porque había llegado a la morada de los difuntos, pero no había nadie alrededor. Como no sentía miradas de reprobación por haberme quitado la mascarilla, me la guardé en el bolsillo y reanudé mi camino.

Durante la consulta, ella estaba muy preocupada. Nos preguntó si le dolería la operación, si había efectos secundarios y si necesitaría revisiones periódicas. Le dije que se haría con anestesia general y que ese tipo de contratiempos solo se experimentaban en hospitales de mala muerte, como el de los suburbios al norte del distrito de Gangbuk.

–Solo sale en las noticias lo que merece ser noticia.

En pocas palabras, le dejé claro que era algo inusual y por eso aparecía en los telediarios. Que se preocupaba sin sentido, que estábamos en el Apgujeong-dong. Seguramente ya había investigado sobre nuestra clínica antes de venir...

–Es que es todo el dinero que he podido ahorrar. No puedo permitirme una cirugía adicional... por eso estoy un poco nerviosa. Supongo que también porque es la primera vez.

–Ha hecho bien en venir. Será la primera y última intervención, porque saldrá de lujo, así que no se preocupe y solo siga las instrucciones del hospital y del médico.

–Me siento mucho más tranquila ahora. Gracias.

Una semana después, me encontré repitiendo las mismas palabras a otro cliente mientras ella pasaba las horas en el quirófano. La operación estaba a cargo del doctor Choi, un cirujano fantasma del área central. Yo me había ausentado en la consulta. La paciente murió durante la cirugía.

El director actuó con rapidez para controlar la situación. El doctor fantasma no tenía preparación y la muerte de la chica fue producto de un error médico. La familia de la fallecida gritaba pidiendo que devolvieran a la vida a su hija y acabó demandando al hospital, pero el director hizo uso de sus contactos en el mundo judicial y la familia ni siquiera llegó a presentar una acusación formal.

Finalmente, con una compensación adecuada y mi dimisión, el caso se aplacó. El director me dijo que descansara por un tiempo hasta que las cosas se calmaran. Así es como pude tomarme un respiro en casa por primera vez en mucho tiempo.

¿Por qué empezaron a torcerse las cosas? ¿Por confiar operaciones a un cirujano fantasma? ¿Por dejar el quirófano para atender a más pacientes en la consulta y así ganar más dinero? ¿Por engañar a esa chica que me miraba con ojos llenos de preocupación y esperanza al confiarme la cirugía? ¿O por trabajar bajo las órdenes de un director que instaba a hacer operaciones con sustituto porque solo se preocupaba por el dinero? ¿Se torcieron las cosas por culpa de mi empobrecido espíritu, que decidió ser médico solo con el objetivo de ascender socialmente? ¿O debía culpar a la pobreza de mis años de adolescencia y a mis padres incapaces, que me hicieron prometerme a mí mismo que tendría éxito y viviría a lo grande para desquitarme con el mundo?

En ese momento, yo no podía saberlo ni entenderlo. Ahora lo comprendo y también sé que es imposible volver atrás. Allí, parado frente a Green A-303, frente al rostro estático de la joven de veintidós años a quien prácticamente maté, no tuve más remedio que secarme las lágrimas incesantes con la mascarilla que llevaba en la mano. No podía mirarla. Había dicho que necesitaba invertir en su aspecto físico para una entrevista, que había trabajado durante toda la universidad para costearse algún día esa operación estética. Había intentado ajustarse a los estándares del mundo para sobrevivir y esa misma tentativa había impedido que sobreviviera. El implacable filo que le había arrebatado la vida parecía estar todavía en mi mano, lo que me provocaba escalofríos.

Me contuve las lágrimas y me metí la mano en el bolsillo del abrigo. De allí saqué no un bisturí, sino una flor roja. Era una flor artificial adhesiva que había comprado el día anterior. La coloqué en la tumba. Y allí me quedé, sin saber qué hacer. Las lágrimas afloraron.

Oí a alguien acercarse, así que agaché la cabeza y me cubrí la boca con la mascarilla húmeda. Cerré los ojos y rogué una y otra vez. «Lo siento. De verdad, fue un error. No me perdones... Por favor, encuentra la paz... Te deseo paz donde estés».

Al adentrarme en Seúl en el autobús interurbano, como era de esperar, nos encontramos con mucho más tráfico, que provocaba atascos. Mantuve los ojos cerrados como si estuviera dormido, luchando por contener las emociones que amenazaban con estallar.

Mi esposa no se creyó que estuviera de permiso remunerado. Quería saber qué pasaba, pedía detalles de los hechos. Había aprendido que en esos momentos uno debe volverse descarado y audaz, así que improvisé diciendo que me estaba tomando un tiempo debido a un conflicto con el director del hospital. Sin embargo, esa situación no duró mucho. Las compañeras de la organización benéfica en la que ella colaboraba acudieron en masa al hospital y organizaron una protesta con pancartas. Pronto las noticias se hicieron eco y el contenido del suceso se difundió por internet como la pólvora.

Mi esposa me pidió la verdad. Yo la evadí. ¿Qué importancia tenía la verdad? Callar nos salvaría a mí y a mi familia. Sin embargo, insistió, dijo que nuestra hija también estaba intrigada por el incidente. ¿No significaba eso que debía ser aún más cauteloso? Agobiado, finalmente le solté a mi esposa que yo no había cometido ningún error médico. Que era responsabilidad del departamento de mi supervisor. ¿Y acaso no eran estos incidentes habituales en el sector? Además, el director Won sabía manejar este tipo de situaciones. Pronto todo volvería a la normalidad y ese descanso no sería más que una pausa debido a la atmósfera de inquietud que había en el hospital.

Mi mujer seguía sin creerme y dejó de hablarme. Todos los días se iba a algún sitio, no sé si a rezar o simplemente a vagar por ahí, y no volvía hasta bien entrada la noche. Mi hija, viendo el panorama, también empezó a esquivarme. Así, un domingo por la noche, tumbado solo en casa, esperando a que llegara el repartidor de comida a domicilio, me invadió una ira repentina. Llamé a mi mujer y, en cuanto se estableció la conexión, comencé a disparar palabras sin ton ni son. «¿Crees que disfruto viviendo así? ¿Piensas que trabajo en ese hospital sin sentir el peso en mi conciencia? ¡Estoy en este lugar hostil trabajando para manteneros a ti y a nuestra hija! Si no fuera así, ¿de qué viviríamos? ¿Crees que el mundo es fácil? ¡En la vida hay desvalidos y víctimas y yo he currado incansablemente para proteger nuestra familia! ¿Y ahora que estoy exhausto y necesito un descanso no me apoyas? ¿Dónde estás? ¡Vuelve a casa ahora mismo!».

Aquella noche mi esposa y mi hija regresaron. Las dos se plantaron delante de mí con aire de resignación. Mi esposa sugirió que nos diéramos un tiempo y prometió no reprocharme nada hasta que se esclareciera el incidente del hospital. Tras dar mi consentimiento, bajé los ojos hacia la chica, exigiendo con la mirada su sumisión. Ella levantó esos pequeños ojos que eran lo único que teníamos en común y que por alguna razón me desagradaban especialmente. ¿Cuánto mejor habría sido si hubiera heredado otras cosas de mí y hubiese tenido los ojos de su madre? Ese pensamiento, que había estado albergando, brotó de repente de mis labios.

–Hazme caso, hija. Cuando vayas a la universidad, te pagaremos la operación de doble párpado.

–¿Para qué? ¿Para que me matéis a mí también?

Mi mujer y yo nos quedamos helados ante la indiferencia en aquella frase que pronunciaba nuestra hija. Temblé entero y me sentí incapaz de articular palabra. A pesar de ello, mi hija no retiró la mirada de desprecio. Sin darme cuenta, alcé la mano. En ese momento, mi esposa se interpuso entre ella y yo, se plantó frente a mí y me gritó para calmarme la ira, pero yo no escuchaba nada. Me empujó con desesperación para evitar que me lanzara sobre la chica. Yo, por reflejo, la empujé a ella. Gritó, se golpeó con la vitrina y cayó al suelo. Lo siguiente que recuerdo es a mi hija junto a mi esposa en el suelo llamando a Urgencias. Me derrumbé. No tenía fuerzas para hacer otra cosa que observar la increíble escena que acontecía ante mis ojos.

El médico trató las contusiones y recomendó unos días de reposo en el hospital. Mi mujer, tumbada en la cama de una habitación individual, solo me esquivaba la mirada con una expresión vacía, giraba la cabeza hacia la ventana para no verme. Aunque me disculpé y le aseguré que no volvería a ocurrir, ella permaneció en silencio.

Me froté la cara con manos temblorosas, me tragué las lágrimas y me mantuve cabizbajo. ¿Cuánto tiempo había pasado cuando mi mujer habló por fin?

–¿Creías que nos estabas protegiendo? –Al levantar la vista, me encontré con su rostro demacrado apoyado en la cama del hospital–. Las cosas que hacías para protegernos ya no tendrás que seguir haciéndolas.

–¿Qué quieres decir...?

Ella cerró los ojos. Yo, sin decir una palabra, contuve la respiración.

–Si realmente querías proteger a tu familia, deberías haber sido honesto con nosotras.

Estaba buscando la verdad. Pero yo todavía no podía responder. Sentía que en el momento que confesara lo que había hecho ella dictaría sentencia. No podía decir nada.

Unos días después, le dieron el alta y pareció volver a su rutina habitual. Tenía un aire de resignación; creía que con el tiempo las cosas mejorarían. Entonces, el hospital me contactó para volver al trabajo e hice como si nada hubiera pasado.

Un día regresé a casa y mi mujer y mi hija habían desaparecido. Se había terminado todo. Yo también había llegado a mi fin. No respondían a las llamadas. Había intentado formar un hogar diferente al miserable lugar en el que me había criado y ahora todo se había echado a perder. Pronto me volví incapaz de dormir sin alcohol. Después de algunos días sin trabajar, me contactó el director. Me desahogué por teléfono. «Mi familia se ha desmoronado y yo estoy al borde de la locura», dije. Él, con una risa burlona, me pidió que me tomara un descanso indefinido. Debió de considerarlas solo palabras vacías. A cambio, decidí darle su merecido. Pensé que arrastrándolo al infierno conmigo, a aquel director que me había tratado como a un donnadie, podría compensar de alguna manera todo el mal causado.

Recopilé documentos sobre la corrupción del hospital y los guardé en una cuenta en la nube. Durante todo ese tiempo, no dejé de buscar a mi esposa y a mi hija. Pero me iba deteriorando poco a poco. Desentrañar los actos ilícitos del hospital era como ser testigo de mi propia desvergüenza y el remordimiento que sentía se entrelazaba con la culpa por los pacientes que había dejado morir. La situación me oprimía el pecho cada vez más. Me sentía atormentado y con náuseas. El alcohol era mi excusa y mi refugio, solo sabía estar ebrio. Y, sin darme cuenta, llegué a un punto en que no podía llevar una vida normal. Antes de buscar a mi esposa y a mi hija, tenía que encontrarme a mí mismo.

Cuando descubrí que estaban en Daegu, me encontraba agonizando en una casa plagada de avisos de desahucio. Reuní las últimas fuerzas que me quedaban, guardé las cosas y me dirigí a la estación de Seúl con el billete hacia Daegu en la mano. Temblaba de pies a cabeza con solo imaginar las caras de mi familia al otro lado del torno. Tras unos sudores fríos que duraron un rato, rasgué el billete y eché a correr hacia atrás. Fui al baño a vomitar y caí desplomado.

Cuando desperté, lo único que me quedaba eran los pantalones y la camiseta. La chaqueta de marca, los zapatos hechos a medida, la cartera y la maleta me los habían robado.

Me puse de pie, descalzo, y me miré en el espejo del baño. En el reflejo vi de nuevo las caras de mi familia. En cuanto se transformaron en mi confuso rostro, golpeé el cristal con la cabeza.

Desde entonces, me volví incapaz de abandonar la estación de Seúl. La gente empezó a llamarme «indigente» y mis compañeros me apodaron «Dokgo», el nombre del anciano fallecido. No estaba mal.

Al regresar de nuevo a Seúl, me dirigí hacia el Hoehyeon-dong y me registré en un motel con bañera. La llené de agua caliente y me sumergí. Cuando el sudor empezó a formar pequeñas gotas en mi piel, bebí té de seda de maíz. Después de consumir las cuatro bolsitas de té que había llevado conmigo, me lavé cuidadosamente, como si quisiera expulsar todas las impurezas de mi cuerpo. Oriné con fuerza para liberarme de todo lo sucio que tenía dentro. Luego, tras asearme de nuevo y cepillarme los dientes, salí del baño y me acosté en la cama para dormir.

A la mañana siguiente, me desperté, me vestí y salí a la calle. Tenía hambre, pero el ayuno tampoco me parecía tan mala idea. Confiaba en que podría pasar varios días sin comer si comenzaba ya a vaciarme el estómago. Creía que eso me ayudaría a mantener la mente clara. La estación central de Seúl apareció ante mis ojos. De repente, el corazón empezó a latirme rápidamente. Crucé varios semáforos y llegué a la plaza de la estación. Alguien estaba distribuyendo mascarillas a los indigentes. La imagen de los sintecho con mascarillas era extremadamente incómoda. ¿Era para ayudarlos o es que les preocupaba que se convirtieran en foco de contagio? Las dos cosas. Con mascarillas, todos parecían iguales. Cualquiera podría infectarse y convertirse en el origen de la infección, solo eran virus humanos. El tipo de virus que había atormentado la Tierra durante miles de años.

Cuando compré el billete a Daegu y regresé a la estación, cuatro años después, los recuerdos de lo que se había derrumbado en ese lugar volvieron a mi mente. Sin embargo, esta vez no estaba solo. La señora Yeom se acercó a mí con un envase de comida preparada. Aunque le dije que no hacía falta, había insistido en despedirse. Razonaba que, dado que nos habíamos conocido en la estación de Seúl, también debíamos despedirnos allí, y tenía sentido. Me había convencido. En realidad, necesitaba desesperadamente su ayuda. Si rompía el billete otra vez y corría hacia el baño para golpearme la cabeza, ella me detendría.

—Es de la marca que te gusta —dijo la señora Yeom mientras me entregaba una bolsa de plástico.

En su interior había un almuerzo de Delicias variadas y té de seda de maíz. Observé todo en silencio durante un instante.

—Cuando vayas a Daegu, ¿podrás demostrar que eres médico?

—Ya lo confirmé por teléfono...

En este país, a los médicos que han cometido asesinatos o delitos sexuales no los inhabilitan. Lo llaman «licencia de fénix». ¿Por qué? Porque los sanitarios y los juristas están a partir un piñón. No estoy seguro de si confiamos en eso para cometer tales actos. No estoy seguro de si debido a ese terrible privilegio de decidir quién vive y quién muere llegué a creerme un ser todopoderoso. Una paciente a la que traté se convirtió en una celebridad y la gente decía que la había tocado la «mano de Dios». Sin embargo, yo era solo un humano, uno solitario, malvado, una entidad egoísta que no se preocupaba más que por sí misma.

—Realmente no quiero dejarte ir, pero cómo detenerte si vas a ir a Daegu a trabajar como voluntario en estos momentos tan duros. Si sigues tu corazón, seguro que lo harás bien allí. Cuídate mucho.

—Gracias. Si no la hubiera conocido... seguiría tumbado en algún lugar de esta estación... Entonces, ¿le parece bien que vaya a Daegu?

—Si te digo que sí, ¿estaré ayudando contra la COVID?

–Por supuesto.

Era médico, pero nunca antes había sido voluntario. Ahora me dirigía a Daegu para brindar apoyo. Volví a pensar en ella, en la persona que había conocido en el cementerio el día anterior. Bajar a Daegu no sería una expiación, pero sí una forma de vivir recordando mis pecados. En el futuro, seguiría buscando formas de expiarme.

–La gente está más tranquila desde que usa mascarillas.

–Así es.

–Todos se preocupan solo de sí mismos. El mundo no es un aula de instituto. Todos viven hablando como si supieran de todo, presumiendo. Por eso creo que la Tierra ha esparcido esta plaga para silenciar a la humanidad.

–Hay quien no lleva mascarilla... y sigue hablando.

–Esos son precisamente los que necesitan una lección. –Sin darme cuenta, mis mejillas se torcieron en una sonrisa–. Dicen que las mascarillas son incómodas, que el coronavirus vuelve todo incómodo, que harán lo que quieran. Pero así es el mundo. Vivir es incómodo.

–Eso... parece.

–¿Sabes? Los vecinos solían llamar al negocio la «tienda incómoda».

–Así que... lo sabía.

–Desde luego. Hay poca variedad de productos y apenas hay descuentos en comparación con otras tiendas. No es como esos pequeños ultramarinos de barrio donde puedes regatear. En fin, decían que era poco conveniente.

–Una tienda de conveniencia... incómoda...

–Desde que llegaste, al menos se ha vuelto más cómoda para los clientes y para mí. Pero ahora creo que volverá a ser incómoda.

–¿Por... qué?

–¿Por qué será? Vuelve cuando termines tus asuntos en Daegu.

Contesté a la señora Yeom con una sonrisa tensa en lugar de palabras. No sé si sirvió como respuesta, pero ella me palmeó la espalda con suavidad.

–No. ¿Qué he dicho antes? Que la gente tiene que experimentar la incomodidad. Así es. Nuestra tienda de conveniencia debe ser incómoda. Tú nunca vuelvas.

–Entendido.

–No vayas solo a hacer el voluntariado. Asegúrate de visitar a tu familia también.

¿Cómo? ¿Cuándo le mencioné a la dueña que mi mujer y mi hija estaban en Daegu? ¿Estaba perdiendo la memoria de nuevo?

La señora Yeom era como el dios en el que cree. ¿Cómo podía anticipar y cuidar de mi corazón de esa manera? En este mundo, son los «dioses de la medicina» quienes obtienen la santidad. Sin embargo, las personas como ella, que tienen consideración por los demás, deberían ser santas.

A pesar de que quedaba poco para partir, no podía mover los pies. Parecía que un imán invisible tiraba de mí desde atrás y no lograba avanzar. Permanecí allí, temblando junto a la dueña, como si fuera mi fuente de oxígeno.

–Vete ya. Estoy cansada de estar de pie.

Me giré para mirarla. ¿Era ella mi madre desaparecida? ¿O mi difunta abuela, que había cuidado de mí? ¿Quién era? La abracé y le dije con voz temblorosa:

—Ha salvado a alguien que... debería estar muerto... Me siento avergonzado, pero... intentaré vivir.

Como respuesta, me abrazó y me acarició la espalda con sus pequeñas manos.

Después de validar el billete, continué sin mirar atrás y caminé sin descanso hasta llegar al andén. Ya a bordo del tren, sentado, las lágrimas comenzaron a fluir. Esperaba que el convoy partiera pronto. Deseaba que corriera tan rápido que las lágrimas se despejaran en un instante y me llevara a Daegu de un solo salto. Parecía que el tren conocía mi anhelo, pues comenzó a moverse. Cuando salimos de la estación de Seúl, me pareció ver el camino hacia la tienda veinticuatro horas desde la ventana del vagón. Creí ver el Cheongpa-dong, con su colina verde y el incómodo pero omnipresente establecimiento que abría a todas horas.

El tren llegó a un puente del río Han. La luz de la mañana se reflejaba en la superficie del agua y brillaba con vitalidad.

He dicho que, después de convertirme en un indigente, no había salido de la estación de Seúl y sus alrededores. En realidad, hubo una ocasión en que fui a ese río. Había subido al puente para arrojarme al agua. Pero fue un intento fallido.

Tenía planes de pasar el invierno en la tienda y después saltar desde el puente Mapo o el Wonhyo. Ahora por fin lo entendía: el río no es un lugar para hundirse, sino para cruzar.

Los puentes están para atravesarlos, no para lanzarse desde ellos. Mis lágrimas no cesaban. A pesar de la vergüenza, había decidido vivir. Decidí cargar con el peso de la culpa. Ayudaría a quienes me necesitaran, compartiría lo que tuviera y no me aferraría a mi propia codicia. Haría todo lo posible para salvar a otros con la misma habilidad que antes solo había usado para salvarme a mí mismo. Buscaría a mi familia para pedir perdón.

Y si no deseaban verme, me alejaría con el corazón lleno de arrepentimiento, pero fortalecido. Seguiría recordando que la vida de alguna manera tiene sentido. Seguiría viviendo como pudiera.

El tren cruzó el río y yo dejé de llorar.

Agradecimientos

Quiero expresar mi profundo agradecimiento a todas las personas que contribuyeron a esta obra. En primer lugar, doy gracias a Oh Pyeong-seok, que me inspiró para escribir. A Jeong Yuri, que asumió la tarea de supervisar el contenido. A la tienda veinticuatro horas de Mullae, que proporcionó ideas valiosas. A Byeon Yong-kyun y a Yu Jeong-wan, que compartieron su conocimiento sobre la cerveza artesanal. A Jeong Hyeon-cheol, que me ayudó a entender los entresijos del proceso de elaboración de la cerveza. A Lee Su-cheol, el director de la editorial, y a Ha Ji-sun y su equipo de empleados, que colaboraron en la transformación de esta historia en un libro. A Ban Ji-su, la talentosa ilustradora que creó la cubierta de la edición original y a Jeong Yeo-ul, que generosamente escribió el prólogo. A Kim Se-hui, el director del Centro Cultural Tierra, por proporcionarme un espacio para escribir.

Mi más sincero agradecimiento a todos.

Índice

Esta cuarta edición de *La asombrosa tienda de la señora Yeom*,
de Kim Ho-yeon, se terminó de imprimir en Grafica
Veneta S.p.A. di Trebaseleghe en Italia en junio de 2024.
Para la composición del texto se ha utilizado la tipografía
FF Celeste diseñada por Chris Burke en 1994
para la fundición FontFont.

Duomo ediciones es una empresa comprometida con el medio
ambiente. El papel utilizado para la impresión de este libro
procede de bosques gestionados sosteniblemente.

PEFC

PEFC/18-31-226

Este libro está impreso con el sol. La energía que ha hecho
posible su impresión procede exclusivamente de paneles
solares. Grafica Veneta es la primera imprenta
en el mundo que no utiliza carbón.